历代名著精选集

洪修平 白光 注评

坛经

凤凰出版传媒集团 凤凰出版社

图书在版编目（CIP）数据

坛经 / 洪修平，白光注评. -- 南京 ：凤凰出版社，2010.12
ISBN 978-7-5506-0042-3

Ⅰ. ①坛… Ⅱ. ①洪… ②白… Ⅲ. ①禅宗—佛经—中国—唐代②坛经—注释③坛经—译文 Ⅳ. ①B946.5

中国版本图书馆CIP数据核字(2010)第224930号

书　　名　坛经
著　　者　洪修平　白光 注评
责任编辑　卞　岐　林日波
出版发行　凤凰出版传媒集团
　　　　　凤凰出版社(原江苏古籍出版社)
　　　　　南京市中央路 165 号　邮编 210009
　　　　　发行部电话 025—83223462
集团网址　凤凰出版传媒网　http://www.ppm.cn
照　　排　南京展望文化发展有限公司
印　　刷　江苏新华印刷厂
　　　　　南京市张王庙 88 号　邮编:210037
开　　本　960×1304 毫米　1/32
印　　张　5.25
字　　数　156 千字
版　　次　2010 年 12 月第 1 版　2010 年 12 月第 1 次印刷
标准书号　ISBN 978-7-5506-0042-3
定　　价　14.00 元
(本书凡印装错误可向承印厂调换，电话:025—85521756)

目　　录

前言 …… 1
六祖大师法宝坛经
　　行由第一 …… 1
　　般若第二 …… 26
　　疑问第三 …… 38
　　定慧第四 …… 46
　　坐禅第五 …… 52
　　忏悔第六 …… 54
　　机缘第七 …… 62
　　顿渐第八 …… 81
　　宣诏第九 …… 88
　　付嘱第十 …… 90
附录 …… 109
　　录校说明 …… 109
　　南宗頓教最上大乘摩訶波若波羅蜜經六祖惠能大師於韶州大梵寺施法壇經一卷兼受無相　戒弘法弟子法海集記 …… 111

前　言

隋唐时期,中国佛教的发展进入了它的繁荣与鼎盛阶段。这一局面的出现,原因是多方面的,从佛教自身发展的历史看,这是佛教中国化的必然结果。所谓佛教的中国化,就是指印度佛教传入中国以后,为了适应中国社会与文化的需要而不断地改变自己,在适应中国社会政治、经济和文化的过程中最终演变发展为具有中国特色的、表现出中华民族传统精神风貌与特征的"中国佛教"。禅宗是中国化最为典型的中国佛教宗派,因主张以禅定来概括佛教的全部修习而得名。又由于此派自称"传佛心印",以觉悟众生心性的本原佛性为主旨,所以又称"佛心宗"。它渊源于印度佛教而形成于中国传统文化中,于隋唐时正式成立,至五代时达到极盛,宋元以后仍继续流传发展。

禅宗一向标举不立文字、以心传心、教外别传的旗帜,把本宗的传承一直上溯至传佛心印的摩诃迦叶。从迦叶以下,历代祖师以心传心传至第二十八祖为菩提达摩。达摩来华传禅,被奉为东土初祖,以下有慧可、僧璨、道信、弘忍次第相传,此即所谓中国禅宗的"东土五祖"。其实,西天二十八祖次第相传之说,纯为后人编造,并无多少历史根据,它是隋唐时佛教各宗派争法统的产物。而从达摩到弘忍的东土五祖,则确实与中国禅宗有一定的联系,他们奠定了禅宗的思想理论基础和组织基础,并最终完成了禅宗的初创,世称"东山法门"。其后,五祖弘忍门下出神秀和惠能,因地域及禅法的差别,遂有南、北禅宗之分。最后,惠能独具特色的南宗禅法被视为禅宗的正脉,其人亦被推为"六祖"。

六祖惠能,或作慧能,因久居广东曹溪山一带传法而被称为"曹溪大师"。俗姓卢,原籍范阳(今河北涿州),因父"左降迁流岭南"而成为新州(今广东新兴县)百姓,早年丧父,随母移至南海。由于家境贫寒,惠能少时就去市卖柴赚钱以供家用。后于市上偶闻一旅客诵《金刚经》,据说"惠能一闻,心明便悟",

得知客从黄梅弘忍处来，即辞别老母，前往黄梅礼拜五祖弘忍大师。比较通行的说法是，惠能离家后经过三十来天的路途跋涉，直接来到了黄梅。但《曹溪大师别传》却记载说，惠能先至韶州曹溪，与村人刘志略结义为兄弟。刘志略有一姑母出家为尼，法名无尽藏，常诵《涅槃经》。惠能不识文字，但能为无尽藏解释经义。他认为，佛法妙理，非关文字。乡里众人，皆叹其神异。后被迎住当地的宝林寺。《曹溪大师别传》还提到惠能曾从智远禅师学禅，因听惠纪禅师诵《投陁经》而感悟"空坐"无用，便在惠纪的指点下前往东山寻访弘忍大师。这就是说，惠能在见弘忍之前，已经有了一段学佛的经历，特别是对《涅槃经》有了一定的体会。惠能虽然在佛学方面有一定的天赋，但从他后来初见弘忍时所发表的一番有关"佛性"的见解来看，后一种说法似乎更可信些。

据《坛经》记载，惠能一见到弘忍便直言"惟求作佛"，弘忍责之曰："汝是岭南人，又是獦獠，若为堪作佛？"意思是说，像你这样没文化的粗人怎么还想作佛呢？惠能随即答道："人虽有南北，佛性本无南北。獦獠身与和尚不同，佛性有何差别？"弘忍见惠能答语非凡，便把他留下了。惠能先在弘忍门下随众僧劳作，踏碓八个多月。后来弘忍为付衣法，命门人各作偈一首以表明各自见解。神秀思考良久后所作的偈颂被弘忍评价为"只到门前，尚未入得门见自本性"，惠能亦作一偈，所呈心地得到弘忍的认可，并因此密受衣法，成为禅宗六祖。

惠能得法后，为防人争夺法衣，谨记弘忍"将法向南，三年勿弘"的教训，回到岭南，避难于猎人之间多年。后至广州法性寺，正值印宗法师讲《涅槃经》。时有风吹旛动，一僧曰风动，一僧曰旛动，争论不已。惠能则称："不是风动，不是旛动，仁者心动。"一语惊人，引起了印宗法师的重视。一问方知是佛法南来，遂为惠能剃发，且愿奉事为师，又请智光律师为之受戒。惠能出家受戒以后，就在法性寺的菩提树下为众人开示"东山法门"。不久，回到曹溪宝林寺，行化近四十年，门徒数千人。据说武则天和唐中宗都曾召他入京，他均婉拒，保持了山林佛教的特色。惠能的言行说教后来由门人汇集整理编为《坛经》一书，成了惠能南宗的代表作。在佛教中，"经"作为佛亲身说法的集成，被尊为三藏之首，《坛经》既以"经"为名，可见后人是将其中的说法视为佛的现身说法了。

惠能在广东曹溪山宝林寺开法行化四十多年，其言行岂是一两部书所能详尽的呢？所以《坛经》的记载虽然以惠能为主角，但不是惠能的全部，此其一。其二，因为惠能教人无数，得法弟子也很多，他们各自根据自己的回忆将有关惠能的事迹记载下来，成为资料，一些门徒在整理修编《坛经》时即有可能摘取其中与自己师承相关的内容来丰富《坛经》。其三，随着惠能南宗禅的影响日益扩大，一些弟子为了宣扬师说，附会一些传说或神话内容，以表达对祖师的崇敬之情，这也在情理之中。诸如此类及其他复杂的情形结合在一起，致生了多种版本的《坛经》并行于世的情形。

在诸多的《坛经》本子中，为现代人所熟知的是经过元代僧人宗宝改编的本子，这是因为它几乎是明代以后唯一的流通本。宗宝所编的本子影响之大、传播之广，也是我们在注释时选择它为底本的一个重要原因。但是，自二十世纪初敦煌本《坛经》被发现以来，人们认识到了历史上存在着不同版本的《坛经》，而且它们对全面了解惠能及其所创南宗有着重要的意义。此后，相关学者搜寻《坛经》本子的兴趣陡增，在中日两国学者的共同努力下，先后又有一些新的《坛经》本子被发现。仅在敦煌遗书中就有五个，其中较为吸引大家关注和研究的有英藏斯坦因本和敦博本①。我国学者杨曾文在一篇介绍敦博本《坛经》的文章后面表列的《坛经》本子近三十种②。

虽然现存的《坛经》本子很多且名称各异，但许多只是版本不同而已，内容上并无太大的差异。根据我们的研究，现存《坛经》本子真正有代表性的其实只有敦煌本、惠昕本和契嵩本三种。至于元代以后流行的宗宝本，实际上是属于契嵩本系统的，但鉴于它是明代以来的通行本，所以在本书的分析介绍中，仍然把它作为一个独立的本子。下面，我们就按时间的先后对上

① 斯坦因本和敦博本都出自二十世纪初以来发现的敦煌遗书，二者形式及内容极相同，若不作仔细分别，则都可称为“敦煌本”。此外，因为斯坦因本早于敦博本被发现，“敦煌本”往往特指斯坦因本，本书即采用此惯习。现存英国图书馆（编为斯 5475 号）的“斯坦因本”之所以如此命名是因为它是被斯坦因等抢掠，现存敦煌市博物馆（编为 77 号）的“敦博本”之名是因保存地而来。敦博本真正进入学术界的研究视野要晚于斯坦因本。斯坦因本于 1920 年由日本矢吹庆辉发现、摄影，其后著录于《鸣沙余韵》，1934 年日本铃木大拙、公田连太郎首次发表录校文字。1983 年，我国学者郭朋先生即以铃木大拙等的点校本为底本编著《坛经校释》一书。在同一年，我国学者周绍良先生再度发现并组织拍摄了由向达先生在二十世纪四十年代发现的敦博本。其后，杨曾文先生得到照片，于 1993 年首次发表录校文字，经修订后，成书为《新版敦煌新本六祖坛经》。

② 见《世界宗教研究》1988 年第 1 期，又见于《中日佛教学术会议论文集》第 104 页，或《敦煌新本六祖坛经》第 297 页。

述四个《坛经》本子进行简单的说明，以略示《坛经》版本流变的大致脉络。

现存最早的《坛经》本子即上世纪初发现的敦煌本，全一卷，不分品目，基本不分段落[①]，约为780年的写本，其全称为《南宗顿教最上大乘摩诃般若波罗蜜经六祖惠能大师于韶州大梵寺施法坛经一卷》，此名后面注明"兼受无相戒"和"弘法弟子法海集记"的字样，因而也被称为"法海集本"。一般认为它是今日能够见到的最早写本，但不一定是最早的流行本。到目前为止，已发现的《坛经》本子中，除斯坦因本外，同属敦煌本的还有国家图书馆藏北敦04548号背1、残本、国家图书馆藏北敦08958号残片、敦煌市博物馆藏77号写本和旅顺博物馆藏的"旅博本"四个本子，它们的抄写年代大致是在盛唐至五代之间。其中斯坦因本、敦博本和旅博本是敦煌遗书中发现的三个包括《坛经》全文的本子。就目前校勘整理的情况来看，斯坦因本是被学界研究最多的，其次是敦博本。敦博本在八十年代重新被发现，它与敦煌本虽为同一底本的异抄本，但抄写的质量更好，也更具研究价值。此写本现已有不同的整理本出版，为研究者提供了很好的新资料。最值得一提的是旅博本，它因收藏于旅顺博物馆而得名，虽然被发现得很早，但一直下落不明，仅存首尾两页之照片，一度被学界认为是丢失了[②]。令笔者欣喜的是，就在本书稿完成之际传来了一个最新消息：此本再度被发现[③]。相信旅博本的整理面世将进一步推动关于《坛经》版

① 现在所见各种敦煌本的校释本之分段及分章编号源于日本铃木大拙等的录校。

② 据称，1912年，旅博本被首次发现。1920年，旅博本被公布在《关东厅博物馆一览》中的《古经类文物目录》上。20世纪50年代，在国家文物局上调该馆馆藏佛经时，该本阴差阳错地遗留了下来，学术界以为佚失了。但在这仅存的两页中，至少能推知两个重要信息。通过首页的标题和经文，推知此写本与斯坦因本和敦博本都源自共同的祖本；通过尾页的年款，推知此写本的完成时间不会晚于960年，因为其经文的尾部有"显德五年乙未岁"的字样(显德为五代后周的年号，显德五年即958年)，这是判断《坛经》形成和流行时间的重要依据。

③ 2010年1月28日，旅顺博物馆向学术界表示在适当时间将公开馆藏近90年、学术界以为佚失了的"旅博本《坛经》"的全部内容。据报道，旅博本《坛经》共52页，105折，比斯坦因本和敦博本保留了更为完整的缝缋装装帧形式，其经文中有朱笔画的间隔符和断句标点。早在2003年，旅顺博物馆在对其馆藏文物进行数字化整理时，即对该本进行了拍照，并认定它为"三级文物"。2009年12月，方广锠教授对旅博本《坛经》进行了鉴定，他认定此本就是学术界关注多年，由大谷探险队得自敦煌藏经洞的敦煌《坛经》写本之一，具有重要的学术价值(参见《旅顺博物馆馆藏佛教禅宗经典〈坛经〉现真容》一文，载《大连日报》，2010年1月29日)。获知此消息之后，笔者通过方教授与博物馆方面取得了联系，希望有机会能一睹此件之真容，并与本书收录的《坛经》本子进行对比和校勘，遗憾的是未能如愿。博物馆方面表示，他们已将校勘这个《坛经》本子列入了2010年工作计划，会争取尽早整理出版。

本及其思想流变的研究。

由于敦煌本与元代以来一直通行的宗宝本从内容至形式都有很大的不同，因而敦煌本《坛经》的发现，引起了人们对《坛经》研究的重视，学者通过对不同版本的比较研究，普遍认识到《坛经》在历史上不是一成不变的，它有一个形成演变的过程，是禅宗历史发展的反映。那么，《坛经》在历史上是如何流传与演变的呢？各本《坛经》之间及其与禅宗各派的关系又是怎样的呢？

从现有的资料来看，现存最早的敦煌本《坛经》撰写时间距惠能(638—713)去世已近七十年。在这七十年左右的时间里，《坛经》发生过怎样的变化，现在很难确认，但也不是完全没有一丝线索。这要从宋代《景德传灯录》卷二十八《南阳慧忠[①]国师语》中所载的一段话开始谈起，其中说：

> **吾比游方，多见此色，近尤盛矣。聚却三五百众。目视云汉，云是南方宗旨。把他《坛经》改换，添糅鄙谭，削除圣意，惑乱后徒，岂成言教？苦哉！吾宗丧矣！**

其中“添糅鄙谭，削除圣意”说得很明白，如果此说可信，即表明《坛经》已经改变，并且其宗旨已非惠能之“圣意”了。此事应该发生在惠能灭度后的五六十年中间，并且至少已经有了两个《坛经》本子在流传：一个是慧忠早年见到过的本子，另一个就是经“南方宗旨”改换过的本子。关于前一个本子，现在难以确知其详情，有可能就是早期流传的《坛经》原本。而后一个本子，情况比较复杂。因为在历史上，神会或神会门下也曾改换过《坛经》。要判断“南方宗旨”本与神会系所传之本是否一回事，关键在于比较慧忠所看到的“南方宗旨”是否就是神会系所传之本的“宗旨”。这一比较在此不作详述，我们认为二者不同，所以借由“南方宗旨”对《坛经》的改换与神会门下对《坛经》的增删不是一回事。那么慧忠所见的“南方宗

① 据《景德传灯录》及《宋高僧传》记载，慧忠(？—775)原是惠能的弟子，自领受心印后，曾游诸名山，后居南阳白崖山党子谷修禅，四十余年不出山门。开元年中(713—741)，曾应征移居南阳龙兴寺，此即神会在开元八年(720)以后居住了近十年的道场。上元二年(761)，唐肃宗诏请入京，待以师礼。后又受到唐代宗的礼遇。慧忠在北方随机说法数十年，禅风很盛，徒众甚多，僧俗弟子逾万人，一时影响很大。

旨”改换本是否就是神会门下据以改编的本子呢？就现有资料看，有这种可能，但不能遽断。

一般认为，现存的敦煌本《坛经》是法海记录并经神会系整理补充过的本子。其外证是卒于828年的韦处厚在为马祖道一的弟子大义禅师所作的《兴福寺内道场供奉大德大义禅师碑铭》(《全唐文》卷七一五)中的一段话：

> 洛者曰会，得总持之印，独曜莹珠，习徒迷真，橘枳变体，竟成《坛经》传宗，优劣详矣。

这是说惠能以下的神会一系利用《坛经》作为传宗付法的依承。在内证方面，现存敦煌本《坛经》明文写着“已后传法，递相教授一卷《坛经》，不失本宗。不禀授《坛经》，非我宗旨”及“无《坛经》禀承，非南宗弟子也，未得禀承者，虽说顿教法，未知根本，终不免诤”。这些都与神会一系以《坛经》来取代达摩袈裟作为传法依据的传宗方式若合符契。另一方面，他们之所以这样做，也可以从当时的历史背景中找到原因。神会在滑台大会(时间约在732年)上为南宗争正统的主要根据之一就是以传袈裟为禅门正宗的标志。然而，当别人要神会拿出袈裟时，他又不得不承认“其袈裟今见在韶州”而不在自己身边。智诜(惠能的同门)的门下正是利用了这一点，宣称袈裟在他们那儿，借机为自己争正统。神会没有惠能的“法衣”，抬出载有“法语”的《坛经》以示南宗宗旨就是很有必要的了。神会一系在“竟成《坛经》传宗”以后，在《坛经》中添加些传宗的内容，并抬高神会，这是很自然的事。其明证就是敦煌本《坛经》中“吾灭后二十余年，邪法辽乱，惑我宗旨。有人出来，不惜身命，定佛教是非，竖立宗旨，即是吾正法，衣不合转”的预言，其中的时间与事件让人很难不把它与神会联系起来。如果认为这是后人的追述，那么这部分内容的写入时间显然应当在滑台大会之后。但是，我们认为，神会一系对所传《坛经》之传宗方式的强调并不意味着从根本上改变《坛经》的基本内容及宗旨。因为，从现存敦煌本《坛经》记载的其他一些内容来看，许多与神会的思想和神会门下的传说并不一致，所以神会一系只是对它作了修改补充而已。

单就传承谱系而言，我们可以进一步来谈谈由惠昕编辑的本子。这个《坛经》本子由惠昕改编于晚唐或宋初，故一般称为惠昕本，共二卷十一门,比敦煌本多出两千字左右。胡适称它"是人间第二最古的《坛经》"。我们发现,敦煌本《坛经》记载《坛经》初期的传授次第为"此《坛经》,法海上座集;上座无常,付同学道际;道际无常,付门人悟真"。而惠昕本《坛经》则记为"洎乎法海,上座无常,以此《坛经》付嘱志道,志道付彼岸,彼岸付悟真,悟真付圆会"(据敦煌本《坛经》,志道是法海的同学)。这两处的记载虽然有所不同,但从法海传至悟真,则是共同的。悟真的地位也受到神会的认可,他曾说"悟真在岭南漕溪山法兴寺,见今传授此法"。这就表明,惠昕本与敦煌本可能是从同一个底本发展而来,此底本有可能形成在惠能再传弟子悟真活着的时候,时间是比较早的。我们可以假设它就是惠能死后三五十年内所流传的《坛经》原本。对照敦煌本,改编的惠昕本分别增加了"志道传承"与"志道机缘",以及与志道主张相近的见闻觉知即是佛性的思想等,由此情况来看,惠昕本所据的资料很可能来源于惠能之下的志道及其门人。他们所整理的内容很可能是被称为"文繁的古本"。当然,要确认这种可能性,还有待于将来新资料的发现。但从惠昕本与敦煌本内容上的差异来看,惠昕当年在参考敦煌本的同时,还依据了另外一个文繁的古本,这一点现在大致是可以肯定的。"文繁的古本"的存在,反映了惠能以后弟子们不断"结集"师说,充实《坛经》的事实,充实的内容虽有不少传说的东西,却并不能完全归入伪造之列。这些都是我们视惠昕本为一个独立本的原因。

关于惠昕本,根据作为其异抄本而现存日本的兴圣寺本、真福寺本等的记载,此本约形成于 967 年(据兴圣寺本);1012 年已有其抄写本存在(据真福寺本);1031 年亦有其抄写本,1153 年又有对此抄写本进行再刊刻(据兴圣寺本,兴圣寺本题为《六祖坛经》)。另外,胡适曾根据成书于 1151 年前后的南宋晁公武《郡斋读书志》和宋元之际马端临《文献通考·经籍考》中关于惠昕本《坛经》三卷的记载,推论出在再刊刻本(1153)之前,可能早已有一部三卷十六门的惠昕本在社会上流通了,而且认为这个本子也许就是 1056 年"契嵩和尚的改本……他改定之后,仍用惠昕之名"①。

① 见《〈坛经〉考之二》,《近现代著名学者佛学文集·胡适集》黄夏年主编,中国社会科学出版社 1995 年版,第 27 页。

现存的第三个《坛经》本子就是契嵩改编的本子。从宋吏部侍郎郎简所作的序中可以推知此本约成书于宋仁宗至和三年(1056)。序中称契嵩得“曹溪古本,校之,勒成三卷”,然现存的契嵩本只有一卷十品①,全称为《六祖大师法宝坛经曹溪原本》,且是明代的本子。因此,中外学者也有不称其为契嵩本,而称其为“明藏本”或“曹溪原本”的。但由于“明藏本”并非只有一种(明版《大藏经》本也有南藏本与北藏本的不同),因而以“明藏本”来指称《坛经》本子,实际上容易造成混乱。另外,现在学术界正在探讨《坛经》最早的“原本”或“祖本”等问题,而现存的契嵩改编本已基本可以肯定它并非《坛经》的“原本”。因此,为了避免不必要的误解,也为了叙述上的方便,我们将沿用郭朋先生等的说法,仍称此本为契嵩本,尽管它可能已非原貌。

契嵩“勒成三卷”的《坛经》本子现在虽已不存,但如今除了上述的“一卷十品”的契嵩本之外,还有一种“德异本”,正文也是一卷十品,只是附记略有不同。从德异所作的序来看,其刊行于元至元二十七年(1290),在日本有经高丽传入的元延祐三年(1316)的刻本,故又有“延祐本”之称。德异在《六祖大师法宝坛经序》(作于元至元二十七年,1290)中说:“惜乎《坛经》为后人节略太多,不见六祖大全之旨。德异幼年,尝见古本。自后遍求三十余载,近得通上人寻到全文,遂刊于吴中休休禅庵。”据此可知,在元至元年间,社会上至少存在两个《坛经》本子,它们“一略一全”,这“略本”是否就是惠昕嫌“古本文繁”而作的改编本,不能遽下断语,但有这种可能。而德异从通上人处得到的早年曾见到过的“全本”或“古本”,则有可能就是契嵩的改编本。德异在刊行古本时是否作过改动,现不能确知,若未作增删,则所谓的“德异本”便有可能就是契嵩本。

最后介绍一下元代的宗宝本,其题名为《六祖大师法宝坛经》。从内容上看,宗宝本与德异本一样,都属于契嵩改编本这个系统。据宗宝的跋文,此本刊行于至元辛卯(1291),是取当时流行的三种不同的本子校雠编

① 这里所谓的“品”是泛指。严格地说,我们现在见到的契嵩本虽分为十篇,但并没有冠以“品”字样。这种泛指的情形也适用于我们下文中将介绍的宗宝本。稍须注意的是,根据我们的了解,宗宝本之篇名在元代时还保留着契嵩本那样不加“品”字的样式,到了明代才正式出现加上“品”字的版本,且在品名上也有少许变动。我们所使用的底本即没有“品”字,其中“宣诏第九”在后来则被改为“护法品第九”。

辑而成的。跋中说，因见《坛经》"三本不同，互有得失"，遂"取其本校雠，讹者正之，略者详之，复增入弟子请益机缘，庶几学者得尽曹溪之旨"。根据上文的分析，德异本有可能是契嵩本的再刊本，加上宗宝本与德异本内容基本相同，并且其中还载有德异的序，因而宗宝本所用的底本也就可能是契嵩本。宗宝本与现存的契嵩本一样，也是一卷十品，虽然品目不完全一样，但内容大致相同，只是在编排上略有改动。通过比较可以推知，宗宝所校雠的三个本子中也可能包括惠昕本①。

在《坛经》流变的历史过程中，纵跨唐、宋、元、明数朝，几乎各朝都有"新"的版本出现和流行。元代以后，在诸本《坛经》中，宗宝的改编本最为流行。自明代以来，它几乎成为唯一的流通本。明清之际，王起隆根据"曹溪原本"对宗宝本大加攻击，认为它"窜易颠倒，增减删改，大背谬于原本"。若他知道敦煌本的存在，不知道他又会如何评论契嵩所谓的"曹溪原本"。关于这些，我们不打算详细讨论，需要指出的是，虽然"窜易颠倒，增减删改"将导致改编后的版本有别于原来的本子，但这并不必然导致"大背谬于原本"，因为文字的增损有可能构成文理的庄严。实际上正是如此。从编排形式上看，上述四个本子中唯有敦煌本不分章次，颇显质朴，而其他三本均分章次（惠昕本称"门"，有的宗宝本称"品"），向规范化和系统化方向发展；从文字上看，越往后的本子文字越多，这些多出的文字大体上可以归纳为两部分，其一是关于惠能的，其二是关于惠能所创禅宗的流传情况的。前一部分内容大多可以在早期的禅宗史料中找到佐证，认真分析这些资料可以更全面地了解惠能的思想，所以不能完全认为是编造而轻视之；后一部分内容涉及惠能门下各禅系的传承情况，可以结合禅宗发展史来加以说明。因此，《坛经》即具有双重功能，它既是惠能思想的一个重要的载体，又是惠能所创南宗禅发展的一份见证。就此而言，宗宝本虽然最晚出现，但其内容却是最丰富的，也有助于学者更全面地了解惠能和他创立的南宗。

各种不同的《坛经》虽然在编排及文字上有所不同，但基本上代表了

---

① 例如惠昕本"十一教示十僧传法门"的内容，在契嵩本中分为"法门对示"和"付嘱流通"两品，但在宗宝本中又合为"付嘱第十"一品。

惠能的思想,这是毋庸置疑的。惠能的思想内容主要都保存在《坛经》中,大致可归纳为三部分:一是融摄空有的禅学理论,二是即心即佛、自在解脱的解脱论,三是识心见性、顿悟成佛的修行观。从总体上看,惠能南宗比较充分地体现了禅宗“教外别传、不立文字”的实践性格,它以人的解脱及其实现为首要问题,将人的解脱归之于心,并始终围绕当下人心的解脱展开论述其解脱论和修行观。所以,要读懂《坛经》,必须从惠能如何看待“心”开始谈起。

在佛教中,“心”一向有多种含义。密宗的《禅源诸诠集都序》在述及心的“名同义别”时,曾将佛教中的“心”的不同含义概括为最基本的四种:一为肉团心;二为缘虑心;三为集起心,指第八识;四为真心。从《坛经》中关于“心”的论述来看,其含义也是十分复杂的,其中比较多的是指“妄心”、“迷心”、“邪心”、“善心”、“正心”等,这些心大体上与宗密所说的缘虑心相当,指的主要是一种心念活动或心理状态,它们的基础是可正可邪、可净可不净之心。这可正可邪、可净可不净的心,实际上指的就是人们当下的一念之心,于此心上除却各种邪心、妄心,就是使心清净,即“净心”。净心以后,心不起任何执著,自然任运,常生智慧,便是获得解脱。所以,当下的一念之心,同时就是众生的解脱之心,这是惠能南宗禅人人皆有佛性、皆可成佛的特点所在。

惠能将佛性归之于人们当下的一念之心,同时认为每一念心本具般若智慧,而且以般若实相无相来诠释每一念心,从而使得每一念心与佛性都没有实体的意义。般若实相无相说认为,一切都是因缘和合的产物,没有抽象的孤立自存的本体作为其依据,万物当体空寂,亦称缘起性空、自性空或自性清净。因此,自心清净则佛性亦清净。以这种无本体的本体论为基础的认识论认为,一切都清净无相,主张“凡所有相,皆是虚妄”,即凡是认识中的名言、概念及各种意识内容都是人们虚妄分别的结果。于是,自心对内对外就应无可执著、无所得。这样,我们便能看到,惠能在《坛经》中所说的本净的心性,主要即是众生之心念念不起妄心执著的本性,一般不具有什么实体或本体的意义。他以般若的无相来贯通本净的心性,以般若学的遮诠方法来显现自心佛性的真实,使自心佛性不再是一个可以观、可以修的“真心”,而是体现在念念不断的无执著心之中,是众生心不起妄念的自然状态。因此，在惠能这里，心和性都是特指人心、人性，即在众生界，心、性名不同而实相当。正是在这一点上，惠能批评了神秀的起心看净的禅观，认为若言看净，就执著于“净相”了，而心是无形相的。若将“净相”视为“佛性”，以观“净相”视为成佛的方法，以此教人，就不仅是自迷，而且是迷他了。

在解脱论上，惠能将人心视为具有般若智慧之当下心念，将般若智慧的未现视为被缚、是凡，将般若智慧的显现视为解脱、成佛，因此当下一念之心的状态就直接与凡圣联系起来，所谓“前念迷即凡，后念悟即佛”。他所说的成佛之“佛”不再是小乘佛教认为的那样，只是释迦牟尼一个人的专利，而是众生皆可成佛；也不再是大乘佛教所虚构的那种具有“三十二相”、“八十种好”的神通广大、佛法无边的“神”，而是人心在现实生活中自然任运，是人于当下生存中的自性觉悟。惠能将佛性拉向人心的同时，也将佛拉回到了人自身和人世间。因此，我们便可以理解为什么《坛经》中要说“一行三昧者，于一切处，行住坐卧，常行一直心是也”、“一切处所，一切时中，念念不愚，常行智慧，即是般若行”、“獦獠身与和尚不同，佛性有何差别”、“若欲修行，在家亦得，不由在寺”等等举不胜举的重视人心、人身和人世间的话语了。

从即心即佛的自在解脱论出发，惠能南宗在如何解脱成佛、解脱的途径与方法、解脱的步骤与阶次等问题上，都提出了一系列与传统佛教相异的思想和主张，形成了富有特色的识心见性、顿悟成佛的修行观。

识心见性是惠能南宗禅的总原则。这里的“识”和“见”都不是一般意义上的知见，而是一种体悟，是佛教所特有的“现观”、“体证”，它是突破任何语言概念或思维形式的直观。在这种“识”和“见”中，没有识和被识、见与被见的区分，它是一种整体的圆融，是自心自性的自我观照、自我显现，识心见性与开悟解脱具有相同的意义。因此，识心见性既是修行法，也是解脱境。在《坛经》中，识心见性比较集中地体现在“念念无著”之中。“念念无著”即是每一念心任运自然，内外无著，行“无念”行。这里所说的“无念”，并不是要人百物不思，若一念断绝，等同木石，这样就无所谓人的解脱了。“无念”，无的是妄念，即“不于法上生念”，因为一切法自性空，无所得。至于正念，则是“念念不断”的。正念是“真如自性起念”，是超越真妄的“本念”——本心之念、本然之念，亦即人的自家生命的显现，“念念自见，不失本念”，不起妄念，具足功德，是万善的源泉和践行者，这样的“无念”就是见性成佛。

因为识心见性即是自成佛道，“见”即直观、直了，所以“见性”又称为“顿悟”，“见性成佛”又称“顿悟成佛”。其中稍有不同之处在于“识心”和“见性”更侧重于从认识的性质上提出来，而“顿悟”在包含这层意义之外，更突出了这一“体证”的短促，在修行上与“渐悟”相对应。所以，“顿悟”与“识心”、“见性”相比，宗教实践性格更明显一些，惠能的“识心见性”最终落实到了“顿悟成佛”上，并成为南宗禅特有的旗帜，是与这种重视实践的精神相一致的。

不过，惠能的顿悟说独具特点。从时间上说，不是先渐而后顿悟，也不是分阶段的顿悟，而是无渐而悟，所谓“若起正真般若观照，一刹那间，妄念具灭，若识自性，一悟即至佛地”；从认识上说，顿悟之“悟”，乃是以当下自心为依持，而当下之心不可得、念念无住，所以并没有能悟、所悟之分，能、所统摄于当下一念之心；从解脱境界上来看，“顿悟”是当下一念之心般若智慧的自然显现，那么“顿悟”显然是不凭借“渐修”的，这时虽然有修行，但“修”是“修无念行”，“行”是“行般若行”，实际上则是念念无执的无修而修、无行而行。

惠能的顿悟成佛理论，不向外求，只向内心体悟，自心的迷悟是众生是否成佛的关键，所谓“心迷佛众生，心悟众生佛”。因此，惠能反对一切形式化的修习。他以自性自悟来统摄各种修行活动，并以中道不二为指导对读经、坐禅、出家、忏悔等等传统佛教的修持形式和修持内容提出了与众不同的看法，从而开创了简便易行的新禅风。关于这些内容，我们将在正文的“导读”中详细涉及。

总而言之，《坛经》中所表现的惠能南宗思想，以融摄了般若学与佛性论的当下现实之心为一以贯之的基础，在解脱论上强调即心即佛、即众生成佛、即世间成佛；在修行观上强调识心见性、顿悟成佛，从而把佛性拉向了当下人心，并缩短累劫修行到刹那顿悟，为将禅修、悟境与日常生活结合了起来提供了理论源泉。惠能的后学，将《坛经》中的现实性格进一步落实到实践中，把禅修融于日常的生活和生产，以至提出了“一日不作，一日不食”的主张，使得讲求出世的佛教实实在在地与传统社会的小农经济基础打成一片，为其自身的发展寻得了长久的根基，进而变成了“人间佛教”。适应中国封建社会而产生的惠能南宗终于在惠能以后传遍了大江南北，成为流传时间最长、影响范围最广的中国佛教宗派，而在这一过程中，《坛经》所起到的理论力量是不能抹煞的。

我们知道，古籍文献不像今天标点段落清晰的文本，以新发现的敦煌诸抄写本《坛经》为例，研究它们的前提是先要读通它们。因此，关于《坛经》的校勘、注释乃至白话翻译等工作就显得很重要了，这也是近三十年间不少知名学者的新校释本不断被刊行面世的原因所在。这些工作看似简单，但实在是从事研究讨论的首要，所谓“巧妇难为无米之炊”。从整体上来看，现行诸多校释本大都是依据敦煌本，而对最为流通的宗宝本似乎缺少一些热忱。本书以宗宝本作为注释的底本，采用的是南京金陵刻经处印行的《普慧大藏经》第十六函中所收的本子①。除了其在核心思想上与惠能南宗思想相通之外，还有一个重要原因，就是宗宝本在上面提到的各个版本的《坛经》中形成较晚，它既传承着惠能的思想，又沉淀了许多关于惠能及其南宗发展的情况。在与其他各个版本的对照中，我们会发现禅宗弟子塑造惠能形象的痕迹。这些痕迹将为我们全面了解惠能其人其思及其流派提供一个个铆点，循着它们，我们将进一步发现《坛经》之外的资料，进而体验到禅宗思想的历史性格。

举例来说，较早出的敦煌本与惠昕本《坛经》都有“神会”将于惠能去世“二十年”后出来定南宗是非的悬记，而较后出的契嵩本与宗宝本《坛经》则均改为惠能灭度后七十年有两位菩萨东来“建立吾宗”。这种不同的记载反映了惠能门下传宗的情况，二者谁是谁非并不重要。再如，惠能在广州法性寺会见印宗法师，并说出了“仁者心动”的惊人之语，这虽不见于敦煌本《坛经》而只见于以后的《坛经》诸本，但它却是先于现存敦煌本《坛经》的王维《六祖能禅师碑铭》②或《历代法宝记》中就已有的记载，这

① 据其中的牌记，此本为道光戊戌(1838)重刻本。

② 胡适曾推想敦煌本《坛经》的祖本约成于天宝四载(745)，而王维的《碑铭》约作于天宝十二载(753)，因而认为王维的《碑铭》作于《坛经》已写成之后，所以敦煌本《坛经》不曾提到王维的碑文(请参见《坛经考之二》)。

显然也不能仅以《坛经》各本的先后来判定谁真谁假，在宗宝本中即有这一内容。事实上，从现存各本《坛经》的内容来看，有关惠能生平和惠能开法说禅的部分基本一致，大体反映了惠能在大梵寺说法的情况，这是研究惠能及其思想的重要资料，而其他不完全相同的部分，均是在流传过程中由南宗弟子不断修订添加的，正可以从不同的方面透露出有关南宗发展的若干信息。

总的来说，《坛经》各种本子在流传过程中不断被修改、增删，这是事实；不同的记载从不同的方面反映了禅宗的发展，这也是事实。我们从各种不同的记载中可以了解到《坛经》随着惠能南宗的发展而产生的演变，反过来也可以从《坛经》的演变中来了解惠能思想的影响及南宗发展的有关情况。因此，对不同版本的《坛经》内容，我们应该根据具体情况作具体的分析。我们在注释宗宝本《坛经》的时候，一方面注意全面了解惠能思想，另一方面注意其中与他本有重大不同的地方，并将其纳入中国佛教尤其是禅宗思想发展的历史中予以解释。

在本书的附录中，我们录入了敦博本的正文原样，为方便读者查阅，在分章上沿用了铃木大拙等对斯坦因本五十七个章节的方式，仅在极其必要的地方予以试校①。之所以要如此录入，一方面是为读者在阅读宗宝本的过程中提供一个直观的对照，进而观察其同异；另一方面，据我们的了解，现在出版的各种关于敦博本的点校本都是录、校融合的，所谓的敦博本有且仅有"照片"，对于作为抄写本的"原样"重视不够，本录即尽量保持"原样"地将"照片"转换成方便利用的文本，以资查阅。

① 敦博本的底本，我们采用的是周绍良先生在其《敦煌写本坛经原本》（文物出版社 1997 年版）一书中的照片。另外，在录、点、校的过程中，还参考了杨曾文《新版敦煌新本六祖坛经》（宗教文化出版社 2001 年版），李申合校、方广锠简注《敦煌坛经合校简注》（山西古籍出版社 1999 年版），邓文宽的《六祖坛经敦煌〈坛经〉读本》（辽宁教育出版社 2005 年版）以及潘桂明《坛经全译》（巴蜀书社 2000 年版）等的录、点、校。

六祖大师法宝坛经

行由第一

时大师至宝林[①]。韶州韦刺史[②]名璩。与官僚入山，请师出于城中大梵寺[③]讲堂为众开缘说法。师升座次，刺史官僚三十余人，儒宗学士三十余人，僧尼道俗一千余人[④]，同时作礼，愿闻法要。大师告众曰："善知识[⑤]，菩提[⑥]自性，本来清净。但用此心，直了成佛。善知识，且听惠能行由，得法事意。"

【注释】

① 时大师至宝林：大师即惠能。宝林即宝林寺，在今广东省韶关市南二十公里处。唐中宗时曾改名中兴寺，后重建又改为法泉寺，五代时复名宝林寺，宋初重建后改名南华禅寺，遂沿用至今。此寺因惠能的弘法传禅及创立南宗而得到很大的发展，有"东粤第一宝刹"之称，并被南宗门下视为"祖庭"。据称惠能的遗体保存完好，至今仍在寺中供养。寺内的六祖殿现在所供奉的惠能肉身像，一般认为就是惠能的真身。② 韶州韦刺史：韶州，治地在今广东省韶关市曲江县，韦刺史即指该州的刺史，有些本子称之为韦据、韦处或韦璩，身世不详。③ 大梵寺：在韶州治所曲江县城内，大梵寺在唐开元二年(714)曾名开元寺，北宋时先后改名为崇宁寺、天宁寺，南宋初更名为报恩光孝寺。④ 一千余人：在敦煌本《坛经》中，前来听讲者有"一万余人"，由此可以想见唐朝佛教繁荣的盛况。纯粹看这里出现的巨大数字，其实是佛经中的普遍用法，在大乘经典中尤其如此，所起的作用无非是烘托开法的盛况和高妙，这是与其宗教性格相关

的。不过，同一《坛经》在记载听众数量上减少，甚至可以说是“锐减”，这就不是宗教自身能解释的问题了，但从中至少可以看出唐以后佛教已不是那么雄霸了。⑤ 善知识：或名知识、善友。从其构成来看，一是“善”，一是“知识”。善有两种解释，一是“擅于”、“擅长”，二是“善良”；知识也有两种解释，依照佛教一般的看法，一种是世间凡夫的知识，一种是出世智者的知识，前者是苦的来源，后者是脱苦成乐的根基，所以这种知识也称为“真知识”或“善知识”，掌握这种知识的人也被称为“善知识”。因为这些人能够指导他人修学，所以又称为“善友”。不过，“善知识”通常是对普通大众或信众的称呼，多指善良且向往佛法的人，带有劝勉之意，有时也称为“善男子”、“善女人”。总而言之，佛教既重视“善”，又重视“知识”，“善知识”一词可视为人类追求“真”和“善”统一的表现。⑥ 菩提：梵语的音译，全称为“阿耨多罗三藐三菩提”，不同派别对其内涵有不同的规定，但一般指“觉悟”、“智慧”、“佛智”等，是菩萨们追求的最高目标，代表成佛的最高智慧。

【导读】

宗宝本《坛经》由十品组成，这是第一品。所谓“行由”，从本品内容来看，主要讲述了两个“行由”，一个是惠能得法的“行由”，一个是惠能入城开坛讲法的“行由”，而以第一个为重点。

作为“行由品”的开端，本节介绍了惠能由何因缘来到大梵寺讲法。但是，文中没有记载具体的日期，仅能知道这事发生在惠能进入韶州曹溪山宝林寺授徒开法以后。惠能回到曹溪后，住持宝林寺，在当地官僚、僧尼、道俗的支持下，他扩建寺院，广收门徒，大力弘传“直指人心，见性成佛”的顿悟禅，在南方造成了相当的影响。关于宝林寺，禅史上还有许多传说。据法海等集的《六祖大师缘起外纪》记载，宝林寺原为西国智药三藏于南朝梁天监三年(504)建成的。当时，智药三藏“自南海经曹溪口，掬水而饮，香美，异之。谓其徒曰：‘此水与西天之水无别，溪源上必有胜地，堪为兰若。’随流至源上，四顾山水回环，峰峦奇秀，叹曰：‘宛如西天宝林山也。’乃谓曹侯村居民曰：‘可于此上建一梵刹，一百七十年后，当有无上法宝，于此演化，得道者如林，宜号宝林。’”当时的韶州牧侯敬中以其言上奏朝廷，由朝廷“赐宝林为额，遂成梵宫”。到惠能来宝林寺时，虽然寺院已有一定规模，但他“睹堂宇湫隘，不足容众，欲广之”，遂去拜会地方官陈亚仙，对他说：“老僧欲就檀越求坐具地，得不？”陈亚仙问道：“和尚坐具几许阔？”惠能出坐具示之。陈亚仙就同意了。谁知惠能将坐具一展，尽罩曹溪四境，据说还有“四天王现身，坐镇四方”。陈亚仙方知惠能和尚法力广大，便尽舍土地，只是希望日后造塔时能存留自己高祖的坟墓。后来，惠能“游境内，山水胜处，辄憩止，遂成兰若一十三所”。这一说法虽不免有神化、夸张的成分，但由于前来听法的僧俗众多，惠能回到曹溪之后，曾大建寺院，以满足传禅的需要，这当是事实。

惠能在曹溪弘法传禅，名声渐大，影响日广。时任韶州刺史的韦璩倾慕惠能之名，特邀他到韶州城里的大梵寺为众生说法，僧尼道俗参加听讲者有成千上万人，门人法海等记录整理当时的开法情况而编成了《坛经》一书，此书遂成为今日中国禅宗的最主要经典。

惠能开坛讲法的第一句话即点出这一品乃至整个《坛经》的核心思想，即“心性本净、顿悟成佛”说——菩提自性本来清净，但用此心，直了成佛。这一思想认为，人人都能成佛，成佛是自己成佛、自心成佛，众生的自心是具有成佛的菩提智慧的，是本来清净的，是不可执著、无所得的，只是因为妄想迷惑，所以不能显现，一旦自己的菩提智慧显现，自己即是佛，若于时时事事显现，即是佛行。这种以当下的现实之心为成佛的根源的思想，将佛法拉向了人间，将佛性拉向了人心，将成佛视为顿悟顿修，从而进一步推动和深化了以“出世”为特征的佛教向“入世”的方向发展。

惠能严父，本贯范阳。左降流于岭南，作新州百姓。此身不幸，父又早亡。老母孤遗，移来南海。艰辛贫乏，于市卖柴[①]。时有一客买柴，使令送至客店。客收去。惠能得钱，却出门外，见一客诵经。惠能一闻经语，心即开悟。遂问：“客诵何经？”客曰：“《金刚经》[②]。”复问：“从何所来，持此经典？”客云：“我从蕲州黄梅县东禅寺来。其寺是五祖忍大师在彼主化，门人一千有余[③]。我到彼中礼拜，听受此经。大师常劝僧俗但持《金刚经》，即自见性，直了成佛。”惠能闻说，宿昔有缘。乃蒙一客取银十两与惠能，令充老母衣粮，教便往黄梅参礼五祖。惠能安置母毕，即便辞违。

不经三十余日，便至黄梅，礼拜五祖。

【注 释】

①“惠能严父”十句：范阳为惠能的祖籍，在今河北涿州一带；新州在今广东省新兴县，南海在今广东省佛山一带。其中“惠能严父，本贯范阳”一句敦煌本《坛经》作“惠能慈父，本官范阳”，从这一“慈”一“严”对比中，似乎可以看出改动《坛经》者对“父”的形象的不同认知。这种认知很可能来源于传统文化中对“父”的形象塑造，《孝经》中说：“严父莫大乎配天”，《易传·家人》中说“家人有严君焉”，这些即是佐证。从佛教的角度看，“慈”是作为佛教菩萨行的一个重要规定而广为人知的，如果这样，惠能的父亲就有可能也是位在家修行者。另外，“官”与“贯”音同意异，现在所存的斯坦因本和敦博本两个版本的《坛经》都作“官”。这样，对于惠能的祖辈到底是如何就不能清楚了，这里暂根据其弟子神会的说法，称惠能“先祖范阳人也”。值得一提的是，按照佛教的业报轮回观，世事无常，一切尽是因缘而起，今生生在此地，他生可能生在彼地，今生为人父，他生可能为其子。因此，王维在《六祖能禅师碑铭》中不提惠能的籍贯，而只说惠能“某郡某县人也”。②《金刚经》：全称为《能断金刚般若波罗蜜经》，最早由后秦鸠摩罗什于弘始四年(402)译出，这一译本也最为流行。《金刚经》的宗旨在于阐明般若性空假有之理，广破人们对各种名相的执著。③ 蕲州黄梅县东禅寺：在今湖北省黄梅县北的东山，东山又称冯茂山或冯墓山。东禅寺又称东山寺或黄梅五祖寺。五祖忍大师：即中国禅宗第五祖弘忍大师(601—674)。禅宗以达摩为东土初祖，惠可为二祖，僧璨为三祖，道信为四祖。道信和弘忍在黄梅开法授徒，时称他们的禅法为“东山法门”或“黄梅”。弘忍的禅法思想特点在于强调“守本真心”，就他对观心守心的强调而言，如果立足于“行”，突出“观心”而息妄心，就会有神秀北宗的“息妄修心”；如果立足于“证”，突出行住坐卧真心不失，所谓“行直心”，就会有惠能南宗的“直显心性”。

【导 读】

本节主要是讲惠能的身世和礼拜五祖之前“闻经开悟”的事。

惠能的身世，据其门人法海等所集的《六祖大师缘起外纪》说，其母“先梦庭前白华竞发，白鹤双飞，异香满室，觉而有娠。遂洁诚斋戒，怀妊六年”，于唐贞观十二年(638)二月八日子时生下惠能。其后又记述“惠能”这一名字的来历和意义说，到黎明时分，有两位僧人前来造访，对惠能的父亲说：“夜来生儿，专为安名，可上惠下能也。”惠能的父亲不解地问：“何名惠能？”僧人说：“惠者，以法惠济众生；能者，能作佛事。”说完，两僧离开，不知去向。惠能出生后，不吸母乳，而是有“神人灌以甘露”。这些记载，显然是后人为了说明惠能与佛教有特别的因缘而有意为其蒙上的神秘色彩。但由此也可看出，惠、慧二字在古文中虽可通用，字义上却是有差别的，惠为仁爱、恩惠，可以引申出惠济、惠施等义，慧为聪明、智慧。至于“惠能”这个名字，若按照佛教的解释，当以“惠”为妥，取其以佛法惠济、惠施众生之义，隐喻惠能会成为一代弘法大师。

关于“闻经开悟”的事，各本《坛经》都提到惠能是因听闻《金刚经》而开悟的，至于之前是否有过学佛的经历却无一交代。要明了这一点，需要梳理其他的一些文献。根据几乎与敦煌本《坛经》(约抄于780年)同时的《曹溪大师别传》(约作于781年)的记载，惠能去黄梅求法之前已经接触了《涅槃经》，并且提到他寻师学禅的经历，却没有提到他听闻《金刚经》的事，《别传》说：“其年，大师游行至曹溪，与村人刘志略结义为兄弟。……略有姑出家，配山涧寺，名无尽藏。常诵《涅槃经》。大师昼与略役力，夜即听经，至明，为无尽藏尼解释经义。尼将经与读，大师曰：‘不识文字。’尼曰：‘既不识字，如何解释其义？’大师曰：‘佛性之理，非关文字。能解，今不识文字何怪？’众人闻之，皆嗟叹曰：‘见解如此，天机自悟，非人所及，堪可出家，住此宝林寺。’大师即住此寺修道，经三年。……后闻乐昌县西石窟有远禅师，遂投彼学坐禅。大师素不曾学书，竟未披寻经论。时有惠纪禅师，诵《投陁经》。大师闻经，叹曰：‘经意如此，今我空坐何为？’……惠纪禅师谓大师曰：‘久承蕲州黄梅山忍禅师开禅门，可往彼修学。’大师其年正月三日，发韶州，往东山，寻忍大师。”若是这样，则惠能在参礼五祖前已有过一些学佛的经历就是确定无疑的了。至于各本《坛经》为什么会强调惠能是听闻“《金刚经》”而开悟的，这也许是因为惠能在大梵寺讲的内容主要是关于“摩诃般若般罗蜜法”的，而我们知道，《金刚经》又称《金刚般若波罗蜜经》，被视为《大般若经》的经中之经，所以在演讲时强调这一“因缘”就不足为怪了。惠能平生大部分时间都在讲法度人，《金刚经》只是他讲法的一部分，除了《涅槃经》之外，后面我们将看到他也讲《法华经》，甚至还有《楞伽经》。至于《坛经》为什么要突出他讲《金刚经》的部分，这就要联系一下《坛经》在流变中的社会环境了。我们知道，唐开元二十二年(734)，唐玄宗颁布了他注释的《金刚经》，并将其与《道德经》、《孝经》并称，说它“不坏之法，真常之性，实在此经”。《金刚经》在惠能以后受到如此的重视，几乎可以作为佛教的代言者，那么，惠能的后生强调这方面的内容就是契机之举了。

另一个颇值得关注的细节是，惠能离家之前是如何安置含辛茹苦将其抚养成人的母亲的。据敦煌本《坛经》记载，惠能知道弘忍大师的传法道场之后，觉得“宿业有缘”，便即辞亲，前往黄梅去礼拜弘忍大师。而我们这里看到的《坛经》则还记载说，惠能在辞亲之前，“乃蒙一客取银十两与惠能，令充老母衣粮”，即在安排好老母的生活后，惠能才前往黄梅，礼拜五祖。据《祖堂集》卷二记载，惠能想去黄梅，但不放心母亲一人在家，就是买柴的客人给了惠能银子，鼓励他前往。这个人姓安名道诚，给惠能的银子是“一百两”而不是“十两”。文称：“其时，道诚劝惠能往黄梅山礼拜五祖。惠能报云：‘缘有老母，家乏缺阙，如何抛母，无人供给。’其道诚遂与惠能银一百两，以充老母衣粮，便令惠能往去礼拜五祖大师。惠能领得其银，分付安排老母讫，便辞母亲。”这样的记载，显然更突出了惠能对母亲的孝心。从中我们可以看到中国化佛教讲究“孝道”的特色在惠能身上的具体表现，或者说我们的禅宗在塑造惠能这位祖师时体现出了伦理关怀。实际上，孝道思想的渗入，不仅表现在这里，在后文中，我们还将进一步认识到。这一思想甚至成了宋以后各本《坛经》所宣扬的重要的原则之一，将“恩则孝养父母”作为在家修行的必备内容。

祖问曰：“汝何方人？欲求何物？”

惠能对曰：“弟子是岭南新州百姓。远来礼师，惟求作佛，不求余物。”

祖言：“汝是岭南人，又是獦獠[①]，若为堪作佛？”

惠能曰：“人虽有南北，佛性[②]本无南北。獦獠身与和尚不同，佛性有何差别?”

五祖更欲与语,且见徒众总在左右,乃令随众作务。

惠能曰:“惠能启和尚,弟子自心常生智慧,不离自性,即是福田[3]。未审和尚教作何务?”

祖云:“这獦獠根性大利,汝更勿言,著槽厂[4]去。”

惠能退至后院。有一行者[5],差惠能破柴、踏碓[6]。经八月余。

祖一日忽见惠能曰:“吾思汝之见可用,恐有恶人害汝,遂不与汝言。汝知之否?”

惠能曰:“弟子亦知师意,不敢行至堂前,令人不觉。”

【注 释】

① 獦獠:一般认为是对南方少数民族的一种侮称,主要指这些人没文化。有人认为惠能初见弘忍时,穿的可能是少数民族的服装。也有人认为惠能本身可能就是少数民族。② 佛性:敦煌本中多写作“佛姓”。佛性,是梵文 Buddhata 的汉译,亦作法性、真如、如来藏等。此“佛性”一词,就其历史文化性格而言,源于“种姓”思想。在佛教早期经典中,“佛姓”这一观念的提出是对印度种姓制度的突破,意在等级森严的种姓之外别开一面,这无疑是对处于种姓制度之巅的婆罗门种姓的反叛。作为这种思想的反映,东晋道安曾以佛姓——释迦牟尼——来称呼出家人,即以“释”为姓,这就为众生成佛开了一个方便之门。随着提倡“众生皆有佛性”的《涅槃经》传入,佛性思想逐渐成为中国佛教的主流,其内涵也日益丰富,曾引起众多佛教学者的讨论。就概念的发展而言,“佛性”与“法身”的思想密切相关,佛去世后,一些弟子认为佛的色身虽不存,但其“法身”常存,暂存的色身只是“法身”在因缘下的显现,这种法身即“法性”,也称“佛性”。此法性不仅常存,而且遍在,在众生中,具有众生成佛的可能性或因性的意味。在中国佛教中,除了具有“佛性”、“如来藏”等称呼外,因为中国传统文化中以人心人性作为区别人与非人的重要标准,所以佛性逐渐也被称为“心性”。总之,无论是“佛姓”还是“佛性”,其最普遍的意思是指众生成佛的可能性、因性或成佛的内在根据。在这里,惠能认为“佛者,觉也”,“觉”特指“自心觉悟”,所以这里的佛性即人心的觉性或智慧

性；又因为般若即智慧，所以惠能所理解的“佛性”即人心的“般若智慧”。③ 福田：即生长福报之田地。佛教认为，人若行布施、造像、建塔、写经等行业，将来会享有各种功德福报，就像农民好好种田而得到收获一样。不过惠能这里以“自心常生智慧，不离自性”来解释“福田”，所以更带有向自身、向内求索的意味，相对于向外求索福报而言，这可以称之为“自心福田”说；相对于那些特定的、有形相的福田，惠能所理解的“福田”又可称为“无相福田”。④ 槽厂：喻指僧徒所住的宿舍，因为禅师常以驴马来讽喻未通禅义的僧徒，故将其宿舍贱称为“槽厂”。⑤ 行者：有两种含义，一是指在寺院勤服杂役而尚未出家的人，二是指行脚参禅或四方乞食的出家人。⑥ 踏碓：舂米的劳动。因为这种劳动利用的是杠杆原理，需要体重、脚力和时间，所以是一个持久而艰辛的活计。后文中提到弘忍“见能腰石舂米”，有些文献说惠能“脚有病”，都可在此找到解释。这些文字所要说明的也许是，佛法大意即在点滴的生活中，即所谓的“于一切时中”。

【导读】

本节记述的主要是惠能初次参拜弘忍大师的对话。此番对话虽然平常，但其内容直指成佛的根本问题——佛性问题。在对话中，惠能不问佛教经卷的个别名相，不问如何成阿罗汉，而是直接说“惟求作佛”，可见其志向是明确而远大的。不仅如此，惠能还表达了自己对“佛性”和“福田”的看法。

针对弘忍言及的佛性问题，慧能认为人人都有佛性，一切众生皆可成佛，并不因为个人之间的地理区域和面貌特征等外在属性的差异而有所不同。惠能在此显然是引用了《涅槃经》“一切众生皆有佛性”的经义来作答。这种一切众生皆可成佛的观点，不是惠能的独创，而是中国佛教自东晋以来即已确立的观念。惠能佛性思想的特殊之处在于，他很少讨论宇宙的生成及性质等外在问题，而是将人的解脱放在首要的地位，将佛性紧紧地与现实的人心联系在一起，将现实的人心视为成佛的源头活水。因此，要了解惠能的理论，包括他关于佛性的理论，不能脱离他的行事来谈，而应结合他那活泼泼的生命历程来谈。

关于福田，惠能认为特定的形式化的“作务”不可执著，自心常生智慧,在平常的生活中处处不离自性,时时都可实践禅行,这即是真正的福田。这里的不离自性即是不离佛性,而佛性不是可以追求的抽象的存在物,而是体现在点滴的个人宗教修行中。这些修行不是盲目的,而是与自己的菩提智慧密切相连的。所以,真正的修行即是自心菩提的觉悟和显现,即使在平日的踏碓中也体现得出,正所谓"搬柴打水,都是妙道"。

祖一日唤诸门人总来:"吾向汝说,世人生死事大[①]。汝等终日只求福田,不求出离生死苦海,自性若迷,福何可救?汝等各去自看智慧,取自本心般若之性,各作一偈,来呈吾看。若悟大意,付汝衣法,为第六代祖。火急速去,不得迟滞。思量即不中用。见性之人,言下须见。若如此者,轮刀上阵亦得见之[②]。喻利根者。"

众得处分,退而递相谓曰:"我等众人,不须澄心用意作偈[③]将呈和尚,有何所益?神秀上座现为教授师[④],必是他得,我辈谩作偈颂,枉用心力。"余人闻语,总皆息心。咸言:"我等已后依止秀师,何烦作偈?"

【注 释】

① 生死事大:佛教认为,世人在觉悟之前,永远处于生死轮回中,执著生死是痛苦的根源。因此,要摆脱各种痛苦,获得解脱,就要重视生死问题。② 轮刀上阵亦得见之:借指在任何情况下都可以当下地显现本来的智慧心性,当仁不让,毫不畏惧。③ 偈:即偈颂,是佛经中常用的一种文体,用简洁的语言表达深刻的义理。传入中国后,亦为佛教徒经常采用。其形式长短不一,一般为四句一组,每句字数相同。④ 神秀(约606—706):俗姓李,汴州尉氏(今属河南)人。上座:寺院中出家时间长、德高望重的人,地位仅次于住持。教授师:向受戒僧侣讲授有关寺院生活中行住坐卧等规范的人。

【导 读】

这里主要介绍了弘忍布置作偈和众人放弃作偈的情形。众所周知,佛教的创立虽然与当时印度的社会状况和文化背景有着密切的关系,但其最直接的动因却是释迦牟尼对生老病死等人生问题的思考。人生皆苦，这是佛教解脱论的基本出发点。“苦”是释迦牟尼对人生所作的基本价值判断，它是基于对人生现象和人的现实生存状况的深层思考而提出来的。一切众生，本来具有清净的本心，但在世俗社会中，却由于无明而受到物欲与情欲的侵染，不可抑止的贪爱和欲求致使不知不觉地落入了无明所导致的惑业中，从而随因果律而起伏，在生死轮回中难以自拔。这样，生命本身既是承受痛苦的主体，也是解脱痛苦的修道之基。如何在生死中实现解脱，而不是随着生死流转，这也是禅宗最关注的问题。

当五祖弘忍感到自己的生命之火即将熄灭而欲传衣法与弟子时，深感“世人生死事大”，教益弟子应以了生死、求解脱为本分大事，如果迷失自有的“佛性”而只是追求外在的享受，是不能出离生死苦海的，这样怎么能得到真正的解脱呢？在弘忍看来，人的解脱源于各自本性的觉悟，如果觉悟当下即可见，处处即可见，在语言表达上也能见。所以，弘忍让大家“取自本心般若之性”以作偈。然而，众人庸庸，不见自性，唯求他缘，把作偈乃至成佛寄托在上座神秀身上。

神秀思惟：“诸人不呈偈者，为我与他为教授师。我须作偈将呈和尚。若不呈偈，和尚如何知我心中见解深浅。我呈偈意，求法即善，觅祖即恶，却同凡心夺其圣位奚别？若不呈偈，终不得法。大难！大难！”

五祖堂前有步廊三间，拟请供奉卢珍[①]画“《楞伽经》变相”及“五祖血脉图”[②]，流传供养[③]。神秀作偈成已，数度欲呈，行至堂前，心中恍惚，遍身汗流，拟呈不得。前后经四日，一十三度呈偈不得。秀乃思惟：“不如向廊下书著。从他和尚看见，忽若道好，即出礼拜，云是秀作；若道不堪，枉向山中数年受人礼拜，更修何道？”是夜三更，不使人知，自执灯书偈于南廊壁间，呈心所见。偈曰：

“身是菩提树[④]，心如明镜台。时时勤拂拭，勿使惹尘埃。”

秀书偈了，便却归房，人总不知。秀复思惟：“五祖明日见偈欢喜，即我与法有缘。若言不堪，自是我迷，宿业障重，不合得法。圣意难测。”房中思想，坐卧不安，直至五更。

【注 释】

① 供奉卢珍：供奉为官名，指有某技艺特长以供奉内庭者，后来也成为对有此专长者的尊称。卢珍，身世不详。②《楞伽经》变相：是指以图像的方式将《楞伽经》中的故事表达出来。《楞伽经》，前后四译，以刘宋求那拔陀罗所译《楞伽阿跋多罗宝经》四卷最为流行，传说为禅宗初祖达摩传法的依凭。该经的"如来藏"本净思想及关于"禅"的渐顿阐述是禅宗的重要思想资源。五祖血脉图：即自达摩到弘忍的传法世系图。③ 供养：以鲜花、香烛、食物、衣服等奉事三宝（佛、法、僧）、师长、父母、亡灵等。从佛教发展史来看，初期以个人具体行为的奉事为主，称为身分供养；后来扩展为精神方面的奉事，也称心分供养，包括恭敬、赞叹、礼拜、心生欢喜等。惠能更强调精神方面的供养，而且在供养的对象上表现出不是向外境外理供养，而是向内心内性供养。④ 菩提树：在印度别名思维树。传说，佛祖释迦牟尼是在菩提树下觉悟而证得解脱智慧的，因此菩提树又被翻译为觉树、道树，以示与佛陀相关。

【导 读】

本节主要描述了神秀作偈时的犹豫情形，将其思量作偈、再三呈偈、书偈壁间等前前后后的心理变化过程刻画得惟妙惟肖，尤为引人入胜。然而，这些描述越是细致，就越是使人产生怀疑：这里的"神秀"是现实中的神秀吗？

为了更好地了解惠能禅宗思想形成的背景，我们需要首先看看神秀是怎样的人。《坛经》中的神秀与禅宗史上的神秀是有区别的。据记载，弘忍门下最先发展起来的是盛行于北方嵩洛地区的神秀一系，即神秀北宗禅。神秀少览经史，博综多闻，对老庄儒学、佛教三藏，无不通晓。既而奋志出家，剃染受法。四十六岁时，至黄梅东禅寺参拜弘忍，做杂役服劳六年，深为弘忍器重，被命为上座，并令为教授师。弘忍去世后，神秀在湖北当阳玉泉寺开法，宣传渐修法门，形成北宗禅。其时，"就者成都，学者如市"，颇具影响。武则天闻其盛名，于久视元年（700）（一说大足元年，即701年）遣使迎请。神秀被招入京后，受到朝廷的礼遇。中宗即位后，对他礼敬倍加，推其为"两京法主，三帝门师"。去世后，诏谥"大通禅师"。

由此可见,神秀生前的声望远在惠能之上。

至于神秀的禅法思想,则要联系《坛经》中提到的“《楞伽经》变相”和“五祖血脉图”来予以说明。此处将《楞伽经》与五祖血脉联系起来,是因为禅宗在追溯自己思想源流时,视“达摩”是其东土初祖,而达摩在传教时所用的经典即是《楞伽经》,所以代代相传到五祖弘忍时,便有提出在廊壁上画“《楞伽经》变相”和“五祖血脉图”的事情。《楞伽经》本身是既讲禅法修行又讲禅法理论的,其中的禅法理论以“如来藏自性清净心”为主。所谓“如来藏自性清净心”,是说如来与众生体性不二,人人具有佛性,佛性在人表现为清净心。如来藏的“藏”,有“胎藏”的意思。如来藏,意即“如来在胎藏中”,它作为“佛性”的异名,更形象地说明了一切众生藏有本来清净的如来法身(佛性)、因而皆得成佛的道理。经中认为,“如来藏自性清净”,但自性清净的如来藏为“无始虚伪恶习所熏”,为“客尘所染”,便成了生起一切法的“阿赖耶识”,从而成为一切“善不善”之因。阿赖耶识在经中也称识藏或藏识。如来藏即是佛性,识藏也就是众生心。因此,依此心此性而修禅,既可以“舍伪”,也可以“归真”。惠能的先驱者——依《楞伽经》修行的楞伽师们,有的就从“真心”立论而强调“凡圣同一真性”,有的则从“妄心”立论而强调“诸佛说心,令知心相是虚妄法”。这种以真心、妄心来分解人心的做法,受到了惠能的批评。神秀的禅法理论更多地继承了这种将人心分解为真心与妄心的做法,并且认为人心以真心为本质、为体性、为佛性,进而在具体的禅法修行中强调观真心,强调杜绝一切思想意念,注重身心不动、长坐不卧的坐禅,乃至注重各种经典。从这些方面看,《坛经》中以“身是菩提树,心如明镜台。时时勤拂拭,勿使惹尘埃”的偈颂来概括神秀的禅学思想,是抓住了神秀的主要思想的。

神秀的思想在一定程度上也是主张向内求索的,所以他也反对修寺、铸像、烧香、散花、燃长明灯等外在的形式主义的求佛道之行,甚至认为广费财宝、多积水陆、妄营像塔等都是背正归邪的行为,于真性一无利益。不仅如此,他也主张“顿悟”,他一再提到“一念净心,顿超佛地”,认为只要能摄心内照,绝三毒心,那么,“超凡证圣,目击非遥,悟在须臾,何烦皓首?”只是由于神秀在讲顿悟的同时更强调“息妄”的渐修而已。因此,我们在读到“时时勤拂拭”的时候不能认为神秀仅仅是个渐修僧，事实上他也是提倡“顿悟”的。

不过，神秀有将“真心”、“佛性”视为可以通过观和修的精神实体存在的倾向，若以佛教特有的般若理论来衡量，这是一种“执著”。般若理论认为，“此有故彼有，此灭故彼灭”。一切现象（包括精神现象）都是无自性的、自性当体即空（即性空）、自性清净的，没有一个永恒存在的实体。这种思想也存在于四卷本的《楞伽经》中，其文称：“一切无涅槃，无有涅槃佛，无有佛涅槃，远离觉不觉。若有若无有，是二悉俱离，牟尼寂静观。”这种对言相的破除和以“性空”解涅槃的倾向，使如来藏之理与性空之理也就有了沟通的可能。事实上，以般若性空与《楞伽经》心性相会通，既是达摩系禅法的基本特色之一，也是惠能禅学得以把神圣的佛性拉向众生心的基点。这种会通过程的表现，即惠能及其祖师们对《金刚经》的逐渐重视。更具体地，我们可以看到，在《坛经》中，惠能是听闻《金刚经》开悟的，弘忍是提倡读《金刚经》即可开悟的，后面还提到弘忍与卢供奉的对话，其中的“凡所有相，皆是虚妄”也出自《金刚经》。值得注意的是，无论是达摩提倡《楞伽经》，还是诸祖提倡《金刚经》，他们都是在“悟宗”、“得意”的意义上提倡的，是坚决反对执著于经教名相的。

祖已知神秀入门未得，不见自性。天明，祖唤卢供奉来，向南廊壁间绘画图相。忽见其偈，报言：“供奉，却不用画，劳尔远来。经云：‘凡所有相，皆是虚妄。’但留此偈，与人诵持。依此偈修，免堕恶道[①]。依此偈修，有大利益。令门人炷香礼敬，尽诵此偈，即得见性。”门人诵偈，皆叹：“善哉！”

祖三更唤秀入堂，问曰：“偈是汝作否？”秀言：“实是秀作，不敢妄求祖位。望和尚慈悲，看弟子有少智慧否？”祖曰：“汝作此偈，未见本性，只到门外，未入门内。如此见解，觅无上菩提，了不可得。无上菩提，须得言下识自本心、见自本性不生不灭。于一切时中，念念自见万法无滞。一真一切真，万境自如如[②]，如如之心，即是真实。若如是见，即是无上菩提之自性也。汝且去，一两日思惟，更作一偈，将来吾看。汝偈若入得门，付汝衣法。”神秀作礼而出。又经数日，作偈不成。心中恍惚，神思不安，犹如梦中,行坐不乐。

【注 释】

① 恶道:佛教有三界六道的说法,其中地狱、饿鬼、畜生三道为六道轮回中的最坏去处,为造作十恶业的众生转世所坠入的场所,简称恶道。②“一真一切真”二句:意思是说,若能认识到自己自心真实的本来面目——性空而不坏假有,那么对一切万法也能见得其亦空亦不空的本来面目。与万法上没有虚妄分别,平等观察,则能真见于自心,发显自心自性至真至善之种,成就自己也成就万境,见一切之真。能见一切之真,即不会留烦恼尘劳独为不真,转尘劳成净土,转烦恼为菩提,行于真正,一切无碍,来去自由,则是万境自如如。

【导 读】

本节主要讲弘忍对神秀所作偈的评议。一方面,他在众人面前指出,大家若依此偈修行,将来会有大利益;另一方面,他又私下里跟神秀说,持此见解,只到门外,觅无上菩提,了不可得。这两个评价似乎前后矛盾,但要具体情况具体分析。前者是对众生讲的,他们将成佛依赖于他人或布施供养等外在机缘——终日只求福田供养,所以此偈有劝导众人反向人身、人心以求福田的大利益,若众人可以领悟自性是佛,并自行做佛,那么即是大利益的实现了,也可以称为“即得见性”。后者是对神秀本人讲的,从神秀所问“看弟子有少智慧否”一语即可知道他“未见自性”,自性智慧自己见证,怎么凭借别人的认可呢?况且般若智慧人人本有,人人尽同,“弘忍的与惠能的无差异”,“神秀的与弘忍的也无差异”,怎么会有“有和没有”的不同?哪里又有“多和少”的分别?这是从对话中看。若从偈颂上看,神秀偈说:“身是菩提树,心如明镜台。时时勤拂拭,勿使惹尘埃。”全偈以身心杜绝烦恼妄念(尘埃)为至高追求,当且仅当如此才能实现全体真心、超然解脱。但是,佛教认为烦恼本性没有烦恼性,烦恼本性虚妄,去烦恼如去空,所以没有杜绝之物如何有杜绝之行,拂拭如何可能呢?既然渐渐的修行不能建立起来,“至高”的真心境界就无法实现,“顿悟”虽有时,但在八万四千种方便中极容易使得其“悟”变成虚名。

复两日，有一童子于碓坊过，唱诵其偈。惠能一闻，便知此偈未见本性。虽未蒙教授，早识大意。遂问童子曰："诵者何偈？"童子曰："尔这獦獠不知。大师言：'世人生死事大，欲得传付衣法，令门人作偈来看。若悟大意，即付衣法为第六祖。'神秀上座于南廊壁上书无相偈①。大师令人皆诵。依此偈修，免堕恶道；依此偈修，有大利益。"惠能曰："一本有"我亦要诵此，结来生缘"。上人②，我此踏碓八个余月，未曾行到堂前。望上人引至偈前礼拜。"童子引至偈前礼拜。惠能曰："惠能不识字，请上人为读。"时有江州别驾③姓张名日用，便高声读。惠能闻已，遂言："亦有一偈，望别驾为书。"别驾言："汝亦作偈，其事希有。"惠能向别驾言："欲学无上菩提，不得轻于初学。下下人有上上智，上上人有没意智④。若轻人，即有无量无边罪。"别驾言："汝但诵偈，吾为汝书。汝若得法，先须度吾，勿忘此言。"

惠能偈曰："菩提本无树，明镜亦非台。本来无一物，何处惹尘埃。"

书此偈已。徒众总惊，无不嗟讶。各相谓言："奇哉！不得以貌取人。何得多时使他肉身菩萨⑤！"祖见众人惊怪，恐人损害，遂将鞋擦了偈，曰："亦未见性。"众以为然。

【注 释】

① 无相偈：即不执著于相的偈。但根据后面的情况，此中"不执著"的内涵，由惠能的偈颂才显现出来。② 上人：原为寺院内对德高望重者的称呼。此处为对童子的尊称。③ 江州别驾：江州，治在今江西省九江市；别驾为官名，为辅佐州刺史的官吏。④ 没意智：指心智被埋没的状态。⑤ 肉身菩萨：指以父母所生之身而至菩萨深位的人。

【导 读】

本节重点记述了惠能所作传法偈一事的过程。值得一提的是，在《坛经》的早期版本中，惠能当时作了两首偈，一是："菩提本无树，明镜亦无台。佛性常清净，何处有尘埃。"一是："心是菩提树，身为明镜台。明镜本清净，何处染尘埃。"三首偈颂的最大区别在于第三句，即"本来无一物"不同于"佛性常清净"。这两句话没有一字相同，从表面上看前者是在强调"一切皆空"，后者则是在说"佛性常净"，二者如同冰火，互不相容。但是，从中国佛教发展的历史来看，这两句虽然文字不同，但是理趣一致，即二者都归之于人心的解脱。

首先，在中国佛学史上，般若性空和真如佛性两大理论从魏晋以来即开始有融合的倾向，发展到惠能这里，“佛性常清净”所表达的并不是传统意义上的宇宙本体论式的佛性论思想，而是经般若实相说改造了的佛性论思想。将“佛性常清净，何处有尘埃”放入前后文中来看，惠能并不是在讨论作为客观存在的“尘埃”存在与否、有还是无的宇宙论问题，而是在发表自己对“超离生死苦海”、“识心见性”的体悟问题、解脱问题。因此此句中的“佛性”便不是一个宇宙本体概念，而是一个作为解脱主体的人之心性的异名词；“尘埃”一词也不是实指客尘，而是喻指“烦恼妄念”。意思是说，人心若无尘劳妄念分别之想，自性如如即得佛性清净。其所发挥的其实是佛性如虚空、离分别、无所得、无净染的思想，而这一思想是与般若实相无相的思想一致的。

其次，从惠能偈与神秀偈的比较来看。神秀认为佛性犹如一个清静实体深藏在人心中，因其被妄念尘垢覆盖，所以应当“时时勤拂拭”，只有去除尘垢才能见到佛性。只有见到佛性之后，才能实现佛性。到那时才是真正的佛性之体与佛性之用的完全统一的境界。不过神秀此偈从整体上只说了如何达到佛性实现之前的条件，而不是直契佛性的实现。在方法上强调漫长的“渐修”；在理论上将妄念与佛性视为完全分离的二事，将佛性视为人心之抽象本性。相形之下，惠能将佛性视为如虚空、无所得，认为佛性体现在人们当下念念不断的自心之中，从而在理论上取消了作为绝对清净物存在的“佛性”，否认这种“佛性”可以作为人们追逐的目标。在修行方法上，惠能从念念修行出发，以识心见性、顿悟成佛来反对神秀的“时时勤拂拭”，认为在自心自性之外并没有一个独立长存的清净佛性本体。

第三，因为神秀与惠能对“佛性”的认识有根木的不同，若不能从内涵上予以理清，则很容易发生张冠李戴的情况。早期的敦煌本《坛经》从与神秀针锋相对的角度，在惠能的偈颂中使用“佛性常清净”来表达不同的“佛性”思想，这是可以理解的，但前提是要考虑到般若思想的融会。在后来的版本中，如本书所用宗宝本《坛经》中，将两偈合为一首，直接突出般若实相无相的思想，实质上在表达人心人性之无可执著、无可得的含义方面没有根本差别，所以也是符合惠能的原意的。同时，从早期的两首偈颂来看，“明镜本清净”表达的显然是“明镜亦无台”的思想，而“菩提本无树，明镜亦无台”，否定的正是把菩提树、明镜台执为实有的观点，其中也蕴含着“本来无一物”的思想。

所以，后人将两偈合为一偈，“本来无一物”取代“佛性本清净”，有主旨明确、一气呵成之效，同样表达了自心清净，于外不执著于物、于内不执著于心，来去自由、万法如如解脱的修行和解脱境界。

次日，祖潜至碓坊，见能腰石舂米。语曰：“求道之人，为法忘躯，当如是乎？”乃问曰：“米熟也未？”惠能曰：“米熟久矣！犹欠筛在。”祖以杖击碓三下而去，惠能即会祖意，三鼓入室。祖以袈裟遮围，不令人见，为说《金刚经》，至“应无所住而生其心”，惠能言下大悟，一切万法不离自性。遂启祖言：“何期自性本自清净？何期自性本不生灭？何期自性本自具足？何期自性本无动摇？何期自性能生万法？”祖知悟本性，谓惠能曰：“不识本心，学法无益。若识自本心，见自本性，即名丈夫、天人师、佛①。”三更受法，人尽不知，便传顿教②及衣钵，云：“汝为第六代祖，善自护念，广度有情，流布将来，无令断绝。听吾偈曰：

有情来下种，因地果还生。无情既无种，无性亦无生③。”

祖复曰：“昔达磨大师初来此土，人未之信。故传此衣，以为信体。代代相承。法则以心传心，皆令自悟自解。自古佛佛惟传本体，师师密付本心。衣为争端，止汝勿传。若传此衣，命如悬丝。汝须速去，恐人害汝。”

惠能启曰：“向甚处去？”

祖云：“逢怀则止，遇会则藏④。”

惠能三更领得衣钵，云：“能本是南中人，素不知此山路，如何出得江口？”

五祖言：“汝不须忧，吾自送汝。”

祖相送，直至九江驿⑤。祖令上船。五祖把橹自摇。惠能言：“请和尚坐，弟子合摇橹。”祖云：“合是吾渡汝。”惠能云：“迷时师度，悟了自度。度名虽一，用处不同。惠能生在边方，语音不正。蒙师传法，今已得悟。

只合自性自度。”祖云：“如是，如是。以后佛法由汝大行。汝去三年，吾方逝世[6]。汝今好去，努力向南。不宜速说。佛法难起。”惠能辞违祖已，发足南行。

【注 释】

① 丈夫、天人师、佛：佛典中，佛的名号很多，一般有十名号最常用，即如来、应供、正遍知、明行足、善逝、世间解、无上士、调御丈夫、天人师、佛世尊。这里提到的三个佛名，涉及到一家之主的“丈夫”、三界之主的“天人”以及因“智慧”之觉成就其主的“佛”。丈夫，即调御丈夫，其名因佛陀善于化导善男子而来。因佛陀为智慧之王，其智超越人世界，也超越三界六道，天人虽位于在三界之上，但智慧不及佛陀，他们纷纷归顺佛教说法，因此佛有“天人师”之名。② 顿教：一种令人迅速成佛的教法，一般与渐教相区别，其特点在于不拘泥于任何形式，主张内心觉悟即是佛，直心修行即是佛行，略称“顿悟成佛”。③“有情来下种”四句：这首偈颂的表面意思是说，有情众生将种子播入土地，因缘和合，才得生长开花结果，若缺少任何一个条件，就结不成果实。喻指有情众生自性有佛，如果能自识本心，随缘呈现，菩提自成。④“逢怀则止”二句：此语是对惠能以后隐居地的预言式的提示。怀，即广东省怀集县；会，即广东省四会市。⑤ 九江驿：在今江西九江。⑥“汝去三年”二句：“三年”，各本说法不一，主要意思在于说明后文的“不宜速说。佛法难起”。

【导 读】

本节主要叙述了弘忍大师秘密传法给惠能以及送惠能南下的过程。其中的很多内容是早期的《坛经》中未曾有的，有人认为弘忍与惠能带有参禅机锋式的对话是后人加进来的，但是，这种机锋式的对话可能本来就源于《坛经》或关于惠能的其他的早期资料。

得法传衣是惠能一生中的重大事件，它标志着尚未出家的惠能已经确立了禅宗六祖的地位。对于此事，唐代王维的《六祖能禅师碑铭》就有记载，其中明确说，惠能临行，弘忍“遂密授祖师以袈裟”。自此以后，禅宗南宗所传的各种资料中都记载了此事，并敷演出一些相关的故事，而在禅宗北宗的文献中也未发现否定此说的文字。至于说弘忍传衣给惠能，是否如神会所宣扬的那样表明了惠能为弘忍的唯一的嫡传。一般认为，这种说法很可能是神会利用了传衣一事来大造舆论以与神秀北宗门徒争夺法统的结果。

从中国禅的发展历史来看，禅家一向特别重视师承传授。鸠摩罗什的弟子僧叡曾指出“无师道终不成”，东晋名僧慧远、慧观等都对当时中土所传禅法的师承不明表示过不满。当佛陀跋陀罗来华应慧远之请译出《达摩多罗禅经》时，因为其中叙述了佛灭度后禅法自大迦叶以下历代祖师的次第传授的情况，所以受到了习禅之士的极大欢迎，“四方乐静者，并闻风而至”。到唐代时，禅学过渡到了禅宗，并与其他宗派一样，仿效世俗宗法世系厘定自己的传承情况。弘忍初创禅宗的一个重要标志就是论定了自菩提达摩以来历代祖师的传承，但从当时的一些记载来看，四祖道信和五祖弘忍的传授都并不限于一代一人。道宣《续高僧传·道信传》中曾记载道信语说：“(吾)生来付嘱不少。”玄赜《楞伽人法志》中也记弘忍语说：“吾一生教人无数……后传吾道者，只可十耳。”杜朏《传法宝纪》中则说弘忍以后的传法是修行者若有所得，即“密来自呈，当理与法”。惠能不识文字，凭着对佛法的悟性而主张不立文字、直了心性之禅，这种见地得到弘忍的印可并受到特别的赞赏是完全可能的。因为弘忍自己七岁就跟随道信，文化水平也不高，他勤于劳作，刻苦修习，不重文句，继承了道信的朴实禅风，因而对惠能的简易朴实格外欣赏。惠能“当理”，弘忍“与法”，在传法的同时又传衣，这在当时也是可能的。《全唐文》卷十七所收录的唐中宗《召曹溪惠能入京御札》中就有“南方有能禅师，密受忍大师衣法”的记载。其实，传衣之说并非弘忍首创，它一直可以追溯到释迦牟尼时代。《杂阿含经》卷四十一中就有“佛告迦叶，汝当受我粪扫衣”的记载。据说惠能的同门玄赜也曾将自己的袈裟等法器传付于弟子净觉。惠能是南方人，当时菩提达摩系的禅法已经在嵩洛地区和长江流域有了一定的影响，但尚未扩展到广州一带。弘忍曾认为惠能是“堪为人师”的“一方人物”，为了支持惠能回南方去传法，便利用传衣的方式使惠能获得学有传承的凭信，这应该说是可能的。至于说弘忍传衣给惠能，是否如后来神会所宣扬的那样，表明了惠能为弘忍唯一的嫡传，那是另一回事。

若按照惠能的思想去推理，无论“衣”还是“法”，都是本性空的，得而无得才是真得，若执著于得衣或得法，本身就成为对外物的执著或无明执著了。倘若再以此自居，妄生我慢，与人相诤是非，则更成颠倒了。所以弘忍交代惠能，衣则止汝勿传，法则以心传心，此心即每个人自己的心，清净的心，无执著的心，能觉悟的心，任运自然的心。

弘忍与惠能离别前在小船上的对话也是比较有意义的。惠能说“迷时师度，悟是自度”的话表面上看似参禅话头，而实际上则是惠能融理论于当下的宗教生活的又一个体现。若真有此事，且发生在弘忍大师去世前的几年，那么弘忍已年迈了，而惠能正值壮年，在这种情况下怎么可以让老师来划船呢？

两月中间至大庾岭[①]，五祖归，数日不上堂。众疑，诣问曰：“和尚少病少恼否？”曰：“病即无，衣法已南矣。”问：“谁人传授？”曰：“能者得之。”众乃知焉。逐后数百人来，欲夺衣钵。一僧俗姓陈，名惠明[②]。先是四品将军，性行粗慥，极意参寻，为众人先。趁及惠能。惠能掷下衣钵于石上，云：“此衣表信，可力争耶？”能隐草莽中。惠明至，提掇不动。乃唤云：“行者，行者，我为法来，不为衣来。”惠能遂出，坐盘石上。惠明作礼云：“望行者为我说法。”惠能云：“汝既为法而来，可屏息诸缘，勿生一念，吾为汝说。”明良久。惠能云：“不思善，不思恶。正与么时，那个是明上座本来面目？”惠明言下大悟，复问云：“上来密语密意外，还更有密意否？”惠能云：“与汝说者即非密也。汝若返照，密在汝边。”明曰：“惠明虽在黄梅，实未省自己面目。今蒙指示，如人饮水，冷暖自知。今行者即惠明师也。”惠能曰：“汝若如是，吾与汝同师黄梅，善自护持。”明又问：“惠明今后向甚处去？”惠能曰：“逢袁则止，遇蒙则居。”明礼辞。明回至岭下，谓趁众曰：“向陟崔嵬，竟无踪迹，当别道寻之。”趁众咸以为然。惠明后改道明，避吾上字。

【注释】

① 大庾岭：在今江西省大余县与广东省南雄县的交界处，又名台岭、梅岭，为古代交通的要道。② 惠明：一作道明，四品将军。《宋高僧传》卷八作“惠明”，《景德传灯录》卷四作“道明”，均为立传，谓其受惠能传

法后，到袁州（今江西宜春）蒙山传教。在敦煌本《坛经》中又作“惠顺”，为三品将军。

【导 读】

惠明应该算是惠能得法后所传的第一个弟子。因为此时惠能还没有出家受戒，所以还是“行者”。惠明的性格是那样冲动，所以等他平静下来，惠能跟他说：“不思善，不思恶。正与么时，那个是明上座本来面目？”惠明听后，当即大悟。不过，他是不是真悟，只有他自己知道，所谓“如人饮水，冷暖自知”。惠能只说了“善自护持”，言下之意也许是“悟”不是口头悟，还要心行悟，不仅是解悟，还要证悟。虽然这段记载的可靠性历来有人怀疑，而且事实上也很可能是经过了后人的添改，但它确实反映了惠能对解脱的基本看法——解脱是自心对自己本来面目的证悟，是自心无念无住的自然任运。

惠能后至曹溪[①]，又被恶人寻逐。乃于四会避难猎人队中，凡经一十五载。时与猎人，随宜说法，猎人常令守网，每见生命尽放之。每至饭时，以菜寄煮肉锅。或问，则对曰：“但吃肉边菜。”一日思惟，时当弘法，不可终遁。

【注 释】

① 曹溪：因其流经曹侯村而得名，其源头有长坪、木坪和狗儿岭（大宝山）三处，三水至沙溪而汇合，成为曹溪。因为惠能长期在此说法，所以“曹溪”被视为惠能禅的代称。

【导 读】

有关惠能避难隐遁的时间，各种史料的记载很不一致。现存最早的敦煌本《坛经》没有明说，但有弘忍临别时向惠能交代“将法向南，三年勿弘”的训言，暗示了三年的时间。惠昕本《坛经》则明确提到“经五年，常在猎人中”。《曹溪大师别传》也说惠能回到南方，“于广州四会、怀集两县界避难，经于五年，在猎师中”。而契嵩本和宗宝本《坛经》则都改为"避难猎人队中,凡经一十五载"。另外,《祖堂集》记作"四年",《历代法宝记》记作"十七年"。而王维《六祖能禅师碑铭》中则又说惠能"混农商于劳侣,如此积十六载"。柳宗元《赐谥大鉴禅师碑》中持与此相同的观点,认为惠能"遁隐南海上,人无闻知,又十六年"。惠能门人法海撰《六祖大师法宝坛经略序》中也说惠能"南归隐遁一十六年"。综合各种有关惠能闻法、求法、得法、开法和去世等生平事迹的记载,我们认为,惠能隐居三年的说法比较恰当。虽然不能确切知道惠能到底隐居了多少年,但是各种资料都说惠能在隐居期间是坚守道义、力行佛法的,而且一有机会便随机说法,这才是关键所在,所谓"穷则独善其身",即体现在这里。

遂出至广州法性寺[①]。值印宗法师[②]讲《涅槃经》[③]。时有风吹旛[④]动。一僧曰风动,一僧曰旛动。议论不已。惠能进曰:"不是风动,不是旛动,仁者[⑤]心动。"一众骇然。印宗延至上席,征诘奥义。见惠能言简理当,不由文字。宗云:"行者定非常人,久闻黄梅衣法南来,莫是行者否?"惠能曰:"不敢。"宗于是作礼,告请传来衣钵出示大众。

宗复问曰:"黄梅付嘱,如何指授?"惠能曰:"指授即无。惟论见性,不论禅定解脱。"宗曰:"何不论禅定解脱?"能曰:"为是二法[⑥],不是佛法。佛法是不二之法。"宗又问:"如何是佛法不二之法?"惠能曰:"法师讲《涅槃经》,明佛性是佛法不二之法。如高贵德王菩萨白佛言:犯四重禁[⑦],作五逆罪[⑧],及一阐提[⑨]等,当断善根佛性否?佛言:善根有二,一者常,二者无常。佛性非常非无常[⑩],是故不断,名为不二。一者善,二者不善,佛性非善非不善,是名不二。蕴之与界[⑪],凡夫见二。智者了达,其性无二。无二之性,即是佛性。"印宗闻说,欢喜合掌言:"某甲[⑫]讲经,犹如瓦砾。仁者论义,犹如真金。"于是为惠能剃发,愿事为师。惠能遂于菩提树下,开东山法门。

【注释】

① 法性寺:今名光孝寺,在广州市内。初名制旨寺,唐时分为法性、乾明二寺。宋时合为一寺,改名光孝寺,沿用至今。寺中现仍存风旛堂、

瘗发塔等惠能活动的遗迹。相传，风旛堂是印宗法师当年为纪念惠能著名的“仁者心动”之禅语而建。瘗发塔则是惠能剃度后，寺院住持法才将惠能的头发埋在菩提树下，并在其上建成的八角形砖塔，塔高 7.80 米。② 印宗（627—713）：俗姓印，吴郡（今江苏苏州）人。初习经论，为涅槃学者，后受业于惠能，晚归故乡，立坛度众，又成著名的戒律师。参见《宋高僧传》卷四。③《涅槃经》：全称《大般涅槃经》，或称《大本涅槃经》，汉译北本作四十卷，北凉昙无谶译。《涅槃经》主要阐述佛身常住不灭、涅槃常乐我净、一切众生悉有佛性以及一阐提和声闻、辟支佛均得成佛等大乘佛教思想。④ 旛：同幡，指寺院中悬挂的长条形旗。⑤ 仁者：指对人的尊称。⑥ 二法：也称二边、二相，指分别之见，具体有多种说法，如有无、善恶等。以惠能之见，法体清静，究竟无二，若二即非究竟，非究竟之法即二法。⑦ 四重禁：又称四重罪，即一舍正法，二舍菩提心，三悭吝胜法，四恼害众生。又指淫戒、杀戒、盗戒、大妄语戒。⑧ 五逆罪：又称五间业，因罪极而逆于常理，所以叫逆，说法不一，主要指杀父、杀母、杀阿罗汉、破和合僧（破坏僧众团结）、出佛身血（伤害佛身）。⑨ 一阐提：梵语音译，意指不信佛法，不做任何善事的人。⑩ 佛性非常非无常：这是一种典型的佛教式的表达方式，这种表达方式的目的在于表达般若智慧没有执著的中道思想，即不二思想，依此显现真如佛性的真实性和圆融性。⑪ 蕴之与界：蕴、界皆为佛教术语。蕴又称阴，指五蕴或五阴，即色、受、想、行、识，人即是这五种要素的和合体，所以这里的“蕴”可代指众生。界，一般指十八界，包括了一切物质和精神现象，但界也有分别、区别的意思，具有“法性”、“本性”之义。因此，蕴之于界的意思即是众生与众生的本性（佛性）的意思。⑫ 某甲：时人的自称。

【导读】

本节提到惠能在法性寺关于“仁者心动”和“佛性不二”的议论，敦煌本《坛经》中是没有的，但却见载于其他一些早期资料中，比如王维（701—761）所作的《六祖能禅师碑铭》和敦煌本《坛经》的编集者法海所作的《六祖大师法宝坛经略序》，其中都提到了惠能“会印宗法师”之事。而《曹溪大师别传》记述得更为详细，特别载有惠能以佛性的不二之义来解说禅：

"法师曰:'忍大师付嘱,如何指授言教?'能大师答曰:'唯论见性,不论禅定解脱、无为无漏。'法师曰:'如何不论禅定解脱、无漏无为?'能答曰:'为此多法,不是佛性,佛性是不二之法。《涅槃经》明其佛性不二之法,即此禅也。'"从思想上看,惠能在此发表的对佛性的见解,表达的是他对《涅槃经》佛性义和般若中道观的贯通理解,因而与敦煌本《坛经》突出《金刚经》的思想倾向并不矛盾。从惠能的整个思想体系来看,这恰好反映了他融会般若实相说和涅槃佛性论的特色。正因为惠能思想具有圆融空有两种理论的性格,所以在后来通行的《坛经》本子中,既突出《金刚经》的成分,也兼纳了惠能发挥佛性不二义的这部分内容。

同样,如果考虑到惠能融摄空有的禅学理论特色,而不是强求惠能在法性寺到底有没有发生上面提到的两件事情,那么我们便能认识到,无论"佛性不二"还是"仁者心动",其实都是般若无相与真心佛性之间会通的体现,而这种会通的结果是,传统的抽象的本体佛性转化成了人们当下的现实人心,而佛性和心动都成了这一现实人心的不同状态而已。说得更简单点,那就是惠能将基于人的解脱问题而产生的"理论"又拉向了人自身,从而区分了理论的构造和理论的目的,体现了他以人的解脱实践为核心的禅者风范,从而把自己与义学大师们区别开来。

对于惠能在法性寺的剃发受戒,法海等集的《六祖大师缘起外纪》中有非常具体的记载:"仪凤元年(676)丙子正月八日,会印宗法师,诘论玄奥,印宗悟契师旨。是月十五日,普会四众,为师瘗发。二月八日,集诸名德,授具足戒。西京智光律师为授戒师,苏州慧静律师为羯磨,荆州通应律师为教授,中天耆多罗律师为说戒,西国蜜多三藏为证戒。"据说惠能受戒的戒坛,乃宋朝求那跋陀罗三藏创建。当时还立碑曰:"后当有肉身菩萨于此受戒。"又说,梁天监元年(502),有智药三藏自西竺国航海而来,将彼土菩提树一株种在坛畔,并预言:"后一百七十年,有肉身菩萨于此树下开演上乘,度无量众,真传佛心印之法主也。"《曹溪大师别传》所记内容与此大致相似,但人名等略有不同。其中说惠能受戒时的教授师为荆州天皇寺道德律师,并称他与智光律师和慧静(慧作惠)律师三人后来"皆于能大师所学道,终于曹溪"。又说寺中戒坛乃是宋朝求那跋摩所置,坛边的两株菩提树则是由梁代三藏真谛所种。人名虽然不同,但都是想说明,惠能至是年才出家受戒，是应了某种预言的。这些预言显然都是后人为神化惠能而杜撰的，但从中我们可以看到惠能禅宗递嬗演变的某种痕迹。

惠能出家受戒后，就在法性寺的菩提树下为众人开“东山法门”，即弘扬道信弘忍一系的禅法，其实有不少内容是惠能自己的独创。不久，惠能就离开法性寺回到曹溪。据《六祖大师缘起外纪》说，惠能离开时，印宗法师与僧俗千余人把他一直送至曹溪，还有“荆州通应律师，与学者数百人，依师而往”。《曹溪大师别传》则说印宗法师带领僧俗三千余人送惠能回归曹溪。这些记载表明，惠能的出山在当时已产生了一定的轰动效应。

惠能于东山得法，辛苦受尽，命似悬丝。今日得与使君、官僚、僧尼、道俗同此一会，莫非累劫[①]之缘，亦是过去生中供养诸佛同种善根，方始得闻，如上顿教得法之因。教是先圣所传，不是惠能自智。愿闻先圣教者，各令净心闻了，各自除疑，如先代圣人无别。一众闻法欢喜，作礼而退。

【注释】

① 劫：劫波的简称，是梵文 Kalpa 的音译。意思是时分、长时、大时，是不能用通常的年、月、日计算的极长时间单位，与极短的时间单位“刹那”相对。佛教认为宇宙在时间上是无限的，既有消有长，又无始无终。世界消长一周期中经历四劫，即“成”、“住”、“坏”、“灭”。劫又可分为增劫和减劫。从人的寿命无量岁中，每一百年减一岁，一直减到十岁，此为减劫；再从十岁起，每一百年增一岁，一直增至八万岁，此为增劫。合此一减一增，为一小劫；合二十个小劫为一中劫，成、住、坏、灭分别为中劫；合成、住、坏、灭为一大劫。

【导读】

在“行由品”的结尾，惠能以佛教三世因果报应来解释当下同此一会乃是前世种下善根的缘故，勉励大家要善自护持自己的菩提佛性，从而为有情众生树立了成佛的信心，增强了宗教感染力。另外，惠能总结说，自己所得所传的是“顿教”，这一顿教没有别的法门，唯一的任务是促使众生将自己的佛性呈现出来，一旦呈现，即和圣人无别。

般若第二

次日，韦使君请益。师升座，告大众曰："总净心念摩诃般若波罗蜜多。"复云："善知识，菩提般若之智世人本自有之。只缘心迷，不能自悟。须假大善知识示导见性。当知愚人智人佛性本无差别。只缘迷悟不同，所以有愚有智。吾今为说摩诃般若波罗蜜法，使汝等各得智慧。志心谛听，吾为汝说。"

【导读】

印度大乘佛教的流行局面是伴随着大乘佛典的出现而产生的。大乘佛典卷帙浩繁，种类繁多，而最早出现的就是宣说万法性空道理的般若类经典。般若，是梵文 Prajna 的音译，意译为"智慧"，但它是佛教特指的能观照万物性空、使人达到解脱的一种智慧，故僧肇等佛学大师曾将它意译为"圣智"或"真智"，以与世俗一般的智慧区别开来。般若思想自汉代传入我国，魏晋以后曾在中土十分流行。

在般若空观颇具新意地显现在中国人面前的同时，它与佛教解脱成佛的最高目标之间也出现了一个令中国人难以理解的问题：佛教是帮助人出世求解脱的，如果一切皆空，如梦如幻，那么，谁是解脱的主体？如何实现解脱？当时许多人提出并思考着这些问题，连中土"解空第一"的僧肇也期盼着"所见不实，则实存于所见之外"。般若学者僧叡更是对《涅槃经》中的"一切众生皆有佛性"大感兴趣，认为般若类经典"于实体不足"的缺憾在此得到了弥补，因而他努力把般若学与佛性论结合起来理解，从而开启了般若之空向涅槃之有转化的风气。

般若学本身虽然并没有讨论佛性问题，但它通过对现实世界和世俗认识的否定来显示佛教的真谛和真实之境的思维方法，却为涅槃佛性论在中土的发展开辟了道路。同时，中国佛性论在其展开中也非常需要般若思想来会通，以破除人们过分执著于实体的倾向。这是因为，中国传统思想中自古以来就盛行着灵魂不死、因果报应等宗教观念，佛教传入后，首先引起人们注意的就是佛教的业报轮回说。中国人从“灵魂不死”、“神不灭”的观念出发去理解佛教教义，将佛教“无我说”中的“无我”解释为“非身”，虽然否定血肉之我的永恒，但不否定精神之我的永在，因而为肯定解脱的主体留下了广阔的余地。正是在“人死精神不灭，随复受形，生时所行善恶，皆有报应”流行的文化氛围中，涅槃佛性论思想传到了中国，并立即受到了普遍的重视和热烈的欢迎。《涅槃经》的译出，佛性论思想的盛行，在一定程度上纠正了般若性空论所张扬的“一切皆空”的偏激，使佛教的解脱论有了坚实的基础。但佛性毕竟不是灵魂、神我，涅槃也不是中土传统的“寿命长远”。当人们过分执著解脱主体时，以般若来“除其虚妄”就是很有必要的了。惠能的禅学思想正是体现了这种以般若性空会通真心佛性的趋势，其所主张的当下人心即是他融会二者的结果。

惠能指出，无论什么样的人，只要是人，那么他就具有没有差异的佛性，这佛性不是别的，就是人自己本有的智慧心性的呈现，而智慧心性的呈现，靠的不是口念，靠的不是坐禅，靠的不是追求有形相的外物或抽象的内物，这种智慧的显现无法用言语描述，如果非要给它一个名字，那就叫“摩诃般若波罗蜜多”。

“善知识，世人终日口念般若，不识自性般若。犹如说食不饱[①]。口但说空[②]，万劫不得见性，终无有益。善知识，摩诃般若波罗蜜是梵语，此言大智慧到彼岸。此须心行，不在口念。口念心不行，如幻如化，如露如电。口念心行，则心口相应[③]。本性是佛，离性无别佛。

何名摩诃？摩诃是大。心量广大，犹如虚空，无有边畔，亦无方圆大小，亦非青黄赤白，亦无上下长短，亦无嗔无喜，无是无非，无善无恶，无有头尾。诸佛刹土[④]，尽同虚空。世人妙性本空，无有一法可得。自性真空，亦复如是。善知识，莫闻吾说空，便即著空。第一莫著空。若空心静坐，即著无记空[⑤]。善知识，世界虚空，能含万物色像，日月星宿，山河大地，泉源溪涧，草木丛林，恶人善人，恶法善法，天堂地狱[⑥]，一切大海，须弥诸山[⑦]，总在空中。世人性空，亦复如是。善知识，自性能含万法是大，万法在诸人性中。若见一切人，恶之与善，尽皆不取不舍，亦不染著。心如虚空，名之为大。故曰摩诃。善知识，迷人口说，智者心行。又有迷人，空心静坐，百无所思，自称为大。此一辈人，不可与语，为邪见故。

善知识，心量广大，遍周法界，用即了了分明，应用便知一切。一切即一，一即一切。去来自由，心体无滞，即是般若。善知识，一切般若智，皆从自性而生，不从外入。莫错用意。名为真性自用。一真一切真。心量大事，不行小道。口莫终日说空，心中不修此行。恰似凡人自称国王，终不可得。非吾弟子。

善知识，何名般若？般若者，唐言智慧也。一切处所，一切时中，念念不愚，常行智慧，即是般若行。一念愚即般若绝，一念智即般若生。世人愚迷，不见般若，口说般若，心中常愚，常自言我修般若。念念说空，不识真空。般若无形相，智慧心即是⑧。若作如是解，即名般若智。

何名波罗蜜？此是西国语，唐言到彼岸⑨。解义离生灭，著境生灭起，如水有波浪，即名为此岸。离境无生灭，如水常通流，即名为彼岸，故号波罗蜜。

善知识，迷人口念。当念之时，有妄有非。念念若行，是名真性。悟此法者，是般若法，修此行者，是般若行；不修即凡。一念修行，自身等佛。善知识，凡夫即佛，烦恼即菩提。前念迷即凡夫，后念悟即佛。前念著境即烦恼，后念离境即菩提。”

【注 释】

① 说食不饱：仅口说吃饱并不能饱人，比喻修道不能仅凭口念，而要心行。② 空：在佛教中，空主要是针对有人主张一切事物都有质的规定性、有恒常不变的实体而提出的一个否定性概念。从缘起论出发，一切事物因缘而有，因缘而无，所以所谓的质、性是空，但万物万象又存在，这种存在是有，是不空。所以佛教所谓的空，不是什么都没有，而是既性空又象有，即空而不空。惠能在此说的“口说空”是一种执著文字的空，后文中出现的“无记空”是执著“性空”而舍弃象有的空，都是“边见”之空。③ 相应：一致。④ 刹土：刹，梵语音译，原指佛塔顶部的装饰，即相轮，也指佛寺顶的幡杆。引申为“佛地”、“佛寺”。刹土即指净土、土地或国土。⑤ 无记空：无记，梵语意译，意为不可断定其善恶。记，意为判断、断定。这里的无记空指心念中一无所有之空，此空的特点即心如死灰，不

思一物，不存一念，惠能认为这种空是一种执著。⑥ 天堂地狱：天堂即六道之一的天界，是六道中最胜、最乐、最善、最妙、最高者，只有作善业者才能转生于天界。地狱与天堂相反，是最苦、最怖之所，为造作恶业者转生之所。⑦ 须弥诸山：印度传说，须弥山为世界最高峰，周围有八山，合为九山。⑧“般若无形相”二句：是说智慧心即是般若。般若非一般认识，相比于有形相之境而言，般若是认识事物无形相的真实面目，一般又被中国的僧人称为“圣智”，般若即智慧，所以智慧心即般若心。在此可以很清晰地看到惠能以般若释心的理论特征。⑨ 到彼岸：佛教中一般以此岸与彼岸来形容两个完全不同的世界。而惠能则认为这两个世界同在一个世界中，只因自心迷悟而有不同之名，只要本心般若之智洞察自心，当下世界即是彼岸。从他对水起波浪和水常流通的比喻来看，波浪与流通实际是一样的，他既没有在波浪与流通之外另立一个静水，也没有另立一个湿性，水还是那水，只因自心的迷悟而不同了，所以有种种境界。这种以心的状态来解释佛教传统名相的说法在《坛经》中处处可见。

【导读】

本节主要是解说“摩诃般若波罗蜜”之名，并从自心的角度对之进行会通。

“摩诃般若波罗蜜多”是梵文的音译，意译为“大智慧到彼岸”，简称“智度”，意思就是通过般若智慧，观悟佛法真理，把握宇宙实相，即可到达涅槃解脱的彼岸。“智度”起初只是大乘佛教修行的“六度”(包括布施、持戒、忍辱、精进、禅定和智慧)之一，后来受到高度重视，尤其是以《般若经》为代表的一类经典，认为智度是六度之根，同时还是一切诸佛得以成就的根本，从而有“佛母”的称号。

般若的主要特点是观悟诸法实相，认为在万法背后没有一个抽象的、永恒的实体，诸法虽有但无“有性”，虽无但无“无性”，因此反对各种执著实体性的表现。这种思想与佛陀时代以缘起论来反对婆罗门教的“大梵”、“神我”是一致的，只是反对的偏执有所不同而已。从《般若经》中可以看到，那时候之所以强调要重视“智度”，是因为很多人执著于经教名相、执著于布施供养、执著于声闻缘觉乘、执著于阿罗汉果位、执著于灰身灭智的无为涅槃等等，而在《般若经》看来，一切诸法假有性空，执著是不可取的，是人们沦落苦海的根源，所以应当统统破斥。《般若经》传入中国前，中国流行的禅法即以追求阿罗汉果位为最高目的的禅法，其理论基础主要是般若思想强烈反对的“三世实有”的理论。这种理论的基本特点是认为有永恒不变、性质单一而种类繁多的“法体”，它们既是复合为精神现象的因素，也是复合为物质现象的因素，事物的运动变化和因果联系，也是这些因素按一定方式结合的产物。形象地说，这种理论虽然认为“我”是五蕴和合的结果，主张“人无我”说，但是并不反对五蕴本身的实在性，不主张“法无我”。大乘般若思想则是主张“人法皆空”，这种思想在《般若经》传入我国后，伴随着魏晋玄学而大兴，逐渐受到魏晋名僧名士的重视。在禅修领域的反映则是逐渐有人提倡禅、智双运，所谓的“智”，主要就是观悟宇宙诸法的性空之理。晋宋之际，提倡一切众生尽有佛性的《涅槃经》也传入我国，人们在禅修观上逐渐开始重视对解脱境界和解脱主体的研究。其中有“涅槃圣”之称的竺道生认为，诸法的性空之理在万法称之为“法性”，在人则称之为“佛性”，这种以观悟宇宙实相为出发点，融会般若性空与佛性本有的观点，实际上把成佛从对外在宇宙实相的体认转为对内在自性(自心)的证悟，从而更突出了众生的自性自度，这是融会空有两种理论之始。另外，在菩提达摩之前，中国佛教中虽已有了各种禅法，但其基本特征是修持形式烦琐，所观之境实然，且带有神学色彩。达摩东来，以兼有般若思想和佛性理论的《楞伽经》为心要，提倡“藉教悟宗”、“安心符道”，促使禅由“心注一境”向“心境泯然”的方向发展，在禅行上则更强调随缘而行。这种趋势发展到惠能的时代，禅宗的理论和修行便很少涉及宇宙论和认识论等义学问题，其核心主要地转到了人的解脱问题，并以人心为中心展开论述。

所以，我们可以看到，惠能在解释“摩诃般若波罗蜜”时，虽然也是讲“大智慧到彼岸”，但是他是以“心”来将这一梵语贯穿起来的。在他看来，心量广大容万法，即摩诃；心念智慧不愚，即般若；心行一致不著外境，念念智慧，即波罗蜜。所以，惠能是把“摩诃般若波罗蜜”，即大智慧到彼岸，处处落实到人心上来说的。

值得注意的是，惠能在解释般若智慧时，虽然也重视“空”，但他在解说心的“性空”一面时更强调心的“不空”一面，即如虚空含万法而不执著于一法。既然人心能包含万法，那么就不是“百无所思”。既然不执著于一法，则能应机而动，随顺自性，任运自然，处善而不骄横，处恶而不染著。

因为惠能以心释“摩诃般若波罗蜜”，所以他指出“口念般若”与“心行般若”的区别来。我们在后文中还将进一步体验到惠能对这种“口中说是，心中行非”的指责，这不由地让人联想到孔子的一句话：“巧言令色，鲜矣仁!”有再好的理论、再多的解脱之道，如果不能落实到每个人的内心深处，怎么能实现解脱呢？惠能认为，般若智慧人人皆有，智慧即人心的智慧，人心的智慧应体现在具体的每一心念中，而不是靠口念。若心行智慧，则是念念不愚；心容万法，念具一切，自己要成为凡夫还是佛，全在一心一念之间。佛和菩提都不在自心之外，不在人身之外，这就是“凡夫即佛，烦恼即菩提”所含的道理，“凡夫”、“佛”、“烦恼”、“菩提”都是自心活动的不同标签而已。当心念不起任何执著，外不著境，内不计空，来去自由，这就与佛陀无别了。

“善知识，摩诃般若波罗蜜，最尊、最上、最第一，无住、无往、亦无来，三世诸佛[①]从中出。当用大智慧，打破五蕴烦恼尘劳。如此修行，定成佛道。变三毒[②]为戒、定、慧。

善知识，我此法门，从一般若生八万四千智慧，何以故？为世人有八万四千尘劳。若无尘劳，智慧常现，不离自性。悟此法者，即是无念、无忆、无著[③]，不起诳妄。用自真如性，以智慧观照[④]，于一切法不取不舍，即是见性成佛道。”

【注 释】

① 三世诸佛：这是佛教将佛神话后的概念，认为佛不止一个，而是十方世界十方佛，三世世界无尽佛。若简单地分，则可以按照时空概念将之划为常见的两类。一是时间概念上的，名为竖三世佛，指过去、现在、未来三世的佛，其中过去佛为迦叶佛，现在佛为释迦牟尼佛，未来佛为弥勒佛。二是空间概念上的，名为横三世佛，指东方、现实、西方三个不同世界的佛，其中东方净琉璃世界为药师佛，现实娑婆世界为释迦牟尼佛，西方

极乐世界为阿弥陀佛。② 三毒：又作三垢、三火，即贪（贪欲）、嗔（嗔怒）、痴（愚痴）三种根本烦恼，因其能生长一切烦恼，是痛苦之源，所以被称为"毒"。③ 无念、无忆、无著：无念即对一切自然之念不取执著，于念不念，念念不住；无忆即对此前的事物不起依恋之心；无著即对眼前的事物不起执著之心，这些都是人心本有的般若智慧显现的境界表现。④ 观照：观察、照用，佛教常以明镜喻般若之智，观照意为以般若智慧观察万物，这时真空假有毕现，真妄俱陈，随机任运，破除迷邪，显示实相，功不能尽。

【导读】

本节主要是表达对"摩诃般若波罗蜜"法的推崇，它是诸佛之母、三学之根，又有无量无边的功德，这些内容对于《般若经》而言，都是老生常谈。唯一不同的是，《般若经》中很少正面谈到"自性"，对于"般若方便"即般若的显用谈到的也较少，更多的内容是讲五蕴空、我空、经法空等等性空的内容，这里头固然有其时代原因，因为般若思想的对立面主要是部派佛教中说一切有部的"性有"思想，要建立性空，必须对"性有"进行全面的反驳，而说一切有部号称"一切有"，说法上又有"五位七十五法"的主张，这些都要一一破斥，当然就不容易现显性空思想自身的"起用"方面的内容了。若性空思想除了反驳反面的东西，而没有正面的树立，当其反面衰落时，故有的反驳即显得无的放矢了，"性空"自身反而被世人执著起来。在这种情况下，惠能将宇宙万法的本原问题放在一边，以人心的解脱——"唯求作佛"为中心，以般若智慧诠释众生之心，视人心性空的同时更加强调人心的不空一面。这样，般若为诸佛之母、三学六度之根一转而成了当下现实的人心为诸佛之母、三学六度之根了，否定性的思想方式一变而成了对人心智慧的肯定。不过，这种肯定是以性空思想为重要内容而建立起来的。

"善知识，若欲入甚深法界[①] 及般若三昧者，须修般若行，持诵《金刚般若经》，即得见性。当知此经，功德无量无边。经中分明赞叹，莫能具说。此法门是最上乘，为大智人说，为上根人说。小根小智人闻，心生不信。何以故？譬如大龙[2]下雨于阎浮提[3]，城邑聚落悉皆漂流，如漂枣叶。若雨大海，不增不减。若大乘人，若最上乘人，闻说《金刚经》，心开悟解。故知本性自有般若之智。自用智慧常观照，故不假文字[4]。譬如雨水，不从天有，元是龙能兴致，令一切众生，一切草木，有情无情，悉皆蒙润。百川众流，却入大海，合为一体。众生本性般若之智，亦复如是。

善知识，小根之人闻此顿教，犹如草木，根性小者若被大雨，悉皆自倒，不能增长。小根之人，亦复如是。元有般若之智，与大智人更无差别。因何闻法不自开悟？缘邪见障重，烦恼根深。犹如大云覆盖于日，不得风吹，日光不现。般若之智，亦无大小。为一切众生自心迷悟不同。迷心外见，修行觅佛，未悟自性，即是小根。若开悟顿教，不执外修，但于自心常起正见，烦恼尘劳常不能染，即是见性。善知识，内外不住，去来自由。能除执心，通达无碍。能修此行，与《般若经》[5]本无差别。"

【注 释】

① 甚深法界：法即一切诸法，一切诸法性空而象有，法与法的"象有"各各不同，所以法与法的浅层表象界限分明，无缝可入，因而界有界限之义。但法与法的"性空"各各不异，所以从"甚深"的法之性空一面来看，法即性空，界又何存？所以，界即具有否定意味，即为无界之界，同于性空。从法界同时包含性空假有的双层意蕴来看，它与真如、实相、佛性是同义的，不过惠能在使用这些概念时是紧扣着众生来说的，很少关注有情之外"诸法"的情形，所以他接着就强调"须修般若行"。② 大龙：据佛经上说，龙王能兴云布雨，令众生消除无雨的烦恼。印度属于热带季风气候类型国家，虽有六月至九月的雨期，但其他八个月的雨量则很少，水作为万物之源，对于农作物的重要性是不言而喻的，因此龙王兴雨除灾与其地理环境密切相关。③ 阎浮提：据佛经上说，以须弥山为中心，外围四周有东、南、西、北四洲，阎浮提即南部之洲，又称南瞻部洲，这里泛指人类所居之处。④ 不假文字：意思是说般若自性不凭靠文字而有，是自性自有，所谓"离言自性"。文字只是起到开悟自心的作用，不能以文字经典代替自己自悟。⑤《般若经》：即上文中的《金刚般若经》，简称《金刚经》。

【导 读】

本节主要是解说为什么小根小智虽然也有般若之智却不能顿悟成佛。

一切众生本有成佛之智，这是惠能始终坚持的，而且已经通过自身的“闻经顿悟”予以了明证，此“经”即《金刚经》。另外，《金刚经》中也明确地说，此经是为大乘人、最上乘人说，现在惠能闻经得悟，与经若合符契。这些都是想说明人人都有般若菩提之智的道理。但是，现实众生并不能都如惠能那样都闻经即得开悟，这是什么原因呢？惠能指出，原因之一是众生不信自有佛性；原因之二是众生虽信而不行，烦恼根深，不断邪见，是为假信。无论是不信还是假信，无论邪见还是烦恼，都是因为自心没有开悟，没有开悟所以才叫小根小智之人，并非本来就是小根小智之人。既然找到了众生未能开悟的原因在于心有邪见、烦恼，那么如何才能达到开悟呢？惠能在这里没有具体说。不过根据烦恼和菩提都不离心出发，可以推知人在哪里跌倒就应从哪里爬起来。也就是说，不能向外觅佛，而要从自心发起正智正见，破除烦恼，成就菩提。

“善知识，一切修多罗[①]及诸文字、大小二乘[②]、十二部经，皆因人置。因智慧性，方能建立。若无世人，一切万法，本自不有。故知万法，本自人兴。一切经书，因人说有。缘其人中，有愚有智。愚为小人，智为大人。愚者问于智人，智者与愚人说法。愚人忽然悟解心开，即与智人无别。善知识，不悟，即佛是众生；一念悟时，众生是佛。故知万法，尽在自心。何不从自心中顿见真如本性？《菩萨戒经》[③]云：‘我本元自性清净。’若识自心见性，皆成佛道。《净名经》[④]云：‘即时豁然，还得本心。’善知识，我于忍和尚处一闻，言下便悟，顿见真如本性。是以将此教法流行，令学道者顿悟菩提，各自观心，自见本性。若自不悟，须觅大善知识，解最上乘法者，直示正路。是善知识有大因缘，所谓化导令得见性。一切善法因善知识能发起故。三世诸佛、十二部经，在人性中，本自具有。不能自悟，须求善知识指示方见。若自悟者，不假外求。若一向执谓须他善知识方得解脱者，无有是处。何以故？自心内有知识自悟。若起邪迷妄念颠倒，外善知识虽有教授，救不可得。若起正真般若观照，一刹那间妄念俱灭。若识自性，一悟即至佛地。”

【注释】

① 修多罗：梵语音译，意为经或契经，取契合真理之意，为十二部经之一。十二部经为佛典的一种分类形式，包括契经、应颂、记别、讽颂、自说、因缘、譬喻、本事、本生、方广、稀法、议论。② 大小二乘：乘即车，引申为运载、教导，指以佛法之车运载众生完成解脱之道，达至解脱境界。大乘约形成于公元一世纪左右。为了取得佛教的正统地位，它在自称大乘的同时，把原始佛教和部派佛教贬称为小乘。其特点是在理论上将世界归之于空的同时，又将释迦牟尼完全神化，建立起偶像崇拜，并宣扬三世、十方有无量佛，在修行上以成佛为最高目标，在重视自度的同时还注重济世利他。小乘一般指原始佛教和部派佛教，特点是以释迦牟尼为教主，以阿罗汉为修行的最高目标，注重个人的修行和解脱。③《菩萨戒经》：即《梵网经》中菩萨心地戒品第十，鸠摩罗什译。后人录其中偈颂所说戒相，别为一卷，智觊称之为《菩萨戒经》。这里所引“我本元自性清净”一语原文中没有“我”字，此是惠能解经时“依义不依语”的一个表现。④《净名经》：《维摩诘所说经》的别名。

【导读】

本节中，惠能以佛性本有、法无二般、人有利钝为基础，重点强调人在实现自性般若之智的过程中，应当如何看待佛教经籍、大善知识等外缘与自我觉悟的内因之间的关系。他指出，各种佛教经籍在根本上是方便设施，是根据各个人的差异而设的，其根本目的在于帮助每个人实现自己的本心。同理，大善知识也是如此，关键在于个人自悟自修。因此，个人修行不能执著于“口念”，同样也不能执著于“经籍”乃至“智人”，虽然这些对于个人将起到作用，但是完全凭信这些方便，使自心被方便牵着走，则是永远也不可能成就佛果的。应当看到这些方便因人而立、为己所设，认识到人人本具成佛的可能，人人都具有般若智慧，成佛显智都要落实到自身才行。

"善知识，智慧观照，内外明彻，识自本心。若识本心，即本解脱。若得解脱，即是般若三昧，即是无念。何名无念？若见一切法，心不染著，是为无念。用即遍一切处，亦不著一切处。但净本心，使六识[1]出六门，于六尘中无染无杂，来去自由，通用无滞，即是般若三昧，自在解脱，名无念行。若百物不思，当令念绝，即是法缚[2]，即名边见。善知识，悟无念法者，万法尽通；悟无念法者，见诸佛境界；悟无念法者，至佛地位。

善知识，后代得吾法者，将此顿教法门，于同见同行，发愿受持，如事佛故，终身而不退者，定入圣位。然须传授，从上以来，默传分付，不得匿其正法。若不同见同行，在别法中，不得传付。损彼前人，究竟无益。恐愚人不解，谤此法门，百劫千生断佛种性[3]。

善知识，吾有一无相颂，各须诵取。在家、出家，但依此修。若不自修，惟记吾言，亦无有益。听吾颂曰：

说通及心通[4]，如日处虚空。唯传见性法，出世破邪宗[5]。
法即无顿渐，迷悟有迟疾。只此见性门，愚人不可悉[6]。
说即虽万般，合理还归一。烦恼暗宅中，常须生慧日。
邪来烦恼至，正来烦恼除。邪正俱不用，清净至无余。
菩提本自性，起心即是妄。净心在妄中，但正无三障[7]。
世人若修道，一切尽不妨[8]。常自见己过。与道即相当。
色类[9]自有道，各不相妨恼。离道别觅道，终身不见道。
波波度一生，到头还自懊。欲得见真道，行正即是道。
自若无道心，暗行不见道。若真修道人，不见世间过。
若见他人非，自非却是左[10]。他非我不非，我非自有过。
但自却非心，打除烦恼破。憎爱不关心，长伸两脚卧[11]。
欲拟化他人，自须有方便。勿令彼有疑，即是自性现。
佛法在世间，不离世间觉。离世觅菩提，恰如求兔角[12]。
正见名出世，邪见是世间[13]。邪正尽打却，菩提性宛然。
此颂是顿教，亦名大法船。迷闻经累劫。悟则刹那间。"

师复曰："今于大梵寺说此顿教，普愿法界众生，言下见性成佛。"

时韦使君与官僚、道俗，闻师所说，无不省悟。一时作礼，皆叹："善哉！何期岭南有佛出世！"

【注释】

① 六识：即眼、耳、鼻、舌、身、意；六门也称六根，亦为眼、耳、鼻、舌、身、意；六尘也称六境，即色、声、香、味、触、法。这三者即佛教常说的十八界，它们互相结合形成众生的感觉认识等活动。② 法缚：若以百物不思为正法，以“空”为法，这同执著于万境的法相是一样的错误，所以称为“法缚”。这实际上是执著于另一边的“边见”，而非正见。惠能的无念，是见一切法而心不执著，外不著于境，内不著于空，内外无著，不是百物不思。③ 断佛种性：意为永远不会成佛，始终陷于生死轮回之中。此“断”不是因上断，而是果上未达。④ 说通及心通：说通，即以语言文字证悟真如法性；心通，直心证悟真如法性。⑤ 邪宗：泛指见地不正的派别。⑥ 悉：悉知、通晓、了悟。⑦ 三障：即烦恼障、业障、报障。⑧ 一切尽不妨：无论什么都不会成为修道的障碍。⑨ 色类：指具有色身的欲界色界众生。⑩ 左：偏差或错误。⑪ 长伸两脚卧：比喻自由自在，无所烦恼。大似孔子所谓“随心所欲不逾矩”的境界。⑫ 求兔角：比喻对虚妄的、不可能的事情进行追逐。⑬“正见名出世”二句：正见心行就是出世、成佛，邪见颠倒就是在世俗、做俗人。

【导读】

前文已经指出，佛性本有，不待外求，口念、经籍、智者都是自己成佛道路上的方便外缘。从使自己最终成佛而言，它们是平等的，但是这些方便在惠能看来还显得与“心”隔着一层。所以，惠能更加注重自心的顿悟或直了。其具体实现，即在人的每一念心上。他认为于念上顿悟，自心就可以直接成佛，否则，依然是众生。值得注意的是，这里的在念上顿悟，其前提是肯认“念”是存在的，只是每一念的存在是内外明澈、通体智慧、外不著相、内不执空、来去自由、应接无方的，惠能将念念如此称为“般若行”，由于此时之念超越了有执著的各种“有念”，所以此“般若行”又称为“无念行”，即“无有执著之念之行”。简单地说，“无念”就是于念而不累于念，于念即不绝念；不累于念即对念没有执著。念念如此，即真如、心性、佛性的真实内容。这样，成佛的根据在于现实的自心，现实的自心不离现实的人，现实的人又不离现实的人世间，所以，惠能偈中说“佛法在世间，不离世间觉”，由此即可得出，在家、出家同等，东方、西方无别，南方、北方无异，智人、迷人不二，烦恼、菩提同体……但自见性，但现自心，念念智慧，即得成佛。

疑问第三

一日，韦刺史为师设大会斋。斋讫，刺史请师升座。同官僚、士庶肃容再拜。问曰：“弟子闻和尚说法，实不可思议①。今有少疑，愿大慈悲，特为解说。”

师曰：“有疑即问，吾当为说。”

韦公曰：“和尚所说，可不是达磨大师②宗旨乎？”师曰：“是。”公曰：“弟子闻，达磨初化梁武帝③。帝问云：‘朕一生造寺度僧、布施设斋，有何功德？’达磨言：‘实无功德。’弟子未达此理，愿和尚为说。”

师曰：“实无功德，勿疑先圣之言。武帝心邪，不知正法，造寺度僧，布施设斋，名为求福。不可将福便为功德。功德在法身④中，不在修福。”

师又曰：“见性是功，平等⑤是德。念念无滞，常见本性真实妙用，名为功德。内心谦下是功，外行于礼是德。自性建立万法是功，心体离念是德。不离自性是功，应用无染是德。若觅功德法身，但依此作，是真功德。若修功德之人，心即不轻，常行普敬。心常轻人，吾我⑥不断，即自无功。自性虚妄不实，即自无德。为吾我自大，常轻一切故。善知识，念念无间是功，心行平直是德。自修性是功，自修身是德。善知识，功德须自性内见，不是布施供养之所求也，是以福德与功德别。武帝不识真理，非我祖师有过。”

【注释】

① 不可思议：思即思维，议即议论，不可思议即不能用思维达到、不能用语言来描述，是一种直觉体验。佛教之所以坚持“不可思议”的说法，其大前提是认为一般的思维活动都是以“分别”、“分析”为根本特征的。
② 达磨大师：“磨”亦写作“摩”，一般认为即菩提达摩（？—536 或 528），南天竺人，据说在南朝宋末或梁代航海到广州，先至金陵（今南京），因与

梁武帝话不投机，遂折苇化舟，渡江北上，往北魏嵩山少林寺，面壁九年，世称“壁观婆罗门”。后来遇到慧可，授其心法，并以四卷本《楞伽经》为印证。达摩的禅法是围绕着“安心”而展开的，具体的“入道”途径则不出“理入”和“行入”两种。所谓“理入”就是“藉教悟宗”，即凭借“种种教法”而悟道；所谓“行入”即报怨行、随缘行、无所求行、称法行等四行。从禅行的特色看，它不再注重传统禅法的静坐、调息等繁琐的形式，而是以“安心”为宗旨，要求在契悟真性的基础上无贪无著、随缘而行，并认为只有在日常的道行之中才能真正体现出安心无为、称法而行。从禅法理论的发展上看，达摩继竺道生会通般若实相与涅槃佛性之后，又将实相无相与心性本净结合起来，对于后世禅宗思想的形成和发展具有很大的影响。③ 梁武帝：即萧衍(464—549)，字叔达，南朝梁开国皇帝。早年曾信奉老子和道教，与著名道士陶弘景关系密切。他当上皇帝的第三年(天监三年，504)即下诏表示要“舍道归佛”。从他的宗教政策来看，他提倡儒释道三教并用，曾下诏设置五经博士，提倡儒学，并常向陶弘景请教国家大事的施政方略。在佛教方面，他广建佛寺、盛造佛像，还向寺庙大量布施财产，甚至曾四次舍身同泰寺，有“皇帝菩萨”之称。在佛教戒律方面，他提倡佛教严守戒律，规定出家人不得饮酒吃肉，开启了汉族佛教吃素的传统。在佛教轨仪方面，他大办法会，在中国佛教史上首创“忏法”，大大扩大了佛教在社会民众中的影响。在佛教义理方面，他一生精研佛教典籍，自讲《涅槃》、《般若》等经，著有《涅槃经》、《大品经》等义记数百卷，他的“三教同源说”和“神明成佛论”在中国佛教史上影响深远。在他的支持和扶植下，佛教在梁代达到了极盛，据《法苑珠林》记载，梁代有寺 2846 所，僧尼 82700 人。后因侯景叛乱，饿死于台城。在位四十八年，世寿八十六。④ 法身：梵语意译，指以佛法为身，或身具一切佛法。法身是对佛法本质人格化的产物。《坛经》中的法身，指人身所共同具有的成佛本性，与佛性同义。⑤ 平等：心如虚空，于万法不取不舍，即以平等之心待之，于分别相中不生分别之想。⑥ 吾我：即我、自我、人我，是众生的一种执著。佛教认为，万物由因缘和合而成，无主宰者、无实体，所以必须对“吾我”之执著予以破除。

【导读】

本节是惠能关于自性功德的集中议论。惠能认为自性若行，周遍法界一切处所。若单是造寺度僧、布施设斋，只是求福，不悟自性，那么终将对自己无功德。若执此为功德，自迷心邪，与人有诤，轻慢他人，更是大错，终无解脱。很显然，这里的"功德论"与多数佛教经典中所宣扬的功德论是有极大区别的。佛教从小乘向大乘发展的最主要的特征就是提倡渗入社会、济世度人，这也是菩萨行的重要内容。具体措施是在修行的"六度"中以"布施"为首，在社会中广建寺庙授徒，提倡学法四众诵经、写经、造像等。这些都被视作积功累德的行为，在惠能以前也是佛教的常识。般若经类典籍虽然多在其流通部分强调诵持经中一句一偈的功德远远地大于其他行为所得的功德，但那只是在都有功德的前提下来主张孰多孰少。惠能似乎不满足于此，他指出了一个"真功德"概念，认为它不离自性，自性是万法之源。若悟自性，内行于真心，必然远离妄邪，外于造寺度僧、布施设斋而无造寺度僧、不施设斋之想，与人普行礼敬而无轻慢，只有内外一致才能算得上是有功德。若离自性真心则无功德，或也可称"假功德"。因此，从根本上来说，惠能虽然并不绝对否定造寺度僧、布施设斋等形式化的佛教内容，但是在理论上形成了对希望凭借造寺度僧、布施设斋来获得功德之人的批判。套用今天的话说，惠能认为仅靠金钱不能换来功德。

刺史又问曰："弟子常见僧俗念阿弥陀佛[①]，愿生西方[②]。请和尚说，得生彼否？愿为破疑。"

师言："使君善听，惠能与说。世尊在舍卫城[③]中，说西方引化[④]。经文分明，去此不远。若论相说，里数有十万八千，即身中十恶八邪[⑤]，便是说远。说远为其下根，说近为其上智。人有两种，法无两般。迷悟有殊，见有迟疾。迷人念佛求生于彼，悟人自净其心。所以佛言：随其心净即佛土净。使君东方人，但心净即无罪；虽西方人，心不净亦有愆。东方人造罪，念佛求生西方；西方人造罪，念佛求生何国？凡愚不了自性，不识身中净土，愿东愿西；悟人在处一般[⑥]。所以佛言：随所住处恒安乐。使君心地但无不善，西方去此不遥；若怀不善之心，念佛往生难到。今劝善知识，先除十恶即行十万，后除八邪乃过八千。念念见性，常行平直，到如弹指，便睹弥陀。使君但行十善，何须更愿往生？不断十恶之心，何佛即来迎请？若悟无生顿法[7]，见西方只在刹那；不悟念佛求生，路遥如何得达？惠能与诸人移西方于刹那间，目前便见。各愿见否？”

众皆顶礼云：“若此处见，何须更愿往生？愿和尚慈悲，便现西方，普令得见。”

师言：“大众，世人自色身[8]是城，眼、耳、鼻、舌是门，外有五门，内有意门。心是地，性是王，王居心地上。性在王在，性去王无。性在身心存，性去身心坏。佛向性中作，莫向身外求。自性迷，即是众生；自性觉，即是佛。慈悲即是观音[9]，喜舍名为势至[10]，能净即释迦[11]，平直即弥陀[12]，人我是须弥[13]，贪欲是海水，烦恼是波浪，毒害是恶龙，虚妄是鬼神，尘劳是鱼鳖，贪嗔是地狱，愚痴是畜生。善知识，常行十善，天堂便至。除人我[14]，须弥倒；去贪欲，海水竭；烦恼无，波浪灭；毒害除，鱼龙绝。自心地上觉性如来，放大光明，外照六门清净，能破六欲诸天[15]。自性内照，三毒即除，地狱等罪一时销灭。内外明彻，不异西方。不作此修，如何到彼？”

大众闻说，了然见性，悉皆礼拜。俱叹：“善哉！”唱言：“普愿法界众生，闻者一时悟解。”

【注 释】

① 阿弥陀佛：简称弥陀，梵语音译，是西方极乐世界中之佛，因其寿命无量、光明无量，又称无量寿佛、无量光佛等。据《无量寿经》说，过去有大国王听如来说法，喜悦开悟，乃抛弃王位，遁入佛门，号法藏比丘。该比丘发四十八大愿后，持戒修行，终成正觉，名阿弥陀佛。所居国土在西方，称为极乐世界、清净世界、西方净土等。该经宣称，凡是信仰阿弥陀佛的众生，只要专念阿弥陀佛的名号，都能凭借该佛四十八愿的愿力，往生西方净土，远离尘世苦难。净土宗创立后，阿弥陀佛成为该宗的主要信仰对象。② 西方：即西方极乐世界，据称该世界庄严美妙，没有众苦，充满喜乐。对这一世界描述最为详尽的，即是被净土宗尊为宗经的《阿弥陀佛经》、《无量寿经》及《观无量寿经》。③ 舍卫城：在印度境内，为北憍萨罗国都城，佛经常在此说法。④ 引化：接引度化。⑤ 十恶八邪：杀生、偷

窃、邪淫、妄语、两舌、恶口、绮语、贪、嗔、痴,合为十恶;邪见、邪念、邪思惟、邪语、邪业、邪命、邪方便、邪定,合为八邪。十善八正道与十恶八邪相反。⑥ 悟人在处一般:意思是说真正觉悟了的人在什么地方都一样。⑦ 无生顿法:即当体即空,无生无灭之顿教法门。⑧ 色身:指由五蕴和合而成的人的肉体,此肉身有成、住、坏、灭的变化,在获得解脱之前,处于生死轮回之中。惠能认为法身与色身是统一的,就具体的人而言,色身是法身寄存的宅所,法身是人之所以为人的本质潜能,二者不可分割。⑨ 观音:即观世音菩萨,经中说,若世人一心称念观世音菩萨之名,尤其是在苦难之时,观世音菩萨即时听其音声,皆得解脱。他为阿弥陀佛的左胁侍,以大慈大悲著称。唐代时因避太宗李世民之讳,故称观音,唐以后逐渐有女性化的倾向。与阿弥陀佛、大势至菩萨合称为"西方三圣"。⑩ 势至:即大势至菩萨,为阿弥陀佛的右胁侍,能以智慧之光普照一切,使三恶道中苦难众生"得无上力",故名"大势至"。⑪ 释迦:即释迦牟尼佛,佛教的创立者。姓乔达摩,名悉达多,约诞生于公元前 565 年,逝世于公元前 485 年,与孔子是同一时代的人。他在觉悟后,被尊为佛陀,意为觉悟者。释迦牟尼也是一种尊称,意为"释迦族的圣人"。原是古印度北部迦毗罗卫国(今尼泊尔境内)国王净饭王的儿子,其母为摩耶夫人。成年后,取妻名耶输陀罗,生有一子名罗睺罗。面对当时动荡不安的社会现实,目睹生老病死的人生之苦,释迦牟尼毅然抛弃王位,二十九岁时出家修行。先经六年苦行,未能得悟。后来在伽耶城外的菩提树下,静坐思维,终于大彻大悟。此后四十五年,佛陀致力于创建佛教,并不懈地宣传佛教教义。一般认为,佛陀所创的原始佛教教义主要包括四圣谛、八正道和十二因缘等内容。⑫ 平直即弥陀:在敦煌本中,"弥陀"作"弥勒",前者是西方世界中的佛,后者是未来之佛,惠能在这里不是强调各种佛,而是强调各种佛所代表的"心性状态"。⑬ 人我是须弥:须弥即须弥山,意思为若执著人我,好比心中有座须弥山,使人不能解脱。⑭ 除人我:消除对人体自身的执著,即无人我之见。以身为五蕴因缘和合,实无恒常主宰之我体,称为人空。一般而言,小乘主张蕴等诸法为实有,故仅立我空;而大乘则说蕴等诸法亦空,立人、法两空。⑮ 六欲诸天:所谓天,不是指天空,而是指住在欲界的生类,称为天人。所谓欲界是佛教所说的三界之一，三界指欲界、色界、无色界。欲界也是众生所居之处。六欲诸天，一作四王天，住须弥山腹，二作忉利天，在须弥山顶，三重夜摩天，第四重兜率天，第五重化乐天，最上一重他化自在天。六欲诸天的地位在人之上，类似于我们平常所说的天神，但他们仍有食欲与淫欲，未能超脱轮回。惠能说“清净能破六欲诸天”是以六欲诸天代指心中的烦恼欲望，智慧显现，欲望即破。

【导 读】

惠能认为佛性不分南北，不分出家在家，关键在于自心清净，因此提出了他的“唯心净土”说。

“唯心净土”说并非惠能首创，早在印度佛教中就有这种理论。对中土佛教影响比较大的是《维摩经》，其显著特点之一就是论证佛国就在尘世，佛国净土与尘世的差别仅在于人们的心念之净与不净。《维摩经·佛国品》中说：“若菩萨欲得净土，当净其心。随其心净，则佛土净。”在魏晋南北朝时期，这种思想经僧肇、竺道生等人的发挥而相当盛行。但惠能的“唯心净土”说对此既有继承又有发展，形成了自己的特点，主要表现在两个方面：一是对宗教体悟的强调，二是对西方净土说的融摄。按照佛教中的“西方净土”说，“从是西方过十万亿佛土，有世界名曰极乐，其土有佛，号阿弥陀。……其国众生，无有众苦，但受诸乐，故名极乐”。众生只要发愿往生彼国，执持阿弥陀佛名号，一日到七日，一心不乱，“其人临命终时，阿弥陀佛与诸圣众，现在其前。是人终时，心不颠倒，即得往生阿弥陀佛极乐国土”。自净土宗的实际创始人道绰、善导等积极倡导“持名”念佛以来，这种方式便成为中国净土宗的主要修行法，其信仰的前提是承认在现实世界之外另有一个“佛国净土”。而惠能是主张“即心即佛”、圣境不离凡尘、世间出世间不二的，因此，他反对于世间之外去追求出世间，认为“邪见是世间，正见出世间”，主张“勿离世间上，外求出世间”。但他从“万法在自性”、自心具足一切的观点出发，并不否定西方净土的存在，而是以“唯心净土”去融摄“西方净土”。在《坛经》中，惠能肯定了“西方引化”为佛说的同时，又把往生西方与自心的迷悟联系起来。他将物理上的十万八千与心理上的十恶八邪对应起来，而十恶八邪都是由于心迷所至，这样，心就成了能否到达西方净土的关键。迷人若能顿悟自心清净，就没有十恶八邪了，进而也就进入了“西方净土”；若迷人不能自悟本心，即使渐渐靠近，也还是不能进入。惠能把往生西方归之于自心的迷悟，实际上是以“唯心净土”说融摄了“西方净土”，使佛所说的“西方引化”成了一种方便而非究竟。

但是，不能将惠能的“顿悟”即入“西方净土”简单地视为是一劳永逸的。其实，惠能还强调“念念修行”，修“十善八正”，一念不行，西方难到，所以他的“唯心净土”比起“西方净土”，在理论上虽然更注重自力，但实践上是很艰难的。由此我们可以知道为什么惠能会那样地注重人们的当下修行了。

为了让众人更形象地了解“唯心净土”，惠能以“人”为喻来说明。值得注意的是，这里讲到“心是地，性是王”，并说“性在身心存，性去身坏”，“佛向性中作”，其中“心”与“性”似有不同。综合地看，这里的“身”、“心”和“性”都是围绕“人”而说。在惠能看来，心性在众生的范围内并无差别，而是相互依存，互为表里，心即是性，性即是心。所谓的自性，是寄托于自心、居于众生的心地之上的，而众生的自心又是自性的体现，离自性则没有众生的身心。就一切万法而言，性是本原；就众生与佛而言，众生之心是生佛之本。所以在众生范围内，心和性是二而一，一而二的。这里讲的“自性”迷悟即是“自心”迷悟，也就是众生当下现实心念的迷悟。

师言：“善知识，若欲修行，在家亦得，不但在寺。在家能行，如东方人心善；在寺不修，如西方人心恶。但心清净，即是自性西方。”

韦公又问：“在家如何修行？愿为教授。”

师言：“吾与大众说无相颂。但依此修，常与吾同处无别；若不依此修，剃发出家，于道何益？”颂曰：

“心平何劳持戒？行直何用修禅？恩则孝养父母[1]，义则上下相怜。
让则尊卑和睦，忍则众恶无諠[2]。若能钻木出火，淤泥定生红莲。[3]
苦口的是良药，逆耳必是忠言。改过必生智慧，护短心内非贤。[4]
日用常行饶益[5]，成道非由施钱。菩提只向心觅，何劳向外求玄？

听说依此修行，西方只在目前。”

师复曰：“善知识，总须依偈修行，见取自性，直成佛道。时不相待。众人且散，吾归曹溪。众若有疑，却来相问。”

时刺史、官僚，在会善男信女，各得开悟，信受奉行。

【注 释】

① 恩则孝养父母：念父母之恩，就会孝养父母。② 諠：同“喧”，取喧闹的引申义，即喧发、实现。③ “若能钻木出火”二句：意思是说，犹如火生木中，莲生泥中，菩提正果在自身心中。④ 护短心内非贤：遮掩错误、不能悔改的人，内心不会善良。⑤ 日用常行饶益：于生活日用之间坚持修行将获益良多。

【导 读】

出家修行是印度佛教的传统，这种做法传到中国后，虽曾遭到深受儒家思想影响的士人的反对，但仍然坚持了下来，成为中国佛教僧人基本的修行和生活方式。惠能对此提出了不同的看法，认为在家还是出家，形式是次要的。若出家而不能正确地修行，又有什么意义呢？值得注意的是，这里的“在家亦得”并不是“非得在家”，“不但在寺”也不是“不能在寺”。在惠能看来，“在寺”与“在家”并无二致，关键是心。若一定说不能出家，不又成了另一种执著了吗？事实上，无论是在惠能当时还是之后，南宗弟子的修行都还是以“在寺”为主的，只是形式上有所不同而已。例如修禅不离俗务，禅院不设佛殿、但立法堂，参禅者“远离乡曲，脚行天下……学无常师，遍历为尚”，等等。至于有大批的在家弟子，那并不是惠能南宗所特有。早在佛陀时代，就有不少在家修行者。佛教传入中国以后，历代著名居士也是不乏其人的。惠能对出家与在家的见解，一方面激励着出家的僧众不能放松修行，另一方面也吸引了更多在家的信徒。

当然，惠能破除对出家形式的执著，这对南宗的修行不拘于任何形式，以及南宗传播范围的扩大等所起的作用也是不可低估的。在惠能看来，人人皆有菩提自性，无论南方人还是北方人，无论西方人还是东方人，乃至无论出家人还是在家人，只要是人，即具有此心此性，只要是以“识自本心，见自本性”为归宿的，都可以称之为“修行”。因此，在修行的具体形式上就大大地拓展了。一般来说，伦理道德是在一定的社会中为了调整人与人、人与社会之间的关系所提倡的行为规范的总和。就中国封建社会的伦理道德而言，则是以儒家学说为核心的。所以，外来佛教与中国传统的伦理道德的冲突与交融，在很大的程度上也就表现为佛教与儒家伦理纲常的核心——忠君、孝亲的冲突。早在佛教传入之初，佛教的出家修行方式就遭到了儒家的激烈反对和攻击。据传为东汉时人所作的《牟子理惑论》中就记载了不少关于佛教传入中土后所引起的反响的内容，例如其中提到了儒家将佛教剃发出家、不娶妻生子、见人无跪拜之礼等行为称为“不仁不孝”。东晋时，围绕着沙门袒服、沙门应不应敬王者还展开过几次争论。虽然有其深刻的政治经济背景，但却是通过佛教的出家修行方式与中国封建礼法道德的矛盾冲突的形式表现出来的。降及唐代，“不忠不孝”仍然是正统儒家反佛的重要理由，像韩愈排佛时，就攻击佛教“弃而君臣，去而父子”。但中国化了的佛教，特别是惠能禅兴起以后，由于其努力调和世间法与出世间法的矛盾，日益将印度佛教中蕴含着的对人和人生的关注的内容充分发挥了出来。在这首偈颂中，我们甚至能看到“恩则孝养父母，义则上下相怜”这样带有强烈伦理底色的劝勉话语。这一做法无疑是以肯定世间法的合理性为前提的，而在传统社会中，世间法即是以仁义忠孝为核心的。这就在一定程度上缓和了佛教与儒家伦理的对立与冲突，并为佛教慈悲度人等精神向社会生活进一步渗透创造了条件。

定慧第四

师示众云：“善知识，我此法门，以定慧[①]为本。大众勿迷，言定慧别。定慧一体，不是二。定是慧体，慧是定用。即慧之时，定在慧；即定之时，慧在定。若识此义，即是定慧等学。诸学道人，莫言先定发慧、先慧发定各别。作此见者，法有二相。口说善语，心中不善。空有定慧，定慧不等。若心口俱善，内外一如，定慧即等。自悟修行，不在于诤。若诤先后，即同迷人。不断胜负，却增我法[②]，不离四相[③]。善知识，定慧犹如何等？犹如灯光。有灯即光，无灯即暗。灯是光之体，光是灯之用。名虽有二，体本同一。此定慧法，亦复如是。”

【注 释】

① 定慧：“定”为梵文 Samādhi 的意译，音译作“三昧”或“三摩地”等，一般定义为“心一境性”，即心专注一境而不散乱。“慧”，梵文为 Mati，音译作末底、摩提，指通达事理、决断疑念、取得决断性认识而把握真谛的那种精神作用。② 我法：指对一切事物的执著。法，梵语意译，意为达磨，指一切事物和现象，包括物质的和精神的，存在的和不存在的，过去的、现在的和未来的。我，梵语意译，音译为阿特曼，相当于自我、物体自性，主要指一种自在、独立、永恒的实体，它在古代被视为人和事物的内部主宰。我有两种，即法我和人我。佛教反对一切执著，故主张法无我和人无我。③ 四相：出自《金刚经》等，指我相、人相、众生相、寿者相。我相，将五蕴和合之身执著为“我”，也称“我见”或“身见”；人相，执著我与他人之分别，增长我慢；众生相，执著我与众生无别，起退却心，不信佛法；寿者相，执著色身常住，贪著生死。

【导 读】

本节记载的是惠能关于“定慧”的观点。一般认为“定”即禅定，“慧”即智慧，“定”注重对一般精神意念的调控，而“慧”则注重对佛教解脱境界的把握，“定慧”作为佛教“三学”和“六度”的重要组成部分，也是中国禅宗修习的重要内容。佛教认为，由“定”可以发“慧”，即通过修定可以获得正确观悟宇宙人生本质的智慧。对于二者的关系，惠能明确反对两点，一是“勿迷言定、慧别”，二是“莫言先定发慧、先慧发定各别”。简而言之，一则涉及“定慧”的理论问题，一则涉及“定慧”的修行问题。惠能以当下人心为一切修行的基础，各种名相的都要落实到当下人心来谈。认为无论“定”、“慧”，都是为了成佛成道而假立的设施，“定”、“慧”在根本上是没有自性的，没有自性怎么可以相互区别呢？真正的“定”、“慧”都以人心作为依持，是对人心任运自然的不同状态的描述而已，所以“定”、“慧”“名虽有二，体本同一”。这里的“同一”，即是同一于当下人心。不是自心按照各种“定”或“慧”来修行，而是自心自己修行自心。若真修“定”、“慧”，应当不离自心，不离自性，自悟自修，心无执著，与人无诤。口念善语、口念般若、口念定慧，心行不善，终究无益。

师示众云：“善知识，一行三昧[①]者，于一切处，行、住、坐、卧，常行一直心是也。《净名》云：‘直心是道场，直心是净土。’莫心行谄曲[②]，口但说直，口说一行三昧，不行直心。但行直心，于一切法勿有执著。迷人著法相，执一行三昧，直言常坐不动，妄不起心，即是一行三昧。作此解者，即同无情，却是障道因缘。善知识，道须通流，何以却滞？心不住法，道即通流。心若住法，名为自缚。若言常坐不动是[③]，只如舍利弗[④]宴坐[⑤]林中，却被维摩诘诃。善知识，又有人教坐，看心观静[⑥]，不动不起，从此置功[⑦]。迷人不会，便执成颠。如此者众。如是相教，故知大错。”

【注 释】

① 一行三昧：行即“意”，指以法界（真如、实相）为观想对象，并以法界为唯一行相的禅定。这是“东山法门”的共同主张，道信主张通过念佛即可以达到这种三昧，弘忍认为“守本真心”可以达到，神秀则更强调以坐禅看净的方式成就一行三昧。惠能以当下人心人性的显现为解脱，不拘限于某一固定的方式，认为但行直心，行住坐卧皆是禅，这无疑是对执著念佛、坐禅等传统禅行的反对。② 谄曲：与直心相反，谄伪邪曲。③ 是：自认为……是对的，即对……执著。④ 舍利弗：又名舍利子，佛的大弟子，号称智慧第一，与神通第一的大目犍连并称第一双胜，在佛的诸弟子中地位最高。⑤ 宴坐：安然静坐，指坐禅。⑥ 看心观静：看和观都是禅定修习中的观想，这里的观想以真心为所看所观，目的在于去除妄念，使意念安定不放逸（静）。⑦ 置功：修行用功。

【导 读】

本节中惠能提到的“一行三昧”是对“东山法门”的继承。《楞伽师资记》中记载了神秀与武则天的一段对话：“则天大圣皇后问神秀禅师曰：‘所传之法，谁家宗旨？’答曰：‘禀蕲州东山法门。’问：‘依何典诰？’答曰：

‘依《文殊说般若经》一行三昧。’则天曰：‘若论修道，更不过东山法门。’”由于弘忍据以传禅的冯墓山在道信弘法的双峰山东去不远，故冯墓山又称“东山”，弘忍的禅法也被称为“东山法门”。其实，“东山法门”应该包括道信和弘忍两个人的禅法，因为弘忍的禅法是对道信禅法的发扬光大。文中所谓依《文殊说般若经》的“一行三昧”是指以法界一相为三昧的境界，即以法界为所缘，“系念法界”成就的三昧。此经从“性空”实相的角度论证了众生与佛的不二，并基于“佛及凡夫二法相空”的思想而提出了“一行三昧”的念佛法门，认为通过“系心一佛，专称名字”的念佛即能入此三昧，证得佛智，从而等同于佛。道信正是将这种即假而空、生佛不二的实相念佛法门与《楞伽经》中的“诸佛心第一”相结合而成就了自己的“安心”方便法门。他把“系心一佛”与系念自心联系起来，强调所念之佛即是心，念佛之心即是佛，念与所念皆不离心，心就是佛。道信所强调的“心”，既保留了楞伽的如来藏清净心之义，也通过般若实相说而具有当下念佛的人心之义。因此，在修行观上，道信一方面提出了坐禅守心、观心看净的方便法门，另一方面又依于无所得心而倡导“身心方寸，举足下足，常在道场，施为举动，皆是菩提”这样一种随心自在、无碍纵横的修行生活，从而为日后南北禅宗的分化埋下了种子。如果说，以神秀为代表的北宗禅继承了他的观心看净而强调“时时勤拂拭，莫使有尘埃”，那么，惠能所创的南宗禅则发挥了他的随心自在、无相无念的自在解脱。

惠能指出，行住坐卧皆可实现“一行三昧”。“一行三昧”乃是“行直心”的一个名相，若对此名相生起执著，就偏离了“行直心”的真实内容，即会构成对真心的阻隔，所谓“障道因缘”。既然是“行直心”，则不应当有时空的限制，一切处一切时，都应当如此。惠能强调，此“心”，非木石之心那样不动不起，而是有情人心，不著于动不著于静，当动则动当静则静，随缘任运，任运自然，真心直行。

惠能将“行直心”与“道须通流”相类比，这种观点是颇有新意的。我们知道，佛教以人的解脱为终极目标，并以“涅槃”来指称这种佛教修行达到的最高境界。但是这种解脱境界究竟如何？佛教中却有不同的描述和解说。按照惠能在这里的说法，解脱是因为有“缚”，道不流通是因为有“障道因缘”，所以解脱就是解“缚”、解“障道因缘”。但是，“缚”和“障道因缘”是从哪里来的呢？在这里，惠能明确指出“心不住法，道即流通。心若住法，名为自缚”。这就将解脱、解缚紧紧地与“心”联系着，认为不是有一个外在的“法”缠缚着心，而是心自己缚着自己，是自缚而非他缚，解脱即是自心的解脱。惠能之所以认为没有外在的“法”，是因为在他看来，一切佛法、一切修行、一切行为都赖之于人心而起。从消极的方面而言，人心不能被源于人心的万法牵着鼻子走，套用现代的话来讲，即人不能被自己创造的东西所异化。从积极的方面而言，人应当自己成就一切佛法、修行及行为。因此，人的解脱，人心的解脱，不是脱离人，脱离人心，而是就人及人心而行，是自觉而行。从这两个方面，我们就能了解惠能为什么既反对“心住于法”、“其心看净”，又反对执著于“常坐不动”了。

师示众云：“善知识，本来正教，无有顿渐，人性自有利钝。迷人渐修，悟人顿契。自识本心，自见本性，即无差别。所以立顿、渐之假名。善知识，我此法门从上以来，先立无念为宗，无相为体，无住为本。无相者，于相而离相。无念者，于念而无念。无住者，人之本性。于世间善恶好丑，乃至冤之与亲，言语触刺[1]欺争之时，并将为空，不思酬害[2]。念念之中，不思前境。若前念、今念、后念，念念相续不断，名为系缚。于诸法上念念不住，即无缚也，此是以无住为本。善知识，外离一切相，名为无相。能离于相，即法体清净，此是以无相为体。善知识，于诸境上心不染，曰无念。于自念上常离诸境，不于境上生心。若只百物不思，念尽除却，一念绝即死，别处受生，是为大错。学道者思之。若不识法意，自错犹可，更误他人；自迷不见，又谤佛经，所以立无念为宗。善知识，云何立无念为宗？只缘口说见性迷人，于境上有念，念上便起邪见，一切尘劳妄想从此而生。自性本无一法可得；若有所得，妄说祸福，即是尘劳邪见，故此法门立无念为宗。善知识，无者无何事？念者念何物？无者，无二相，无诸尘劳之心；念者，念真如本性[3]。真如即是念之体，念即是真如之用。真如自性起念，非眼、耳、鼻、舌能念。真如有性，所以起念；真如若无，眼、耳、色、声当时即坏。善知识，真如自性起念，六根虽有见、闻、觉、知，不染万境而真性常自在。故经云：能善分别诸法相，于第一义而不动[4]。”

【注释】

① 言语触刺：言语抵牾，发生口角。② 酬害：报酬伤害。③ 念真如本性：在惠能看来，念之真如即念之如如、心之如如。这种念无有能念所念之分，体用一如，体即名真如，用即名无念，体用之名虽二，实即念念无著。④“能善分别诸法相”二句：语出《维摩诘经·佛国品》，此处引用在于说明六根感官虽有分别作用，但并没有因此而导致对外境内心的执取及尘劳烦恼，其中的原因即是因为有人心自性的统御。

【导读】

惠能反对执著佛性或清净心，他把心与性都理解为不离人们的当下之心念，因此，他所提倡的修行及所要追求的解脱也就不是排除任何思虑的心注一境或观心看净，也不是断绝心念的与道冥符或返本归真，而是念念不住、念念相续的无著无缚、任心自运，他把这种心理状态称之为“行直心”。但到底怎样才是“行直心”？本节即是通过解释“无相、无念、无住”对此作了发挥。

一般认为，“无相、无念、无住”是惠能的认识论或修行法，其实，这“三无”也是对惠能整个禅学理论的一种概括。惠能自己说：“我此法门，从上已来，顿渐皆立无念为宗，无相为体，无住为本。”这里的宗、体、本，皆是心要之义，都是立足于人们当下之心的解脱而展开的。因此，从这“三无”中，我们也可以更加清楚地看到惠能提出的当下现实之心是性空实相论与涅槃真心论相结合的产物。

关于无相，惠能说“无相者，于相而离相”。这里包含着两层意思：第一，“凡所有相，皆是虚妄”，这种思想直接来源于般若类经典，尤其在《金刚经》中表现最为明显。这是对万法抽象实体性的否定。第二，实相无相，性体清净。当不以任何一种特定的相来规定某法时，那么该法即处在自己本来那样的状态，这种状态即称为“如如”、“真如”或“无相之实相”。将此应用于自心即是自心清净，自心如如。在破除了万相之虚幻之后，惠能将心性突出出来，作为人们解脱的依据。所以说：“但能离相，性体清净，此是以无相为体。”

关于无念，惠能说“无念者，于念而不念”。这与前面提到的无念行即般若行的思想是一致的，其所指即任心显现般若之智，念念不愚，不起妄念，亦即有正念而无妄念。由于惠能是以般若实相之义来解说自心之体性的，自心的体性即心的如如状态，亦即正念不断、念念相续，所以这一状态并无别体，只是以念本身为“体”，而“用”也不是念外另有用，而是以自心念为用。这就是惠能说的“真如即是念之体，念即是真如之用”。总之，这种“无念”要求任心自运，不能起心有任何追求，因为起心即是妄，用惠能弟子神会的话来说就是“欲起心有修，即是妄心，不可得解脱”；但也不能百物不思，念尽除却，那样无异于草木瓦石，还谈什么人的解脱呢？惠能所谓的“无念为宗”，实际上乃是以自己当下之心性为宗。

最后，何为无住？“无住者，为人本性”。因为人的本性即人的心性，所以无住也是就人的心性而言的。般若学从性空、无相的角度强调万法的无住。但惠能由此“无住”又进一步提出了无所住心，这是惠能思想的重心所在。在惠能看来，人的本性就体现在当下的心念之中，它是念念相续不断绝而又于一切法相上无住的。这里的“无住”，既有心念迁流不息之义，又有心念不滞留在虚假的万法上，不执著妄相之义。惠能说的“心不住法，道即通流。心若住法，名为自缚”，就是这个意思。“无住为本”也就是以“内外不住，来去自由”的自然任运之心为本。如果心于境上起执著，哪怕执著的是般若行、圣人境，也如流水被截，失却了其本来面目，这是迷人的世俗之此岸；若于外境上无住，于内心上无著，任心自运，念念相续，就如水自常流，道常流通，这便是智者的解脱之彼岸。

总起来看，惠能的“三无”强调的都是在当下念念无著之中直显自心清净的般若之性。其中的“无念”和“无住”说的都是自心任运的意思，不同之处在于，“无念”重在说明妄念不起，“无住”则是强调正念不断。而二者又都立足于实相无相的基础上。“三无”的着眼点都在直显心性，自性解脱，不假外修，强调念念起般若智慧。因此，“三无”既是一种修行方法，也是一种修行境界。

坐禅第五

师示众云：“此门坐禅，元不著心，亦不著净，亦不是[1]不动。若言著心，心元是妄。知心如幻，故无所著也。若言著净，人性本净。由妄念故，盖覆真如。但无妄想，性自清净。起心著净，却生净妄。妄无处所，著者是妄。净无形相，却立净相，言是工夫。作此见者，障自本性，却被净缚②。善知识，若修不动者，但见一切人时，不见人之是非、善恶、过患，即是自性不动。善知识，迷人身虽不动，开口便说他人是非、长短、好恶，与道违背。若著心著净，即障道也。"

师示众云："善知识，何名坐禅？此法门中，无障无碍。外于一切善恶境界，心念不起，名为坐；内见自性不动，名为禅。善知识，何名禅定？外离相为禅，内不乱为定。外若著相，内心即乱；外若离相，心即不乱。本性自净自定，只为见境思境即乱。若见诸境，心不乱者，是真定也。善知识，外离相即禅，内不乱即定，外禅内定是为禅定。《菩萨戒经》云：'我本元自性清净。'善知识，于念念中，自见本性清净，自修、自行、自成佛道。"

【注 释】

① 是：认为正确。同于"著"，意为执著。② 净缚：即因执著于有形相的净而成为束缚真实人心的障碍。这里的"净"与"性自清净"的"净"有根本的不同。其最大的不同在于后者虽言"净"而非一般的认识活动所见的"形相"之一，它是一种特殊的智慧认识到的"实相"，这种特殊的智慧一般被称为"般若"。

【导 读】

惠能提到的"坐禅"和"禅定"，是以"性自清净"为出发点和根本归宿的。既然每个人的自性是清净的，人心是迁流不住的，那么用任何一种属性来规定它就是妄执的，而非真实的。所以，惠能指出，坐禅不在于任何一种固定的形式，它不执著心、不执著净、不执著不动，而是强调对自心自性有真实体贴的真心、真净、真不动，以至于成就真禅定。只有将"真"贯之于个人的念念修行之中，贯之于日常的行住坐卧之中，不做口是心非的人，不做逐相乱心的人，才是真正的坐禅，才能真正达到禅定的最高境地。

值得注意的是，惠能在解释"坐"、"禅"、"定"的同时以"内见自性不动，名为禅"和"外离相即禅"来诠释"禅"，前者以内解禅，后者以外解禅，表面上似乎没有一贯性。但仔细看来，内外之分都是系之于人的当下心念的。在惠能看来，若见自性清净，内心与外境俱得清净，内外一如，不一不异，贯通无碍。所以，真正的禅，无内外之别，亦内亦外，无出无入。

惠能以自心来论定禅定，而不是以行住坐卧等形式来限制禅定，实际上是要指出禅定修行要以心性为基础、为指导。如果脱离了心性，无论哪种形式的禅定，都不能实现自性解脱；如果不离自性，无论哪种形式的禅定，都有可能实现真正的解脱。不离自性的一个关键的环节是不能有执著，不执著不是语言可以表达的，它体现在对执著的否定中。比如有人执著解脱必须坐禅，非坐禅不能解脱，这就是坐禅执；有人不执著坐禅，认为非卧禅不能解脱，这就是卧禅执，二者可视为一类的。另外，还有人将不执著视为什么也不思考，这在惠能看来也是一种执著，即"空执"。所以到底怎样才能实现"任心自运"的真禅定，而不是被别人塑造和自己塑造的外相所迷惑，实际上惠能并没有教给我们，他所教给我们的只是应当向自己内心求索，而不是向外求索。自心是怎样的，他只是说应当自己体悟，别人不能代替。这些都使得禅宗带有神秘主义的倾向，但又不神秘，因而有"如人饮水，冷暖自知"的说法。既是"自知"，便不是"无知"。

忏悔第六

时，大师见广、韶洎四方士庶，骈集[①]山中听法，于是升座告众曰："来！诸善知识，此事须从自性中起。于一切时，念念自净其心，自修自行，见自己法身，见自心佛，自度自戒，始得不假到此。既从远来，一会于此，皆共有缘。今可各各胡跪[②]。先为传自性五分法身香，次授无相忏悔[③]。"

【注释】

① 骈集：聚集。② 胡跪：即胡人跪坐方法，一般有左跪、互跪和长跪，这里可能是指左跪，表示敬意。左跪为左膝着地、右足踏地的跪法。③ 无相忏悔：指达到对自心佛性认识为根本的忏悔。无相，与有相相

对，指摆脱世俗之有相认识而获得的真如实相。忏悔，原意为向佛诉说自己的过错、表示悔过自新，并发誓永不再犯。在忏悔前冠以无相是为了突出忏悔的主观因素，从自心发出，向自心忏悔。

【导 读】

惠能一再强调的是“见自本性，自性成佛”。在接下来关于五分法身香、无相忏悔、四弘誓愿、无相三归依戒以及三身佛的诠释中，处处表达了他以人心自性来总摄各种名相的特征。

众胡跪。师曰：

“一、戒香，即自心中无非、无恶、无嫉妒、无贪嗔、无劫害，名戒香。

二、定香，即睹诸善恶境相，自心不乱，名定香。

三、慧香，自心无碍，常以智慧观照自性，不造诸恶，虽修众善，心不执著，敬上念下，矜恤孤贫，名慧香。

四、解脱香，即自心无所攀缘[①]，不思善，不思恶，自在无碍，名解脱香。

五、解脱知见香，自心既无所攀缘善恶，不可沈空守寂，即须广学多闻，识自本心，达诸佛理，和光接物，无我无人，直至菩提，真性不易，名解脱知见香。

善知识，此香各自内熏，莫向外觅。”

【注 释】

① 攀缘：原指猿猴攀援树木，佛教用于比喻心随境转、依附外境，这里主要是指心念依附世俗中相互对立的概念而流转。

【导 读】

本节记述的是惠能以自心来解释、规定五法身香。不仅如此，他最后说“此香各自内熏，莫向外觅”，犹如说了一番的道理后，又说，这些道理都在这里，但是要落实到你们各自的内心深处去，自己去体会，自己去体验。若以为说出来便是做出来了，那就大错特错了。所以，这五香是否真的起作用，完全取决于人们是否能唤起内心深处的五种法身，并真实行之。

"今与汝等授无相忏悔，灭三世[①]罪，令得三业[②]清净。善知识，各随我语一时道：

弟子等，从前念、今念及后念，念念不被愚迷染。从前所有恶业、愚迷等罪，悉皆忏悔，愿一时销灭，永不复起。

弟子等，从前念、今念及后念，念念不被憍诳[③]染。从前所有恶业、憍诳等罪，悉皆忏悔，愿一时销灭，永不复起。

弟子等，从前念、今念及后念，念念不被嫉妒染。从前所有恶业、嫉妒等罪，悉皆忏悔，愿一时销灭，永不复起。

善知识，已上是为无相忏悔。云何名忏？云何名悔？忏者，忏其前愆。从前所有恶业、愚迷、憍诳、嫉妒等罪，悉皆尽忏，永不复起，是名为忏。悔者，悔其后过。从今以后，所有恶业、愚迷、憍诳、嫉妒等罪，今已觉悟，悉皆永断，更不复作，是名为悔。故称忏悔。凡夫愚迷，只知忏其前愆，不知悔其后过。以不悔故，前愆不灭，后过又生。前愆既不灭，后过复又生，何名忏悔？"

【注 释】

① 三世：指众生个体存在的时间，即出世之前为前世，现在的生存为今世，命终之后的生存（转生）为来世。佛教以此来解释业报轮回。② 三业：身、口、意所造的业行。身业即身体行动所造的业行；口业即口中言语所造的业行；意业即心中思虑所造的业行。三业之中，佛教一般以意业统摄其他二业。③ 憍诳：骄慢狂妄。

【导 读】

惠能认为，只有于相离相才能识心见性，因此，忏悔也应以"无相为体"，以自心为本。无相忏悔不重外在的形式，而是重内心的觉悟，因而惠能摒弃了传统佛教诵经咒、念忏悔文等忏悔仪式中的种种定式，强调作"自性忏"。自性即自心，自心表现为自念。惠能认为，心念引发行动，行动成就业行，要得到真正的解脱应当从自心自念着手。忏悔即是以心念为内容展开的。所以惠能说忏悔即是"念念不被愚迷染"、"念念不被憍诳染"、"念念不被嫉妒染"。可见，"无相忏悔"或"自性忏"是于内心对自己平时的言行进行深刻的反省，认识到一切恶行均受妄念杂心的支配，从而应依本然净心而除去妄心，永断恶行。

“善知识，既忏悔已，与善知识发四弘誓愿[①]。各须用心正听：

自心众生无边誓愿度，自心烦恼无边誓愿断，

自性法门无尽誓愿学，自性无上佛道誓愿成。

善知识，大家岂不道：众生无边誓愿度。恁么道，且不是惠能度。善知识，心中众生，所谓邪迷心、诳妄心、不善心、嫉妒心、恶毒心，如是等心尽是众生。各须自性自度，是名真度。何名自性自度？即自心中邪见、烦恼、愚痴众生，将正见度。既有正见，使般若智打破愚痴迷妄众生，各各自度。邪来正度，迷来悟度，愚来智度，恶来善度，如是度者，名为真度。

又烦恼无边誓愿断，将自性般若智，除却虚妄思想心是也。

又法门无尽誓愿学，须自见性，常行正法，是名真学。

又无上佛道誓愿成，既常能下心[②]，行于真正，离迷离觉，常生般若，除真除妄，即见佛性，即言下佛道成。

常念修行，是愿力法。”

【注 释】

① 四弘誓愿：又名四弘大愿、四弘愿等，誓愿即发誓要完成的愿望，原指大乘菩萨为救度众生而发的四种广大誓愿，而在惠能这里，发愿者是众生自己。② 下心：对别人不骄慢。这里指虽成佛道，但不执住佛果，体现的是大乘佛教的慈悲精神。

【导 读】

在惠能看来，众生、烦恼、法门、佛道都以人心人性为依持。所以，誓愿所度、所断、所学、所成其实是自度、自断、自学、自成，只有领悟并践行于此，才是真正度、真正断、真正学、真正成。这里需要指出的一点是，文中一方面指出“邪来正度，迷来悟度，愚来智度”是名“真度”，同时又说“离迷离觉，常生般若，除真除妄，即见佛性”，所谓“迷来悟度”似是肯定有一恒常的“悟”，而“离迷离觉”则又是否定有一恒常的“觉”（悟）。实际上，这

并不矛盾，前者是就众生修行的过程而言的，而后者则是就众生成就的境界而言的。因为心中众生尚未成就，迷痴尚存，顿悟尚须；而心中众生既已成就，行于自性清净，自然任运，当然无所谓一切二法，所以说离迷离觉、除真除妄，不为迷妄染亦不为觉真缚。

“善知识，今发四弘愿了，更与善知识授无相三归依戒[①]。

善知识：

归依觉，两足尊[②]；归依正，离欲尊[③]；归依净，众中尊[④]。从今日去，称觉为师，更不归依邪魔外道[⑤]。以自性三宝，常自证明。

劝善知识归依自性三宝。佛者，觉也；法者，正也；僧者，净也。

自心归依觉，邪迷不生，少欲知足，能离财色，名两足尊。

自心归依正，念念无邪见。以无邪见故，即无人我、贡高[⑥]、贪爱、执著，名离欲尊。

自心归依净，一切尘劳爱欲境界，自性皆不染著，名众中尊。

若修此行，是自归依。凡夫不会，从日至夜，受三归戒[⑦]。若言归依佛，佛在何处？若不见佛，凭何所归？言却成妄。善知识，各自观察，莫错用心。经文分明，言自归依佛，不言归依他佛。自佛不归，无所依处。今既自悟，各须归依自心三宝。内调心性，外敬他人，是自归依也。”

【注 释】

① 无相三归依戒：三归依戒又名三归依、三归戒或三归，一般来说，即是对佛、法、僧的归依。无相三归依戒的意思是三归依的对象是自心佛性，自心佛性体现在念念无著之中。念念无著，相是幻相，所以是无相三归依，以此为戒即无相三归依戒。② 两足尊：佛的尊号，人有两足，为众生之最尊，佛因觉悟又为人中之最尊。不过这里所说的“佛”，不是外在于自心的他佛，而是内在于自心的佛。③ 离欲尊：意思为远离贪欲、无所执著，故为世俗所尊重。④ 众中尊：意思为众人之中的尊贵者，众即众生、世人。⑤ 邪魔外道：邪即邪见非正，魔即恶劣违道，邪见恶魔都非正道，所以统称外道，泛指一切妨碍成就菩提正果的人和学说。⑥ 贡高：

自高自大。⑦“凡夫不会”三句：凡夫因不能理解归依是自归依的道理，从日至夜地希望接受“三归戒”，实际上真正的归依是自心生起而无法通过接受获得的。

【导读】

戒在佛教中有戒体和戒相的不同说法。所谓戒体，是指弟子从师受戒时所发生而领受在自心的法体，亦即由授受的作法在心理上构成的一种防非止恶的功能，实际上也就是受持戒律的意志和信念。唐代南山律宗的创始人道宣就曾提出心法戒体论，即以心法为戒体。所谓戒相，即指五戒、八戒等具体的戒条。惠能的无相戒显然在戒体和戒相两方面都有其独创性。在戒体方面，惠能从自性清净出发，强调依持本心，识心见性，觉悟成佛，把持戒与自心开悟结合了起来。在戒相方面，惠能以实相无相的般若思想来破除对各种形式化的戒条的执著，主张当下之心的念念无著、自心起般若观照即是持戒。惠能的“无相戒”强调“戒”以心为本，这是与他“即心即佛”的禅学思想特点联系在一起的，是对传统佛教戒法的继承与发展。

一般对佛教三宝的解释认为，佛即释迦牟尼佛或一切佛，法即佛教教义，僧即出家信徒。“三归依”是指信徒归依外在的、有相的佛、法、僧三宝。惠能从“佛者，觉也；法者，正也；僧者，净也”出发，将佛、法、僧的内涵——觉、正、净系之于当下人心，认为自性觉悟是佛，自念不邪是正，自体不染是净。因而他认为自心自性本来具足“三宝”，称“自三宝”。然而，许多人不明白这个道理，偏偏要向外寻求。对此，惠能问道：“若言归（外在有形相的）佛，佛在何处？若不见佛，即无所归；既无所归，言却是妄。”因此，惠能强调要自心归依觉、正、净，并认为这才是真正的归依佛、法、僧三宝。他说：“经文分明，言自归依佛，不言归依他佛。自佛不归，无所依处。”惠能将“无相三归依戒”完全落实在人的自心自性上，他更强调“归依”的本质不是对外在的有相的佛、法、僧的归依，而是在于对内在的无相的人心自性的归依，因为人心人性才是佛、法、僧存在的源头活水，真正的归依在于人心人性的觉、正和净及其实现。他把向外求解脱转化为向内自心的证悟，从而走上了内在的超越之路。

"善知识，既归依自三宝竟，各各志心，吾与说一体三身[1]自性佛，令汝等见三身，了然自悟自性。总随我道：

于自色身，归依清净法身佛，于自色身，归依圆满报身佛，于自色身，归依千百亿化身佛。

善知识，色身[2]是舍宅，不可言归。向者三身佛在自性中，世人总有，为自心迷，不见内性，外觅三身如来，不见自身中有三身佛。汝等听说，令汝等于自身中见自性有三身佛，此三身佛从自性生，不从外得。

何名清净法身佛？世人性本清净，万法从自性生。思量一切恶事，即生恶行；思量一切善事，即生善行。如是诸法，在自性中。如天常清，日月常明，为浮云盖覆，上明下暗，忽遇风吹云散，上下俱明，万象皆现。世人性常浮游，如彼天云。善知识，智如日、慧如月，智慧常明。于外著境，被妄念浮云盖覆，自性不得明朗。若遇善知识，闻真正法，自除迷妄，内外明彻，于自性中，万法皆现。见性之人，亦复如是，此名清净法身佛。善知识，自心归依自性，是归依真佛。自归依者，除却自性中不善心、嫉妒心、谄曲心、吾我心、诳妄心、轻人心、慢他心、邪见心、贡高心，及一切时中不善之行，常自见己过，不说他人好恶，是自归依。常须下心，普行恭敬，即是见性通达，更无滞碍，是自归依。

何名圆满报身？譬如一灯能除千年暗，一智能灭万年愚。莫思向前，已过不可得；常思于后，念念圆明，自见本性。善恶虽殊，本性无二。无二之性，名为实性。于实性中不染善恶，此名圆满报身佛。自性起一念恶，灭万劫善因；自性起一念善，得恒沙恶尽。直至无上菩提，念念自见，不失本念，名为报身。

何名千百亿化身？若不思万法，性本如空。一念思量，名为变化。思量恶事，化为地狱；思量善事，化为天堂。毒害化为龙蛇，慈悲化为菩萨，智慧化为上界，愚痴化为下方。自性变化甚多，迷人不能省觉，念念起恶，常行恶道。回一念善，智慧即生，此名自性化身佛。

善知识，法身本具，念念自性自见，即是报身佛。从报身思量，即是化身佛。自悟自修自性功德，是真归依。皮肉是色身，色身是舍宅，不言归依也。但悟自性三身，即识自性佛。"

【注释】

① 一体三身：三身即三身佛。三身佛的说法不一，这里指法身、报身、化身，一般认为此三身为佛所独有。惠能认为佛在心中，所以法身、报身和化身都不离自心自性，为每个人本来具有，只因自迷不觉。

② 色身：指肉身，一般认为是由地、水、风、火四大要素构成的有形相的物质性身体。佛教中对人的认识有不同的分法，比较简洁的即是以人由色、心二法构成，因为佛教重视智慧解脱或心解脱，所以时不时地会对"色身"采取一种轻视态度，这里说"色身是舍宅，不可言归"即是这种传统的表现之一。

【导读】

在惠能看来，佛教所说的三身佛并非存在于人身之外，而是人的清净心性的自然显现，即所谓的"此三身佛从自性生"。他认为人心中本有成佛的内在根据——法身，即佛性，"从法身思量，即是化身；念念善，即是报身"。这里的法身即是众生的自性菩提心。自性菩提心因缘而发心慈悲，救度众生于苦难之中，善恶分明，所以自心思量善恶而有应世而化之身，即化身。以自性自心所行，无有颠倒，无有执著，诸恶不作，众善奉行，念念向善，功德圆满，即所谓报身。世人迷妄不知自性，向外求佛，只会越求越迷。惠能教人回归自心寻求解脱之路："世人性本清净，万法从自性生，思量一切恶事即生恶行，思量一切善事即生善行，如是诸法在自性中。"相信自己本具佛性，人与佛在根本上并无差别。"自悟自修自性功德，是真归依"，这就是归依了三身佛。

"吾有一无相颂，若能诵持，言下令汝积劫迷罪一时销灭。颂曰：
迷人修福不修道，只言修福便是道。布施供养福无边，心中三恶元来造。
拟将修福欲灭罪，后世得福罪还在。但向心中除罪缘，各自性中真忏悔。
忽悟大乘真忏悔，除邪行正即无罪。学道常于自性观，即与诸佛同一类。
吾祖惟传此顿法，普愿见性同一体。若欲当来觅法身，离诸法相心中洗。
努力自见莫悠悠，后念忽绝一世休。若悟大乘得见性，虔恭合掌至心求。"

师言："善知识，总须诵取，依此修行，言下见性。虽去吾千里，如常在吾边；于此言下不悟，即对面千里，何勤远来？珍重。好去。”

一众闻法，靡不开悟，欢喜奉行。

【导读】

本节以偈颂的方式对上文进行了总结，其中涉及修福与修道的差别，指出了只求物质利益的积聚并不是获得解脱的根本方法，消除罪恶应当从罪恶的源头——人心着手，所以，忏悔要向心中发起，学道要于心中观，法身要从心中觅，大乘要至心中求。总而言之，惠能所倡导的教义，即是立于人心的教义。

机缘第七

师自黄梅得法，回至韶州曹侯村，人无知者。他本云："师去时，至曹侯村住九月余。"然师自言："不经三十余日，便至黄梅。"此求道之切，岂有逗留？作去时者非是。有儒士刘志略，礼遇甚厚。志略有姑为尼，名无尽藏，常诵《大涅槃经》，师暂听，即知妙义，遂为解说。尼乃执卷问字，师曰："字即不识，义即请问。"尼曰："字尚不识，焉能会义？"师曰："诸佛妙理，非关文字。"尼惊异之，遍告里中耆德①云："此是有道之士，宜请供养。"有魏一作晋。武侯玄孙曹叔良，及居民，竞来瞻礼。

时宝林古寺，自隋末兵火已废，遂于故基重建梵宇②，延师居之，俄成宝坊③。师住九月余日，又为恶党寻逐，师乃遁于前山，被其纵火焚草木，师隐身挨入石中得免。石今有师趺坐膝痕，及衣布之纹，因名避难石。师忆五祖"怀会④止藏"之嘱，遂行隐于二邑焉。

【注释】

① 耆德：年长且有德行的人。② 梵宇：佛教寺庙的别称。③ 宝坊：指重建后的宝林寺。④ 怀会：怀集、四会。

【导读】

本节所述惠能为无尽藏解说《大涅槃经》妙义的事情，在禅宗史的其他文献中也有记载，但是在发生的时间上有所不同。据《曹溪大师别传》记载，此事发生在惠能礼拜弘忍之前，而这里则明确地认为此事是在从弘忍处得法之后，两者不能并存。若将此事的事实判定放在一边，仅就其所要表达的禅宗思想来看，其关键在于指出“诸佛妙理，非关文字”这一思想。

从佛教的发展来看，佛陀创教的本意是为了众生的解脱，其全部理论不外乎是论证人生的苦难以及从人生苦海中解脱出来的必要性和可能性，因而早期佛教的一个重要特点即是偏重于对人生现象的分析，重视对人的解脱的实际追求而不重视对抽象哲理的研究。但这种重视人生问题和人的解脱的基本精神到部派佛教乃至大乘佛教时虽有进一步的发展，却更多的是从思辨哲理的角度被抽象地加以发挥了。从部派佛教开始，就对宇宙万法的实有假有、心性的净染等问题展开了广泛的讨论，并形成了许多精细的理论。在大乘佛教中，更有中观学派、瑜伽行派等专门发挥理论学说的学派。为了论证现实世界的虚幻性和依持自心自性解脱的可能性，佛教发展出了极为繁琐的名相系统。佛教理论的根本任务是为佛教信仰作论证，佛教讲“信、解、行、证”，信是第一位的，信、解又需落实在行、证的宗教实践上。但理论的发展有时似乎有某种惯性，或者说是有其自身相对独立的发展规律或内在必然性。而理论上的过多发挥和名言概念的过于繁琐，在一定程度上又有可能导致佛陀创教之根本精神的隐没或丧失。当人们过分专致于理论的探讨和论证时，往往会忘了如何去实际地追求，而佛教的解脱在本质上却恰恰不是一个理论问题而是一个实践问题。就此而言，在天台、华严和唯识等教下诸宗在南北朝佛教学派的基础上相继林立之际，惠能和禅宗倡导“不立文字”、“以心传心”，以求回归佛陀追求人生解脱的根本精神，这确实是有意义的。犹如魏晋玄学的出现是对两汉繁琐经学的反动，惠能禅宗的“不立文字”也有克服教门对章疏之学过分偏重之弊端。

文字本身就像一把双刃剑，它既可显理又可乖理，关键在于使用者。惠能认为唯有当下人心才是文字的真正使用者。前文已经提到，“十二部经，皆因人置”，“十二部经，在人性中本自具有”，脱离现实的人心人性，经论便不可解。经论文字所显之义，正是当下人心人性之义。惠能通过“不立文字”来破斥对文字的“执著”，将人的解脱放在首要的位置，以人心人性作为经典的依持和归宿，体现了对佛陀精神的回归。

僧法海，韶州曲江人也。初参祖师，问曰：“即心即佛，愿垂指谕。”师曰：“前念不生即心，后念不灭即佛①。成一切相即心，离一切相即佛。吾若具说，穷劫不尽。听吾偈曰：

即心名慧，即佛乃定。定慧等持，意中清净。

悟此法门，由汝习性。用本无生，双修是正。”

法海言下大悟。以偈赞曰：

“即心元是佛，不悟而自屈。我知定慧因，双修离诸物。”

【注 释】

①“前念不生即心”二句：前念不生恶染即心，后念不灭正净即佛，念念修行，不可懈怠。

【导 读】

南北朝以来，中国佛性论发展的趋势是由外向内、由境向心，把佛性与主体“心识”、“自性”统一起来成为各家佛性异说比较普遍的共同倾向。在此背景下，禅学中也逐渐酝酿产生出一股“即心即佛”、“见性成佛”的思潮，齐梁时的宝志、傅大士以及达摩系的禅法都表现出了这种特点。惠能的禅学正是在此基础上的进一步发展。惠能将佛性与现实的人及人心进一步结合起来，以“无相无念无住”的当下本觉之心把空与万法、人心与佛性、众生与佛“圆融无碍”地融摄为一体，从而更突出了人们的当下解脱，并赋予了“即心即佛”、“见性成佛”新的含义。在这里，惠能所关注的不再是“理”而是“人”——是活生生的现实的人，而不是抽象的或五蕴和合的人；他所关注的不再是“境”而是“心”——是人们现实的当下之心，而不是抽象的真心或虚幻的妄心。在与法海的对话中，惠能强调众生与佛的差别只在自心的一念之中，自心邪念不起，正念不断，不执著任何幻相，便自然与佛不二。他将即心即佛比作定慧等持，进一步说明了“即心即佛”不仅是一个理论问题，更是一个实践问题，只有在宗教实践中才能对它有真正的体悟。法海听后“言下大悟”,以“双修离诸物”表达了他要用中道正观来超越二元对立以达到对“即心元是佛”的体认,不再向心外去作任何求觅,而是从自己做起,从自心做起,以真正实现自成佛道,成就自我解脱。

僧法达,洪州[1]人。七岁出家,常诵《法华经》[2],来礼祖师,头不至地[3]。师诃曰:“礼不投地,何如不礼?汝心中必有一物。蕴习[4]何事耶?”曰:“念《法华经》,已及三千部。”师曰:“汝若念至万部,得其经意不以为胜[5],则与吾偕行;汝今负[6]此事业,都不知过。听吾偈曰:

礼本折[7]慢幢[8],头奚不至地。有我[9]罪即生,亡功福无比[10]。”

师又曰:“汝名什么?”曰:“法达。”师曰:“汝名法达,何曾达法?”复说偈曰:

“汝今名法达,勤诵未休歇。空诵但循声[11],明心[12]号菩萨。

汝今有缘故,吾今为汝说。但信佛无言[13],莲华从口发[14]。”

达闻偈悔谢,曰:“而今而后,当谦恭一切。弟子诵《法华经》,未解经义,心常有疑。和尚智慧广大,愿略说经中义理。”师曰:“法达,法即甚达,汝心不达;经本无疑,汝心自疑。汝念此经,以何为宗?”达曰:“学人根性暗钝,从来但依文诵念,岂知宗趣?”师曰:“吾不识文字,汝试取经诵一遍,吾当为汝解说。”法达即高声念经,至《譬喻品》。师曰:“止。此经元来以因缘出世为宗,纵说多种譬喻,亦无越于此。何者因缘?经云:‘诸佛世尊,唯以一大事因缘出现于世。’一大事者,佛之知见也。世人外迷著相,内迷著空。若能于相离相,于空离空,即是内外不迷。若悟此法,一念心开,是为开佛知见。佛犹觉也,分为四门[15]:开觉知见,示觉知见,悟觉知见,入觉知见。若闻开示,便能悟入,即觉知见,本来真性而得出现。汝慎勿错解经意,见他道:开示、悟入自是佛之知见,我辈无分。若作此解,乃是谤经毁佛也。彼既是佛,已具知见,何用更开?汝今当信,佛知见者,只汝自心,更无别佛。盖为一切众生自蔽光明,贪爱尘境,外缘内扰,甘受驱驰,便劳他世尊从三昧起,种种苦口,劝令寝息,莫向外求,与佛无二。故云‘开佛知见’。吾亦劝一切人,于自心中常开佛之知见。世人心邪,愚迷造罪,口善心恶,贪嗔、嫉妒,谄佞我慢,侵人害物,自开众生知见。若能正心，常生智慧，观照自心，止恶行善，是自开佛之知见。汝须念念开佛知见，勿开众生知见。开佛知见即是出世，开众生知见即是世间。汝若但劳劳执念，以为功课者，何异犛牛爱尾[16]。”达曰：“若然者，但得解见，不劳诵经耶！”师曰：“经有何过，岂障汝念？只为迷悟在人，损益由己。口诵心行，即是转经[17]。口诵心不行，即是被经转。听吾偈曰：

心迷法华转，心悟转法华。诵经久不明，与义作仇家[18]。

无念念即正，有念念成邪。有无俱不计，长御白牛车[19]。”

达闻偈，不觉悲泣，言下大悟。而告师曰：“法达从昔已来，实未曾转《法华》，乃被《法华》转。”再启曰：“经云诸大声闻乃至菩萨皆尽思共度量，不能测佛智。今令凡夫，但悟自心，便名佛之知见。自非上根，未免疑谤。又经说三车，羊、鹿、牛车，与白牛之车，如何区别？愿和尚再垂开示。”

师曰：“经意分明，汝自迷背。诸三乘人不能测佛智者，患在度量也。饶伊尽思共推，转加悬远。佛本为凡夫说，不为佛说。此理若不肯信者，从他退席。殊不知坐却白牛车，更于门外觅三车？况经文明向汝道，唯一佛乘，无有余乘，若二、若三，乃至无数方便，种种因缘譬喻言词，是法皆为一佛乘故。汝何不省，三车是假，为昔时故；一乘是实，为今时故。只教汝去假归实。归实之后，实亦无名。应知所有珍财尽属于汝，由汝受用。更不作父想，亦不作子想，亦无用想，是名持《法华经》，从劫至劫手不释卷，从昼至夜无不念时也。”

达蒙启发，踊跃欢喜。以偈赞曰：

“经诵三千部，曹溪一句亡[20]。未明出世旨，宁歇累生狂。

羊鹿牛权设，初中后善扬。谁知火宅内，元是法中王。”

师曰：“汝今后方可名念经僧也。”达从此领玄旨，亦不辍诵经。

【注 释】

① 洪州：治所在今江西南昌。②《法华经》：又称《妙法莲华经》，译本有多种，其中鸠摩罗什译本最为流行。此经所主张的“会三归一、开权显实”的思想对中国佛教的发展影响深远，其中“三”即三乘，乘即取车辆的运载之意，分别指声闻乘、缘觉乘和菩萨乘，意味佛针对声闻、缘觉和菩萨三种人而分别采取不同的教导，以促使他们最终成佛。此“最终成佛”

即是“一乘”，即佛乘。在《法华经》中，羊车、鹿车和牛车分别喻指声闻乘、缘觉乘和菩萨乘，而“大白牛”车即是佛乘。另外，根据佛教发展的历史，菩萨乘的流行后于声闻、缘觉二乘，前者注重利他入世，后者注重自利出世，宣扬菩萨乘的经典常将声闻、缘觉二乘视为小乘而自认为大乘，因此之故，菩萨乘常与佛乘不分彼此。若以《法华经》之说，菩萨乘为“牛”乘，而佛道为“大白牛”乘，二者又不完全相同。若强为分别，可视菩萨乘为方便意义上的“三乘”之一，而佛乘则为三乘所要到达的终极目的——成佛，是菩萨乘的圆满实现。③ 头不至地：古代男子的跪拜之礼大体上有两类：一是头触地即起，称为“顿首”；一是触地时间较长的称为“稽首”，但都要头触地以表示对受礼者的崇拜和恭敬。这里说法达向惠能行礼，但“头不至地”，是为不敬之举。这种对礼仪、敬意的重视，见之于文本，很可能是受到儒家文化尊师重礼的影响。当然，佛教律宗在唐以后的发展也是一个重要原因。④ 蕴习：指长期积学。⑤ 得其经意不以为胜：得了经中大意并且不自以为是。⑥ 负：有负于、违背。⑦ 折：去除。⑧ 慢幢：幢原来指一种旗帜，此处当指佛教的经幢，即一根粗大而树立的石柱，上面刻有经文。慢幢，喻傲慢，指见师长仍不行跪礼而挺立如石柱的人。⑨ 有我：即心中有个“我”，心中有我，就产生人与我的分别，产生别人不如“我”的傲慢心，不合教义。这里指法达以读经多而自以为是。⑩ 亡功福无比：自以为是的人没有功德，即使求得福田也不能与功德相比。⑪ 循声：如咿呀学语，只知道声音，不知道意思。⑫ 明心：使心从愚妄暗宅中明白起来。⑬ 佛无言：佛法是不立于文字的，只是以心传心。佛说法是自心慈悲的外显，为的是促使众生成就自心中的佛，以得解脱。所以，应该看到佛虽有言语，实际上不是为了言语而言语，此即“佛无言”。⑭ 莲华从口发：莲华，即莲花，指若懂得佛法大意，一部《妙法莲华经》便是从自心统御之口发出的声音。⑮ 四门：《法华经》所说的开佛知见、示佛知见、悟佛知见、入佛知见，简称开、示、悟、入四门。惠能以“觉”释“佛”，径直将其改为开觉知见、示觉知见、悟觉知见、入觉知见，而“觉”即智慧心之觉，所以“四门”在根本上立足于当下之人心。⑯ 犛牛爱尾：犛当为牦，同牦。牦牛尾巴细长而美，但无实用，因之生“爱”，实属无知。这里借以说明法达舍大取小，但诵文字，自以为是，荒废心行。⑰ 转经：

即了悟经义，将其转化为自己所用。下文中的“被经转”即被经文的文字或字面意思牵着走，不知经义。⑱ 仇家：仇人。指诵经而不知义，从而与经义犹如仇人一般，形同陌路。⑲ 白牛车：喻指究竟大乘，即佛乘。后文中的羊、鹿、牛等“三车”喻指权宜三乘。⑳ 曹溪一句亡：曹溪，代指惠能；一句亡，即惠能几句话使得法达诵经三千部形成的傲慢烟消云散。

【导 读】

本节记述的是惠能以“诸佛妙理，非关文字”和“直了心性，见性成佛”的道理来教益法达并向他阐明《法华经》义理的事情。其中又可分三部分：一是法达因念经甚多而生骄慢，表现为对师不敬；二是法达只知读经不知领会经中大意，表现为被《法华》转；三是法达妄生分别，表现为不能悟解三乘是假。惠能始终以自性本具万法，只因自心迷悟不能识心见性，并据此来解除法达的各种心病。针对法达的自以读经多而不礼敬，惠能说应当去除“我执”或“生死我”；针对法达只知道读经，不知经文到底是做什么事情的，惠能指出经文是要打开众生中的“佛知见”，亦即使众生领悟自己可以成佛，从而为法达树立“佛性我”的信心；针对法达摘取经中的“三乘”名相、强作分别想，惠能告诉他，自心自性即是佛性，不待外求，自心是佛，自性是佛，三乘在心中，成就要躬行。最后，法达领悟玄旨，不辍诵经。由此可见，惠能并不是绝对地排斥经教，他只是强调应领宗得意，自性觉悟，而不能执著文字，更不能被文字相牵着鼻子走。这实际上也就是老庄玄学的“得意忘言”和佛教的“依义不依语”在禅修中的具体贯彻与发挥。执著于诵经固然是“有念”，拘泥于“不可诵经”，也是一种执著。因此，惠能不是反对文字，不是反对经典，他提倡“不立文字”，是对执著文字、执著经教等的“执著”的反对，他要在反对执著中树立自心自性，进而在自心自性中重塑文字与经说，恢复文字和经书的本来面目，这本来面目与儒家所提倡的“文以载道”的精神有相似之处。

僧智通，寿州安丰人。初看《楞伽经》，约千余遍而不会三身、四智[①]。礼师求解其义。师曰：“三身者，清净法身，汝之性也；圆满报身，汝之智也；千百亿化身，汝之行也。若离本性，别说三身，即名有身无智。若悟三身，无有自性，即明四智菩提。听吾偈曰：

自性具三身，发明成四智。不离见闻缘②，超然登佛地。

吾今为汝说，谛信永无迷。莫学驰求者，终日说菩提。”

通再启曰：“四智之义，可得闻乎？”师曰：“既会三身，便明四智，何更问耶？若离三身，别谈四智，此名有智无身，即此有智，还成无智。”复说偈曰：

“大圆镜智性清净，平等性智心无病，

妙观察智见非功，成所作智同圆镜。

五八六七果因转，但用名言无实性③。

若于转处不留情，繁兴永处那伽定④。”

如上，转识为智也。教中云：转前五识为成所作智，转第六识为妙观察智，转第七识为平等性智，转第八识为大圆镜智。虽六七因中转、五八果上转，但转其名而不转其体也。

通顿悟性智，遂呈偈曰：

“三身元我体，四智本心明。身智融无碍，应物任随形。

起修皆妄动，守住匪真精⑤。妙旨因师晓，终亡染污名。”

【注 释】

① 四智：即后文所说大圆镜智、平等性智、妙观察智和成所作智。佛教唯识家认为万法都是“识”的变现，四智亦由八识转成，八识分别为眼、耳、鼻、舌、身等前五识，第六识为意识，第七识为末那识，第八识为藏识。第八识成大圆镜智，第七识成平等性智，第六识成妙观察智，前五识成成所作智。② 不离见闻缘：不能执著于脱离见闻。③ 但用名言无实性：意指（四智）之名本身无自性，是假言设施，以人心自性为依持。④ 那伽定：那伽，意译为龙，那伽定即指大定、究竟定。⑤ 守住匪真精：守空不动也不是真正正法。

【导 读】

本节讲述的是惠能帮助智通贯通三身与四智的事情。惠能简要地重申了他关于“自身中有三身佛”的观点，认为三身是每个人自性本来所具有的，而自性智慧的自然呈现即有四智的差别。因此，三身与四智只是不离自性的不同名称而已，其实质是人心自性在现实生活中的具体表现。

读到这里，我们会发现一个有趣的现象，即禅宗自认为“教外别传”，但是前面惠能要人闻持《金刚经》，说理时引《维摩经》，为无尽藏讲《涅槃经》，为法达讲《法华经》，为智通讲《楞伽经》，俨然一派教内作风！要解释这个现象，就要了解一下其历史。

相传初祖达摩即以《楞伽经》相传授，道信时则依《文殊说般若经》一行三昧，将不执著文字名相的般若思想公开地吸收进来，弘忍时则认为“守本真心是十二部经之宗”，神秀更是以“方便通经”的方式将《起信论》、《法华经》、《维摩经》、《思益梵天所问经》、《华严经》系统地组织起来。这些都是“藉教”思想在不同后生弟子中的不同表现。惠能要有所超越，有所发展，当然也要对此作出反应而形成自己的经典序列。因此，惠能与他们的差异不在于藉教与否，而在于所藉之教和藉教的理由。达摩比较重视佛陀在《楞伽经》中“不执文字”的教示，提倡“藉教悟宗”以引导众生不受语言文字的拘束，努力去把握语言文字后面所隐含的真理，所谓“与道冥符”。发展到神秀和惠能时，神秀将“道”视为本体“真心”，而惠能则将其视为当下“自心”。在惠能看来，自性不悟，执著文句，读经何益？自性若悟，经典文句又岂有碍哉！自心本具一切法，不取不舍，其中的“法”当然包括了“一切经书及诸文字”，而“不取不舍”的精神，则说明他不排斥任何经教(不舍)，也不反对执著任何经典(不取)。所以在惠能南宗禅中，既有完全排斥经教的，也有大力提倡读经的。例如，德山宣鉴禅师说：“这里无祖无佛，达摩是老臊胡，释迦老子是干屎橛，文殊普贤是担屎汉，等觉妙觉是破执凡夫，菩提涅槃是系驴橛，十二分教是鬼神簿，拭疮疣纸。”这种极端的态度，与惠能对经教的看法显然是有一定差异的，但强调自性自悟是一致的。另一方面，永明延寿“念《法华经》，计万三千部”，仰山慧寂住观音寺时，曾出榜云：“看经次不得问事。”此类通过读经而自悟自修的记载也甚多。而曹山智炬禅师的一段话可以代表南宗对读经的普遍看法：“文字性异，法法体空。迷则句句疮疣，悟则文文般若。苟无取舍，何害圆伊？”

另外，若将禅宗放到中国佛教派系中来比较，也能见得“教外别传”的一些实际旨趣，比如天台宗和华严宗分别依据《法华经》和《华严经》而建宗，这些宗派的一大特点即重视注疏，动辄连篇累牍，这在客观上必然会影响到信徒实际的宗教修行。禅宗以“禅”命宗，禅本身即宗教修行的重要内容，具有突出宗教实践的特征，“教外别传”是可以表达这一层历史意义的。

僧智常，信州贵溪人。髫年[①]出家，志求见性。一日参礼，师问曰：“汝从何来？欲求何事？”曰：“学人近往洪州白峰山，礼大通和尚，蒙示见性成佛之义，未决狐疑，远来投礼，伏望和尚慈悲指示。”师曰：“彼有何言句，汝试举看。”曰：“智常到彼，凡经三月，未蒙示诲。为法切故[②]，一夕，独入丈室请问：‘如何是某甲本心本性？’大通乃曰：‘汝见虚空否？’对曰：‘见。’彼曰：‘汝见虚空有相貌否？’对曰：‘虚空无形，有何相貌？’彼曰：‘汝之本性，犹如虚空。了无一物可见，是名正见；无一物可知，是名真知。无有青、黄、长、短，但见本源清净、觉体圆明，即名见性成佛，亦名如来知见。’学人虽闻此说，犹未决了，乞和尚开示。”师曰：“彼师所说，犹存见知，故令汝未了。吾今示汝一偈：

不见一法存无见[③]，大似浮云遮日面。

不知一法守空知，还如太虚生闪电。

此之知见瞥然兴，错认何曾解方便[④]。

汝当一念自知非，自己灵光常显现。”

常闻偈已，心意豁然，乃述偈曰：

“无端起知见，著相求菩提。情存一念悟，宁越昔时迷。

自性觉源体，随照枉迁流。不入祖师室，茫然趣两头[⑤]。”

智常一日问师曰：“佛说三乘法，又言最上乘。弟子未解，愿为教授。”师曰：“汝观自本心，莫著外法相。法无四乘，人心自有等差。见闻转诵是小乘，悟法解义是中乘[⑥]，依法修行是大乘。万法尽通，万法俱备，一切不染，离诸法相，一无所得，名最上乘。乘是行义，不在口争。汝须自修，莫问吾也。一切时中，自性自如。”常礼谢，执侍终师之世。

【注 释】

① 髫年：幼年。古时儿童常在额前垂一缕头发，称为垂髫，故以此

代指年幼。② 为法切故：因为求法心切的缘故。③ 不见一法存无见："不见一法"即大通所说"了无一物可见"，执著于此，就心存"无见"，心存"无见"也是一种执著。④"不知一法守空知"四句：意思是说，认为无一物可知而守不思一物的空知，这样的知，实际上如"闪电"一样转瞬即逝，仅是一得之见、一孔之见，认为这样的知就是真正的知，就是错认，错认的原因在于不懂得随缘方便。⑤ 两头：自心执著是一头，执著有或执著空是另一头。执著相不对，所以应离相；悟得空无，以为这就是根本，其实也不是正法。执著任何一头都是"茫然"不真。⑥ 中乘：即缘觉乘，介于声闻乘与缘觉乘之间，故称。

【导读】

惠能认为，心体清净，如若虚空，有物而不执于物，虚空中容纳一切，又对任何一物不取不舍。心体清净不是空无一物，不是空无一念，而是自心的任运自然，般若智慧的恒常显现。自性虽空而具足万法，具足万法所以不空。大通禅师所说的"正见"、"真知"若依照惠能的见解来衡量，应该是执著于"空"了。

另外，从本节内容来看，智常在大通那里"犹未决了"而到了惠能这里则"心意豁然"，因此做出"大善知识"在个人未悟自性之前具有不一般的重要性这一判断应该是不成问题的。实际上，惠能自己也提到过这一观点，他在前面曾讲到"若自不悟，须觅大善知识，解最上乘法者，直示正路"，"不能自悟，须求善知识指示方见"。而我们知道，达摩最早提出的是"藉教悟宗"，相较而言，惠能的这种思想可以称为"藉师自悟"。由此我们可以见到惠能更加注重人自身的践行，而不是立足于理论探讨，并且在最终的意义上强调人自心的自悟。因为他在指出"藉师"的同时也说："若自悟者不假外求。若一向执谓须他善知识方得解脱者，无有是处，何以故？自心内有知识自悟。若起邪迷妄念颠倒，外善知识虽有教授，救不可得。"

关于三乘是一乘的观点，在惠能与法达的对话中说的已经很清楚了，这里在强调自性即佛、自心是佛的基础上，更加指出四乘都是自己成就的，要真正实现最上乘，要发挥自心自性本有的般若智慧，不落于小、中、大之分，常常要任心自运，亲身体悟。

僧志道，广州南海人也。请益曰："学人自出家，览《涅槃经》十载有余，未明大意。愿和尚垂诲。"师曰："汝何处未明？"曰："'诸行无常，是生灭法，生灭灭已，寂灭为乐。'于此疑惑。"师曰："汝作么生疑？"曰："一切众生皆有二身，谓色身、法身也。色身无常，有生有灭；法身有常，无知无觉。经云'生灭灭已，寂灭为乐'者，不审何身寂灭？何身受乐？若色身者，色身灭时，四大分散，全然是苦，苦不可言乐。若法身寂灭，即同草木瓦石，谁当受乐？又法性是生灭之体，五蕴是生灭之用。一体五用，生灭是常。生则从体起用，灭则摄用归体。若听更生，即有情之类不断不灭；若不听更生，则永归寂灭，同于无情之物。如是，则一切诸法被涅槃之所禁伏，尚不得生，何乐之有？"

师曰："汝是释子，何习外道断常邪见，而议最上乘法？据汝所说，即色身外别有法身，离生灭，求于寂灭；又推涅槃常乐，言有身受用，斯乃执恡[①]生死，耽著世乐。汝今当知，佛为一切迷人认五蕴和合为自体相，分别一切法为外尘相，好生恶死，念念迁流，不知梦幻虚假，枉受轮回，以常乐涅槃翻为苦相，终日驰求。佛愍此故，乃示涅槃真乐。刹那无有生相，刹那无有灭相，更无生灭可灭，是则寂灭现前。当现前时，亦无现前之量，乃谓常乐。此乐无有受者，亦无不受者，岂有一体五用之名？何况更言涅槃禁伏诸法，令永不生。斯乃谤佛毁法。听吾偈曰：

无上大涅槃，圆明常寂照。凡愚谓之死，外道执为断。
诸求二乘人，目以为无作。尽属情所计，六十二见本。
妄立虚假名，何为真实义。惟有过量人，通达无取舍。
以知五蕴法，及以蕴中我。外现众色象，一一音声相。
平等如梦幻，不起凡圣见。不作涅槃解，二边三际断。
常应诸根用，而不起用想。分别一切法，不起分别想。
劫火烧海底，风鼓山相击。真常寂灭乐，涅槃相如是。
吾今强言说，令汝舍邪见。汝勿随言解，许汝知少分。"

志道闻偈大悟，踊跃作礼而退。

【注释】

① 恡：同"吝"。

【导读】

前文曾指出，因为众生有种种执著而有不同的解脱道路，是为各种方便之"乘"的来历。佛因慈愍众生，于无相中假立各种名相来对治各种执著，这则是各种"乘"中"名相"的来历。众生若悟，乘即不存，名亦何留？佛教常常以佛为医生，专治众生的痛苦之病，三乘是药方，解脱痛苦是药效，如果无病服药，药竟成毒。志道不悟自性，择取名相，攀援推理，并于《涅槃经》中的佛说相比对，生起疑惑。惠能指出志道疑惑的根源在于没有认识到佛陀说法的本怀，没有认识到佛说"涅槃"等名相的假有性质。他指出，真正的"涅槃"或"大涅槃"，不是凡愚、外道、二乘等所执著的"涅槃"，它是没有偏执的，因此是圆满的。一切言说名相都存在能所分别，易于引发情计，妄生颠倒，轮回生死苦海，所以应当于名相中不生分别想，从而脱离名相，收敛放逸的自心，回归自心，归于清净，成就涅槃常乐。

在本节中，惠能提出一个观点，即法身不离色身，这与他的"自身中有三身佛"、"即心即佛"乃至"佛法在世间，不离世间觉；离世觅菩提，恰如求兔角"等观点相一致的，是他将佛性拉向人心，将佛法拉向世间，重视人性、人身、人世的一个体现。

行思禅师，生吉州安城[①]刘氏。闻曹溪法席盛化，径来参礼。遂问曰："当何所务，即不落阶级[②]？"师曰："汝曾作什么来？"曰："圣谛亦不为。"师曰："落何阶级？"曰："圣谛尚不为，何阶级之有？"师深器之，令思首众。一日，师谓曰："汝当分化一方，无令断绝。"思既得法，遂回吉州青原山，弘法绍化。谥弘济禅师。

怀让禅师，金州[③]杜氏子也。初谒嵩山安国师[④]，安发之曹溪参扣[⑤]。让至礼拜，师曰："甚处来？"曰："嵩山。"师曰："什么物恁么来？"曰："说似一物即不中。"师曰："还可修证否？"曰："修证即不无，污染即不得。"师曰："只此不污染，诸佛之所护念。汝既如是，吾亦如是。西天般若多罗[⑥]谶[⑦]汝足下出一马驹[⑧]，踏杀天下人。应在汝心，不须速说。"一本无"西天"以下二十七字。让豁然契会，遂执侍左右一十五载，日臻玄奥。后往南岳，大阐禅宗。敕谥大慧禅师。

【注 释】

① 吉州安城：今江西吉安。② 阶级：即有阶有级，有高低分别，以此来喻指人尚存分别执著，未得解脱。③ 金州：今陕西安康。④ 安国师：即慧安，弘忍门下的弟子，因其曾应诏入宫受养，故有“安国师”之称。又因他年龄很大所以有“老安”之称。⑤ 参扣：参学问辨。⑥ 般若多罗：指印度的般若多罗禅师，被禅宗奉为二十七祖。⑦ 谶：谶语，同“悬记”，意为预言。⑧ 马驹：喻指马祖道一禅师（709—788），其禅法以“平常心是道”著称，认为众生任运自然的生活与佛无异，将惠能即心即佛的思想向即人是佛的方向发展。

【导 读】

本节提到的行思、怀让两位禅师的机缘在敦煌本《坛经》中没有记载，而且也未列入惠能的“十大弟子”之中，宗宝本中有他们的记载，很可能是二者的弟子所为。从现有材料看，南岳怀让和青原行思实际上是因马祖道一和石头希迁而知名的。惠能的弟子很多，但是影响最大的只有神会系、行思系和怀让系，尤其是保持山林佛教作风的行思系和怀让系。行思门下出了希迁，怀让门下出了马祖，他们的禅法都重视现实人生，因各自禅风和接机方式的不同，后来发展出了五家七宗。从追宗溯源的角度看，后出的《坛经》出现行思与怀让的得法机缘就是情理中的事了。

关于青原行思，《宋高僧传》中只是在《义福传》里附了他的一个小传，而非独传，说明他最初不很知名。据《五灯会元》卷五载，行思听说曹溪法席大盛，乃前往参礼，初见六祖，行思就问：“当何所务，即不落阶级？”六祖说：“汝曾作什么来？”行思说：“圣谛亦不为。”六祖说：“落何阶级？”行思曰：“圣谛尚不为，何阶级之有！”六祖因此非常器重他。据说惠能门下学徒虽众，而行思居首。后受惠能付嘱，回吉州青原山，住静居寺阐化，四方禅客，繁拥其堂，开青原一系，故世称“青原行思”。行思其实是因其高足石头希迁（700—790）而闻名的。据说希迁曾在惠能晚年投至门下，惠能将示灭，嘱希迁“寻思去”。希迁久久“寻思”而不得，后经人指点，方知“寻思”之意是寻师兄行思，遂师事行思，成为行思的上首弟子。希迁在衡山南寺时，因结庵于寺东的大石上，故时人称之为“石头和尚”。与江西马祖并称，声誉很高，当时有语曰："江西主大寂(马祖谥号为"大寂禅师")，湖南主石头，往来憧憧，不见二大士为无知矣。"石头希迁进一步发展了惠能直指人心、当下解脱的顿教禅法，但他更注重从心与物、理与事的关系中去强调人的地位和人的当下解脱，强调"触目会道"，认为"圣人无己，靡所不己，法身无量，谁云自他"。他从"三界六道，唯自心现"出发，以心为源，齐同凡圣，融摄万法，而又以心为不可执著，并从理事、心物的统一中来阐发圣人之境，这种思想显然既深受般若三论的影响，又融会了华严宗的有关思想，这对后来的禅学乃至宋明理学都有很大的影响。石头希迁的弟子也很多，著名的有天皇道悟和药山惟俨。天皇道悟门下分化出云门宗和法眼宗；药山惟俨门下则有曹洞宗，此宗绵延发展了上千年之久，并远播海外。

关于怀让，据《古尊宿语录》卷一记载，怀让初参惠能，惠能便问："什么物与么来?"怀让无语。经八载，忽然有省，乃白六祖云："某甲有个会处。"六祖云："作么生?"答曰："说似一物即不中。"怀让后居般若寺，曾示众云："一切万法，皆从心生，心无所生，法无能住，若达心地，所作无碍，非遇上根，宜慎辞哉。"从这些记载来看，怀让似继承了惠能禅法中无相、无住、不可言说、无所执著的般若思想倾向，突出的是任心自行。怀让在曹溪生活了十多年。惠能去世后，怀让前往南岳，住般若寺观音台弘传南宗禅法，开南岳一系，世称"南岳怀让"。怀让门下得法者有九人，以马祖最为著名。马祖(709—788)，名道一，初从智诜门下处寂出家，后习禅于南岳，遇怀让以磨砖不能成镜喻坐禅不能成佛而开悟。晚年住钟陵(今江西南昌)弘禅，创"洪州宗"。其禅法的主要特点是将惠能禅的"当下即是"进一步从自心自性的全体大用上来加以发挥，把惠能的"无念心"进一步发展为"平常心"，并用喝、打、竖拂等灵活的方式随机开示学人。惠能的禅"行"主要是指"心行"，他的无念、无著大都是就当下心之行而言的，任运是任心自运。马祖禅则由"心"到"人"，更强调从当下的一举一动、一言一行中去体证自己本来是佛，任运是任身心自运，自然自在的自身之全体就是佛。马祖的"平常心是道"，使惠能所言之心为当下现实之心的特点更加突出了。平常心就是道，众生无心任自然地生活就与佛无异。因此，马祖特别注意于日常行事中启发人们去发现并认识自身的价值，视自己为无价大宝，这种重视人的思想后来成为惠能南宗禅的重要特色，并对中国传统文化产生了很大的影响。马祖的入室弟子据说有一百三十九人，各为一方宗主。其中最著名的有百丈怀海、西堂智藏和南泉普愿，时称马祖门下三大士。三人中以百丈怀海的地位和影响最大，马祖禅经百丈而分化出沩仰宗和临济宗，临济门下又分出黄龙、杨岐两系，黄龙系失传后，杨岐系便代表着临济宗一直传至当代。

晚唐至五代，惠能南宗经过青原、南岳两系而演化出沩仰、临济、曹洞、云门和法眼五家。此五家禅皆承六祖惠能而来，但因传禅之人和时地的不同，形成了互异的传法接机之宗风。从师承来说，沩仰、临济二宗出自南岳系，其余三家出自青原系。就时间而言，沩仰、临济和曹洞创于晚唐，云门、法眼则创于五代。从地域上看，除临济在北方的河北、山东外，其余均在南方：沩仰在湖南、江西，曹洞在江西，法眼在浙江，云门在广东。综上所述，惠能开创了禅宗南宗，五家禅的分立则使南宗蔚为大观，并成为中国佛教的中坚。

永嘉玄觉禅师[①]，温州戴氏子。少习经论，精天台止观法门，因看《维摩经》发明心地。偶师弟子玄策[②]相访，与其剧谈[③]，出言暗合诸祖。策云："仁者得法师谁？"曰："我听方等经论各有师承，后于《维摩经》悟佛心宗，未有证明者。"策云："威音王[④]已前即得，威音王已后无师自悟，尽是天然外道。"曰："愿仁者为我证据。"策云："我言轻，曹溪有六祖大师，四方云集，并是受法者。若去，则与偕行。"

觉遂同策来参，绕师三匝，振锡而立。

师曰："夫沙门者，具三千威仪、八万细行[⑤]，大德自何方而来，生大我慢？"觉曰："生死事大，无常迅速。"师曰："何不体取无生，了无速乎？"曰："体即无生，了本无速。"师曰："如是，如是。"

玄觉方具威仪礼拜，须臾告辞。

师曰："返太速乎？"曰："本自非动，岂有速耶？"师曰："谁知非动？"曰："仁者自生分别。"师曰："汝甚得无生之意。"曰："无生岂有意耶？"师曰："无意，谁当分别？"曰："分别亦非意。"师曰："善哉！"少留一宿，时谓一宿觉，后著《证道歌》，盛行于世。谥曰无相大师，时称为真觉焉。

【注 释】

① 永嘉玄觉禅师(665—713):温州永嘉人(今浙江永嘉县),俗姓戴,字明道。其禅学思想特点以般若空观来泯除一切对立,同时融合天台的实相说,突出"心"的地位,强调三谛一境,三观一心。② 玄策:惠能弟子,精通天台教法。③ 剧谈:畅谈。④ 威音王:佛的名称,禅宗以此佛表示不可思议之远的时代,在那里,人们的精神纯正无邪。⑤ 三千威仪、八万细行:佛教术语,概指佛教礼仪之多。三千指过去、现在、未来各一千;一千含行、住、坐、卧各二百五十条威仪,故合起来共一千威仪。八万细行,指八万四千个要注意的细微之处。

【导 读】

本节记述了玄觉参礼惠能的事,可以结合前面"法达无礼"、"风播之议"以及"弘忍欲令门人作偈"等事来理解。相比之下,玄觉的"无礼"源于对人生无常欲求根本的解脱,与法达的"无礼"出于以诵经多而自命不同。从玄觉关于"体"、"了"、"速(动)"、"意"乃至"分别"的见解来看,他以自心的任运为体,不执著于任何名相,不强作分别,表达了他对于般若不落一边、无所得的中道思想的坚持。

另外,玄策提到"威音王已后无师自悟,尽是天然外道",这种自悟须"藉师"的思想强调了大善知识在个人成佛道路上的作用,是对惠能"(若)不能自悟,须假大善知识示导见性"观点的发挥。但从根本上来看,这是有违于惠能关于自悟不假外求的精神的。所以,"自悟"必须"藉师"只是代表了禅宗史上的某个阶段,而正是在惠能自悟不假外求的引导下,才有后来对"藉师"的进一步扬弃,以致出现了"呵祖骂佛"的言论。

禅者智隍。初参五祖,自谓已得正受,菴居长坐,积二十年。师弟子玄策,游方至河朔,闻隍之名,造菴问云:"汝在此作什么?"隍曰:"入定。"策云:"汝云入定,为有心入耶?无心入耶?若无心入者,一切无情草木瓦石应合得定;若有心入者,一切有情含识之流亦应得定。"隍曰:"我正入定时,不见有有、无之心。"策云:"不见有有、无之心,即是常定。何有出入?若有出入即非大定。"隍无对。良久,问曰:"师嗣谁耶?"策云:"我师曹溪六祖。”隍云：“六祖以何为禅定？”策云：“我师所说，妙湛圆寂，体用如如，五阴本空，六尘非有。不出不入，不定不乱。禅性无住，离住禅寂；禅性无生，离生禅想[①]。心如虚空亦无虚空之量。”隍闻是说，径来谒师。师问云：“仁者何来？”隍具述前缘。师云：“诚如所言，汝但心如虚空，不著空见，应用无碍，动静无心，凡圣情忘，能所俱泯，性相如如，无不定时也。”一本无汝但以下三十五字。止云：师悯其远来，遂垂开决。隍于是大悟，二十年所得心，都无影响。其夜，河北士庶闻空中有声云：“隍禅师今日得道。”隍后礼辞，复归河北，开化四众。

一僧问师云：“黄梅意旨，甚么人得？”师云：“会佛法人得。”僧云：“和尚还得否？”师云：“我不会佛法。”

【注 释】

①“禅性无住”四句：提出“禅性”的说法，意思是真正的禅定。其在此处针对“禅者”智隍的强调“长”坐和“入”定，重点指出“禅”的“无住”，不可执“住”于寂静不动，而“禅”的“无生”则表明真正的禅者于一切时、一切处都行于真心，超越生死苦海，不落妄想颠倒之世俗人生。

【导 读】

禅宗以“禅”命宗，却并不以坐禅入定为功夫。自菩提达摩来华传禅，此系的禅法一直比较注重“随缘而行”，但也并没有完全排斥坐禅调息等传统的习禅形式，东土五祖对“坐禅”都还是身体力行的，道信和弘忍在组织禅修方便法门时，都还给坐禅留了一席之地。但到惠能时，他根据一切修行都不离当下人心自性的理论，明确提出了禅非坐卧，反对执著坐禅。将修禅融于行住坐卧之中，成为惠能禅的基本修行态度。道由心悟而不在坐卧，成为惠能禅不以坐禅为要的基本立足点。但不能把惠能不以坐禅为要简单地说成是惠能反对坐禅，事实上，惠能反对的是执著坐禅，即认为修禅非得要坐的观点。

此节是惠能关于禅定的又一次集中议论，所表达的即是以心摄禅的思想。心遍一切处，所以无所谓出入，心遍一切时，所以无不定时，关键在于心无执著。因心无执著，所以外无法见，内无我见，我法二空，亦无空见，不落两边，能所俱泯，无所得亦无能得者。以此为基础，我们便能知道，“会佛法人得”与“我不会佛法”可同出于一人之口，而对应同一人的不同执著。“黄梅宗旨”即佛法，佛法遍在众生，不专属一人，故以“会佛法人得”来劝其自悟。僧不自悟，却反问“和尚还得否”，妄生“所得”之法与“能得”之我，“会得佛法”的惠能以“我不会佛法”作答来破斥僧之我法二执，以堵塞其向外求佛之路。

师一日欲濯所授之衣，而无美泉，因至寺后五里许，见山林郁茂，瑞气盘旋。师振锡卓地，泉应手而出。积以为池，乃跪膝浣衣石上。忽有一僧来礼拜，云：“方辩是西蜀人。昨于南天竺国见达磨大师，嘱方辩速往唐土，吾传大迦叶正法眼藏[①]及僧伽梨[②]，见传六代于韶州曹溪，汝去瞻礼。方辩远来，愿见我师传来衣钵。”师乃出示次，问：“上人攻何事业？”曰：“善塑。”师正色曰：“汝试塑看！”辩罔措。过数日，塑就真相，可高七寸，曲尽其妙。师笑曰：“汝只解塑性，不解佛性。”师舒手摩方辩顶曰：“永为人天福田。”师仍以衣酬之。辩取衣分为三：一披塑像，一自留，一用棕裹瘗地中。誓曰：“后得此衣，乃吾出世，住持于此，重建殿宇。”宋嘉祐八年，有僧惟先，修殿掘地，得衣如新。像在高泉寺，祈祷辄应。

有僧举卧轮禅师[③]偈曰：

“卧轮有伎俩，能断百思想。对境心不起，菩提日日长。”

师闻之曰：“此偈未明心地。若依而行之，是加系缚。”因示一偈曰：

“惠能没伎俩，不断百思想。对境心数起，菩提作么长。”

【注 释】

① 正法眼藏：即根本正法，佛祖心要，因其不属于文字，为教外别传，所以禅宗以此表示本宗所传为佛祖的根本宗旨。② 僧伽梨：指僧人所传的三衣之一，用九条布至二十五条布缝制而成，也称“九条”或“九品大衣”。这里特指从佛祖传下来的法衣。③ 卧轮禅师：指昙伦（546—626），《续高僧传》卷二十有载，为慧可弟子端禅师门人，因提倡卧禅，故号称“卧轮”。

【导读】

本节中惠能通过对方辩与卧轮的评议，表达了他对"伎俩"的看法。对于方辩专攻塑业，他指出"汝只解塑性，不解佛性"，这句话需要从他关于"无情无佛种"和"佛性自性生"的议论中去理解。因为惠能始终是以人的解脱问题为全部内容的，他将人的解脱归之于当下现实的人心，人心即佛心，人性即佛性，人心的解脱才是每个人的人生大事。若不能悟解佛性，就不能实现解脱，就将永轮苦海。他要求自己的一言一行、一举一动都要不离自心自性，因此，他虽没有明确反对雕塑一类技术性的事业，但他认为要真正解悟佛性，还是应当向内在的人心去寻求。对于卧轮禅师提倡的"卧禅"，在禅行的内容上，惠能指出无念不是空无一念，而是无偏执之念、无邪念，无念是正念不断、自性如如。在禅行的形式上，惠能指出不应当对某种形式执著，只要行直心，念念不愚，行住坐卧皆是禅。

顿渐第八

时，祖师居曹溪宝林，神秀大师在荆南玉泉寺[①]，于时两宗盛化，人皆称南能北秀，故有南北二宗顿渐之分，而学者莫知宗趣。师谓众曰："法本一宗，人有南北；法即一种，见有迟疾。何名顿渐？法无顿渐，人有利钝，故名顿渐。"

然秀之徒众，往往讥南宗祖师不识一字，有何所长？秀曰："他得无师之智，深悟上乘，吾不如也。且吾师五祖亲传衣法，岂徒然哉？吾恨不能远去亲近，虚受国恩。汝等诸人，毋滞于此，可往曹溪参决[②]。"

一日，命门人志诚曰："汝聪明多智，可为吾到曹溪听法。若有所闻，尽心记取，还为吾说。"

【注释】

① 玉泉寺：在今湖北当阳，创建于隋朝，为天台三祖智𫖮所建。② 参决：参学决疑或学习究竟禅法。

【导读】

从禅宗派系的发展来看，最初各禅系之间只是由于因人因地的施化设教不同而在禅法、禅风上出现了一些差异，各派之间基本上还是能够和平共处的。据撰于神会北上挑起南北宗之争以前的《传法宝纪》和《楞伽师资记》记载，五祖弘忍的诸多有名的弟子中，无论是法如门下，还是玄赜门下，对神秀都十分尊重。而据神会说，普寂禅师在"为秀和上竖碑铭，立秀和上为第六代"的同时也曾"立如禅师为第六代"，这表明神秀门下对其师同门法如的"第六代"地位也是承认的。惠能南宗和神秀北宗之间也是如此。神秀等人在北方传禅，受到帝室的礼遇，但他们并没有排斥在南方传法的惠能，反而多次向武则天和唐中宗举荐，并介绍自己的弟子去惠能处修学。值得注意的是，早期禅史的记载一方面都反映了弘忍门下各系最初的相互并存关系，另一方面也都有突出神秀的倾向，而惠能仅是神秀推荐的一个人物。这表明，惠能和神秀在世时，神秀活动于京城，因受到帝王的礼遇而名声大震，而惠能由于拒绝了帝室之诏请，虽然在广州法性寺、韶州大梵寺和曹溪宝林寺等地弘化四十余年，保持山林佛教的作风，但活动范围始终只限于南方一隅，因而默默无闻。这也就是宗密《圆觉经大疏钞》卷三中所描绘的，"能大师灭后二十年中，曹溪顿旨，沉废于荆吴，嵩山渐门，炽盛于秦洛"。这种局面直至神会北上传播南宗禅法才告终结。

志诚禀命至曹溪，随众参请，不言来处。时祖师告众曰："今有盗法之人，潜在此会。"志诚即出礼拜，具陈其事。师曰："汝从玉泉来，应是细作[①]。"对曰："不是。"师曰："何得不是？"对曰："未说即是，说了不是。"师曰："汝师若为示众？"对曰："常指诲大众，住心观静，长坐不卧。"师曰："住心观静，是病非禅。长坐拘身，于理何益？听吾偈曰：

生来坐不卧，死去卧不坐。一具臭骨头，何为立功课？"

志诚再拜曰："弟子在秀大师处，学道九年，不得契悟。今闻和尚一说，便契本心。弟子生死事大，和尚大慈，更为教示。"师云："吾闻汝师教示学人戒、定、慧法，未审汝师说戒、定、慧行相如何。与吾说看。"诚曰："秀大师说：'诸恶莫作名为戒，诸善奉行名为慧，自净其意名为定。'彼说如此。未审和尚以何法诲人？”师曰：“吾若言有法与人，即为诳汝。但且随方解缚，假名三昧。如汝师所说戒、定、慧，实不可思议。吾所见戒、定、慧又别。”志诚曰：“戒、定、慧只合一种，如何更别？”师曰：“汝师戒、定、慧接大乘人，吾戒、定、慧接最上乘人。悟解不同，见有迟疾。汝听吾说，与彼同否。吾所说法，不离自性，离体说法，名为相说[②]，自性常迷。须知一切万法皆从自性起用，是真戒、定、慧法。听吾偈曰：

心地无非自性戒，心地无痴自性慧，心地无乱自性定。

不增不减自金刚，身去身来本三昧。”

诚闻偈悔谢，乃呈一偈曰：

“五蕴幻身，幻何究竟？回趣真如，法还不净。”

师然之。复语诚曰：“汝师戒、定、慧，劝小根智人；吾戒、定、慧，劝大根智人。若悟自性，亦不立菩提涅槃，亦不立解脱知见，无一法可得，方能建立万法。若解此意，亦名佛身，亦名菩提涅槃，亦名解脱知见。见性之人，立亦得，不立亦得，去来自由，无滞无碍，应用随作，应语随答，普见化身，不离自性，即得自在神通游戏三昧。是名见性。”志诚再启师曰：“如何是不立义？”师曰：“自性无非、无痴、无乱，念念般若观照，常离法相，自由自在，纵横尽得，有何可立？自性自悟，顿悟顿修，亦无渐次，所以不立一切法。诸法寂灭，有何次第？[③]”志诚礼拜，愿为执侍，朝夕不懈。诚，吉州太和人也。

【注 释】

① 细作：前来盗听禅法之人。② 相说：脱离自性的名言。③“诸法寂灭”二句：自性直心常行，内外明澈，诸法清净，随缘任运，万法平等而无等第。

【导 读】

本节记述了从神秀处前来参礼的志诚与惠能关于“坐禅”和“三学”的辩难，实际上相当于是南北顿渐二宗的一次正面相遇。关于“坐禅”，北宗认为，欲得圣法，要长坐不卧（不动），观心看净；南宗认为，不动是无情，观心看净是障道，行住坐卧都当由无著真心统摄。惠能在这里以“住心观静，是病非禅。长坐拘身，于理何益”来批评北宗执著于坐禅的看法，颇让人联想到禅门中广为流传的南岳怀让与马祖道一之间关于“禅非坐卧”的对话。据《古尊宿语录》卷一、《五灯会元》卷三等载，马祖曾居南岳传法院，独处一庵，唯习坐禅，凡有来访者都不顾。有一天，惠能的大弟子怀让来了，他亦不顾。怀让见其神宇有异，想起六祖对自己说过的“汝向后出一马驹，踏杀天下人”的谶语，便多方诱导之。一日，怀让问马祖：“大德坐禅图什么？”答曰：“图作佛。”怀让乃取一砖于庵前石上磨。马祖亦不顾。时既久，乃问道：“磨作什么？”怀让回答说：“磨作镜。”马祖不解地问道：“磨砖岂得成镜？”怀让乘机启发说：“磨砖既不成镜，坐禅岂能成佛？”马祖当下离坐问曰：“如何即是？”怀让便对马祖说了这样的“名言”：“汝学坐禅，为学坐佛？若学坐禅，禅非坐卧。若学坐佛，佛非定相。于无住法，不应取舍。汝若坐佛，即是杀佛，若执坐相，非达其理。”据说马祖闻言，豁然开悟。比惠能批评北宗执著坐禅如同“拘身”更进一步，惠能南宗门下将执著坐禅喻为“杀佛”，两者都生动地表现了惠能禅修观不取不舍、无执无著的特点。

关于戒、定、慧“三学”，惠能提出真戒、真定和真慧以区别没有自性心地内涵（仅是“说法”、“相说”）的假言。这种观点与他在阐释“无相三归依戒”、“四大弘愿”、“五法身香”、“无相忏悔”等时所贯彻的“万法自性现”的思想如出一辙。因此，无论“坐禅”还是“三学”，乃至其他方面的修行，惠能都贯之以现实人心的内外实行。套用孔子的话，我们可以将惠能的这一思想表达为：“人而无心，如坐禅何？人而无心，如三学何？”

僧志徹，江西人。本姓张，名行昌。少任侠。自南北分化，二宗主虽亡彼我，而徒侣竞起爱憎。时北宗门人自立秀师为第六祖，而忌祖师传衣为天下闻，乃嘱行昌来刺师。师心通预知其事，即置金十两于座间。时夜暮，行昌入祖室，将欲加害。师舒颈就之。行昌挥刃者三，悉无所损。师曰：“正剑不邪，邪剑不正。只负汝金，不负汝命。”行昌惊仆，久而方苏，求哀悔过，即愿出家。师遂与金，言：“汝且去，恐徒众翻害于汝。汝可他日易形而来，吾当摄受。”行昌禀旨宵遁，后投僧出家，具戒精进。

一日，忆师之言，远来礼觐。师曰：“吾久念汝，汝来何晚？”曰：“昨蒙

和尚舍罪，今虽出家苦行，终难报德。其惟传法度生乎！弟子常览《涅槃经》，未晓常、无常义。乞和尚慈悲，略为解说。”师曰：“无常者即佛性也，有常者即一切善恶诸法分别心也。”

曰：“和尚所说大违经文。”师曰：“吾传佛心印，安敢违于佛经？”

曰：“经说佛性是常，和尚却言无常。善恶之法乃至菩提心，皆是无常，和尚却言是常。此即相违，令学人转加疑惑。”师曰：“《涅槃经》吾昔听尼无尽藏读诵一遍，便为讲说，无一字一义不合经文，乃至为汝终无二说。”

曰：“学人识量浅昧，愿和尚委曲开示。”师曰：“汝知否？佛性若常，更说什么善恶诸法，乃至穷劫无有一人发菩提心者？故吾说无常，正是佛说真常之道也。又一切诸法若无常者，即物物皆有自性容受生死，而真常性有不遍之处。故吾说常者，正是佛说真无常义。佛比为凡夫、外道执于邪常，诸二乘人于常计无常，共成八倒，故于涅槃了义教中，破彼偏见，而显说真常、真乐、真我、真净。汝今依言背义，以断灭无常及确定死常，而错解佛之圆妙最后微言，纵览千遍，有何所益？”行昌忽然大悟，说偈曰：

“因守无常心，佛说有常性。不知方便者，犹春池拾砾①。

我今不施功，佛性而现前。非师相授与，我亦无所得②。”

师曰：“汝今彻也，宜名志彻。”彻礼谢而退。

【注释】

① 春池拾砾：《大涅槃经》卷二中的一则故事说，有一宝珠落入春天的池水中，众人竞相寻找，将水搅得很混浊，结果捡上来的却是砾石。宝珠有使水清净的功能，不久水清珠现，有一智者轻轻入水，将宝珠取出。此处借这一故事，以春池喻经，宝珠喻义；以得砾著名相，得宝喻会义。
② “非师相授与”二句：佛性乃自心自性本有，所以不是外授，也无所谓是获得。

【导读】

本节记述的主要是惠能对志彻讲解《涅槃经》中的“常”与“无常”之关系问题。前面已载无尽藏和志道问经之事。对无尽藏，惠能指出“诸佛妙理，非关文字”；对志道则指出因愍众苦而有涅槃真乐的权设。现在来到惠能面前的志徹被《涅槃经》中的“常”与“无常”二名相所缚，惠能则以“心转经”的方式发明《涅槃经》义，对“常”与“无常”的解释作了一个一百八十度的大转弯，认为“佛性是无常”、“诸法是常”。惠能的意思是说，佛性之常就体现在诸法无常之中，离无常法即无“真常性”；诸法无常也就是佛性之常的表现，物物并无“无常”之自性。在破除常与无常的“偏见”中便显示了佛性真正的“常乐我净”之义。惠能的话，很容易使我们联想到般若学者僧肇关于常与无常的一段见解：“如来去常，故说无常，非谓是无常；去乐故言苦，非谓是苦；去实故言空，非谓是空；去我故言无我，非谓是无我；去相故言寂灭，非谓是寂灭。此五者，可谓无言之教，无相之谈。”惠能正是以这种般若性空的“无言之教，无相之谈”来理解佛性义的，表现了其佛性论思想的般若倾向。但惠能在这里又特别强调佛性的常乐我净就体现在“一切善恶诸法分别心”之中，也就是恒常的佛性就在念念无常的人心中，是众生当下现实之心的本性，这样就为在念念无著之中当下直了见性、自在解脱提供了心性论上的依据，使惠能的“即心即佛”表现出了与般若义学不同的重践行的特色。

有一童子，名神会[①]，襄阳高氏子。年十三，自玉泉来参礼。师曰：“知识远来艰辛，还将得本来否？若有本，则合识主。试说看。”会曰：“以无住为本，见即是主。”师曰：“这沙弥争合取次语。”会乃问曰：“和尚坐禅，还见不见？”师以拄杖打三下，云：“吾打汝，痛不痛？”对曰：“亦痛亦不痛。”师曰：“吾亦见亦不见。”神会问：“如何是亦见亦不见？”师云：“吾之所见，常见自心过愆，不见他人是非好恶，是以亦见亦不见。汝言亦痛亦不痛，如何？汝若不痛，同其木石。若痛，则同凡夫，即起恚恨。汝向前见、不见是二边，痛、不痛是生灭，汝自性且不见，敢尔弄人。”神会礼拜悔谢。师又曰：“汝若心迷不见，问善知识觅路。汝若心悟，即自见性，依法修行。汝自迷不见自心，却来问吾见与不见。吾见自知，岂代汝迷？汝若自见，亦不代吾迷，何不自知自见，乃问吾见与不见？”神会再礼百余拜，求谢过愆，服勤给侍，不离左右。

一日，师告众曰：“吾有一物，无头无尾，无名无字，无背无面，诸人还识否?"神会出曰:"是诸佛之本源,神会之佛性。"师曰:"向汝道无名无字,汝便唤作本源佛性。汝向去有把茆盖头[2],也只成个知解宗徒[3]。"祖师灭后,会入京洛[4]大弘曹溪顿教,著《显宗记》,盛行于世。是为菏泽禅师。

【注 释】

① 神会(684—758):惠能晚年的弟子,俗姓高,襄阳人(今湖北襄樊市襄阳区),早年参学于神秀,神秀被诏入京后,就学于惠能。惠能去世后,曾留住曹溪数年,后来将惠能南宗大力传播于盛行神秀禅法的北方。② 把茆盖头:用一把茅草来遮风挡雨,喻指神会有一定的见解或成就,或喻指神会将来成为寺院主持。此语相当于我们今天说某人在某方面"有两把刷子",用以称誉其能力不一般。③ 知解宗徒:佛法一般包括信、解、行、证,这里说神会见解不错但还欠亲证。④ 京洛:京指长安,洛指洛阳。

【导 读】

据《宋高僧传》记载,神会在惠能去世数年之后,敕配住南阳龙兴寺。他在那里住了近十年,因此有"南阳和尚"之称。期间,他弘传惠能的顿悟禅法,并开始对弘忍传法付衣给惠能的事加以渲染。公元732年左右,神会在滑台大云寺设道俗尼均来参加的"无遮大会",与当时"两京名播、海外知闻"的山东崇远法师进行了一场关于南北禅宗是非邪正的大辩论,公开指责神秀一系"传承是傍,法门是渐"。此后,神会与神秀门徒的辩争日趋激烈。公元745年,神会应当时兵部侍郎宋鼎之请而入洛阳,惠能禅的思想因此在京洛地区得到了弘扬。"安史之乱"以后,唐王朝因为财政困难,便利用度僧收香水钱的办法来筹集军饷。神会被推举出来主持此事,为唐王朝立下功劳。唐肃宗特下诏书,把神会请入宫内供养,并敕令为之造禅宇于菏泽寺中,遂有"菏泽禅师"之名。

神会虽广弘惠能禅于北方,但也有自己的一些独特之处,其中比较重要的一个方面就是他对空寂之知与空寂之性的重视。他认为人人都具有真如佛性,只要不作意,即是自性清净空寂。空寂体上自有本智之用,本智之用观照本寂之体,如此即是识心见性,证如来之境。这种自心的自证虽然也达到了能、所不分的境地，却是先经历了一个自心分化为能、所的过程，而这一过程在惠能那里是没有的。惠能强调的是当下自心的任运，于念念之中不取不舍，无能无所，究竟无二，便是自性解脱。既有能所，便有将能观之智与所照之体执为绝对实有的倾向，当下真心便有可能被理解为恒常真如。所以，惠能对神会所言“神会之佛性”的见解进行了驳斥。

师见诸宗难问，咸起恶心，多集座下。愍而谓曰：“学道之人，一切善念、恶念，应当尽除。无名可名，名于自性。无二之性，是名实性。于实性上建立一切教门，言下便须自见。”诸人闻说，总皆作礼，请事为师。

【导读】

在该品的结尾，惠能再次指出了自性不明、名相竞起、执而有诤、继而恶心相害的心理行动逻辑，并希望弟子们以回归自性的方式建立和谐关系。

宣诏第九

神龙元年上元日[1]，则天、中宗诏云：“朕请安、秀二师[2]宫中供养，万机之暇每究一乘，二师推让，云：‘南方有能禅师，密授忍大师衣法，传佛心印，可请彼问。’今遣内侍薛简，驰诏迎请。愿师慈念，速赴上京。”师上表辞疾，愿终林麓。薛简曰：“京城禅德皆云：‘欲得会道，必须坐禅习定。若不因禅定而得解脱者，未之有也。’未审师所说法如何？”师曰：“道由心悟，岂在坐也？经云：‘若言如来[3]若坐若卧，是行邪道。何故？无所从来，亦无所去。’无生无灭，是如来清净禅；诸法空寂，是如来清净坐。究竟无证，岂况坐耶？”简曰：“弟子回京，主上必问，愿师慈悲，指示心要，传奏两宫及京城学道者。譬如一灯然百千灯，冥者皆明，明明无尽。”师云：“道无明暗，明暗是代谢之义。明明无尽，亦是有尽[4]，相待立名。故《净名经》云：‘法无有比，无相待故。’”简曰：“明喻智慧，暗喻烦恼。修道之人，倘不以智慧照破烦恼，无始生死凭何出离？”师曰：“烦恼即是菩提，无二无别。若以智慧照破烦恼者，此是二乘见解，羊、鹿等机。上智大根，悉不如是。"简曰:"如何是大乘见解?"师曰:"明与无明,凡夫见二。智者了达,其性无二。无二之性,即是实性。实性者,处凡愚而不减,在贤圣而不增,住烦恼而不乱,居禅定而不寂,不断不常,不来不去,不在中间及其内外,不生不灭,性相如如,常住不迁,名之曰道。"简曰:"师说不生不灭,何异外道?"师曰:"外道所说不生不灭者,将灭止生,以生显灭,灭犹不灭,生说不生。我说不生不灭者,本自无生,今亦不灭,所以不同外道。汝若欲知心要,但一切善恶都莫思量,自然得入。清净心体,湛然常寂,妙用恒沙⑤。"

简蒙指教,豁然大悟,礼辞归阙,表奏师语。其年九月三日,有诏奖谕师曰:"师辞老疾,为朕修道,国之福田。师若净名,托疾毗耶,阐扬大乘,传诸佛心,谈不二法⑥。薛简传师指授如来知见。朕积善余庆,宿种善根,值师出世,顿悟上乘。感荷师恩,顶戴无已,并奉磨衲袈裟⑦及水晶钵。敕韶州刺史修饰寺宇,赐师旧居为国恩寺。"

【注 释】

① 神龙元年上元日:神龙(705—707)为唐武则天年号,上元日即农历正月十五。唐中宗即位后,沿用神龙年号未改。② 安、秀二师:安指老安,秀指神秀,二人均是弘忍弟子,年长于惠能,都曾被皇帝请入宫中供养。③ 如来:佛的名号之一。④"明明无尽"二句:意思是说,明与暗虽然相反,但也相成。若全是光明就是没有光明,所以说"明明无尽,亦是有尽"。⑤"外道所说"数句:主要是以一切二法自性空、不待败坏而空的般若思想来诠释"生"与"死"。在惠能看来,一切万法体性清净,无相可得,生死是假名,强于假名上起生死想,欲以生止死,或欲以死止生,都是外道。⑥"师若净名"五句:净名即维摩诘,毗耶指毗耶城。这里是以《维摩诘经·问疾品》中维摩诘在毗耶城假托有疾而借机说法来称誉惠能。⑦ 磨衲袈裟:指当时高丽国(今朝鲜)出产的袈裟。

【导 读】

本节主要讲述了两个内容:一是惠能保持"东山法门"的山林佛教的作风,二是表达了惠能南宗心性(佛性、实性)是不二之性的一贯主张。关于不二之性，惠能认为明暗不二、烦恼菩提不二，真实自性不专为某一行住坐卧乃至任何一种特定的形式，而应当渗透在任何思念和行动中，所以一切时中、一切处所俱应有真心在。

关于朝廷诏请惠能之事，史籍中有许多不同的说法，对其真伪也有不同的看法。特别是后来被收入《全唐文》中的唐中宗诏请惠能的敕文，常有人提出质疑。例如胡适就曾明确地说“此是伪造的诏书”，并专门撰文对此作出辨析，指出此文既不见于《唐大诏令集》，也不见于现存两个最古本的《坛经》，只见于很晚出的《坛经》，而《坛经》中“神龙元年上元日，则天、中宗诏”的说法，是出于《曹溪大师别传》的“神龙元年高宗大帝敕”之语。胡适指出，《别传》的作者竟不知高宗至神龙元年已死了二十多年，显然是个没有知识的和尚。因而他断言这个敕文是假的，不能用来作史料。不过，像王维、柳宗元这样著名的文学家，又在唐王朝担任一定的职务，却在他们的著述中也提到惠能被诏的事。例如王维在《六祖能禅师碑铭》中说：“则天太后，孝和皇帝，并敕书劝谕，征赴京城。”柳宗元的《大鉴禅师碑》中则称：“中宗闻名，使幸臣再征不能致。”综合各种情况来看，大体上可以认为朝廷诏请惠能是确有其事的。朝廷当时尊崇佛禅，弘忍门下许多弟子应召入京，如神秀、老安、玄赜等人。惠能作为“东山法门”衣钵的传承者，在南方传禅又造成了一定的声势，受到朝廷的重视和召请也是在情理之中的。况且，当时禅门中的法统问题并不突出，南能北秀不同禅系之间也没有互相排斥。据有关记载，神秀和老安等都还曾介绍过自己的弟子向惠能处参礼受学，并向朝廷举荐过惠能。这都是朝廷诏请惠能的重要原因。

付嘱第十

师一日唤门人法海、志诚、法达、神会、智常、智通、志徹、志道、法珍、法如等，曰：“汝等不同余人，吾灭度后，各为一方师。吾今教汝说法，不失本宗，先须举三科法门，动用三十六对，出没即离两边，说一切法莫离自性。忽有人问汝法，出语尽双，皆取对法，来去相因，究竟二法尽除，更无去处。

三科法门者，阴、界、入也。阴是五阴，色、受、想、行、识是也。入是十二入，外六尘，色、声、香、味、触、法；内六门，眼、耳、鼻、舌、身、意是也。界是十八界，六尘、六门、六识是也。自性能含万法，名含藏识[①]。若起思量，即是转识。生六识，出六门，见六尘。如是一十八界，皆从自性起用。自性若邪，起十八邪；自性若正，起十八正。若恶用即众生用，善用即佛用。用由何等？由自性有。

对法。外境无情五对：天与地对，日与月对，明与暗对，阴与阳对，水与火对，此是五对也。法相语言十二对：语与法对，有与无对，有色与无色对，有相与无相对，有漏[②]与无漏对，色与空对，动与静对，清与浊对，凡与圣对，僧与俗对，老与少对，大与小对，此是十二对也。自性起用十九对：长与短对，邪与正对，痴与慧对，愚与智对，乱与定对，慈与毒对，戒与非对，直与曲对，实与虚对，险与平对，烦恼与菩提对，常与无常对，悲与害对，喜与嗔对，舍与悭对，进与退对，生与灭对，法身与色身对，化身与报身对，此是十九对也。”

师言：“此三十六对法，若解用，即道贯一切经法，出入即离两边，自性动用，共人言语，外于相离相，内于空离空。若全著相，即长邪见；若全执空，即长无明。执空之人，有谤经直言不用文字。既云不用文字，人亦不合语言，只此语言，便是文字之相。又云，直道不立文字，即此‘不立’两字，亦是文字。见人所说，便即谤他言著文字。汝等须知，自迷犹可，又谤佛经，不要谤经，罪障无数。若著相于外，而作法求真，或广立道场，说有无之过患。如是之人，累劫不得见性。但听依法修行。又莫百物不思，而于道性窒碍[③]。若听说不修，令人反生邪念。但依法修行，无住相法施。汝等若悟，依此说，依此用，依此行，依此作，即不失本宗。若有人问汝义，问有将无对，问无将有对，问凡以圣对，问圣以凡对。二道相因，生中道义。如一问一对，余问一依此作，即不失理也。设有人问：何名为暗？答云：明是因，暗是缘，明没即暗。以明显暗，以暗显明。来去相因，成中道义。余问悉皆如此，汝等于后传法，依此转相教授，勿失宗旨。”

【注 释】

① 含藏识：又名藏识，指第八识阿赖耶识。出自大乘瑜伽行派学

说，中国法相唯识宗继承之。依据八识(六识及第七末那识、第八阿赖耶识)各自生起的关系，法相唯识宗将它们分为两类，一类是藏识，一类是转识。藏识为阿赖耶识，转识为前七识。转识以藏识为根本依持，所以一切现象的最终根源即是藏识。惠能以"自性能含万法"来解释含藏识，以自性起"思量"来解释转识，用意在说明一切现象都是唯心所造，因而解脱的根本在于自心自性。② 有漏：梵语意译，漏即烦恼，意思为因烦恼而导致流转生死。③ "又莫百物不思"二句：意在强调不可以什么都不思维，如果这样就是障道因缘，因为道须流通，念念当如如真实。

【导 读】

惠能"举三科法门，动用三十六对"来说明"出没即离两边"的方法，并以此作为本宗教法的根本，认为只有坚持"二法尽除"的中道，才能真正把握宇宙人生的本质而达到自性的觉悟，并要求门徒在今后接引弟子时要如此说法以"不失本宗"。惠能所说的"三科法门"是佛教为教化众生而立的科目，目的是要求人们从这三个方面来观察自我与自我所面对的客观世界，帮助人们破除"我执"，以了悟"无我"之理。从对这"三科"文字不多的解释来看，惠能突出了对"十八界"的解释，实际上他还将十八界分为两类，一类是邪的，一类是正的，而且无论邪正，皆源于"自性"，也就是说，人性中具足一切，人自身存在无限的可能，人的世界是怎样的，取决于人自身。如果说"三科法门"的重点在于使学人明了人与人所面对的世界的本质以及"自性含万法"的道理，那么，"三十六对法"则是惠能要求学人超越事物与现象表面上存在的差别与对立，以一种非有非无的方法来启发修行者开启慧眼，把握人及人所面对的世界的真谛。

惠能将"三十六对法"分为三类，其数目与大致内容可以与"三"科相对，但突出的是"对法"，其用意是想表明人的世界(十八界)中的一切事物都存在着相互对立、相互依存的两个方面，就万法的本质而言，则是超越分别对立的，这就需要以佛教的"不二"智慧来观察世界。

在惠能看来，懂得"对"这个道理其实并不难，难在"如何自性起用三十六对"，即如何在修行中贯彻"不二"的原则。对此，惠能认为，宇宙实相、自心佛性乃至语言文字，都是空有不二的，执著有固然不对，执著空亦非正道，执著语言文字(俗谛)当然不可取，但离开了语言文字，真谛也就不可得。因此，在惠能看来，只要以非有非无的般若中道不二法门于自性上起用，法就是正法，语言就是正语言。这与前面提到的惠能主张无念，同时又强调自性起念、正念不断，思路是完全一样的。故知惠能注重的是现实的活生生的人的当下解脱，他的"三十六对法"并不在于帮助人进行概念的分析，而在于指导人们的修行实践，特别是修心实践。

师于太极元年壬子，延和七月[①]是年五月，改延和。八月玄宗即位，方改元先天；次年遂改开元。他本作先天者非。命门人往新州国恩寺建塔，仍令促工。次年夏末落成。七月一日，集徒众，曰："吾至八月欲离世间。汝等有疑，早须相问，为汝破疑，令汝迷尽。吾若去后，无人教汝。"法海等闻，悉皆涕泣，惟有神会神情不动，亦无涕泣。师云："神会小师[②]，却得善、不善等，毁誉不动，哀乐不生。余者不得。数年山中，竟修何道？汝今悲泣，为忧阿谁？若忧吾不知去处，吾自知去处。吾若不知去处，终不预报于汝。汝等悲泣，盖为不知吾去处，若知吾去处，即不合悲泣。法性本无生灭、去来。汝等尽坐，吾与汝说一偈，名曰真假动静偈。汝等诵取此偈，与吾意同，依此修行，不失宗旨。"

众僧作礼，请师说偈。偈曰：

"一切无有真，不以见于真。若见于真者，是见尽非真。
若能自有真，离假即心真。自心不离假，无真何处真。
有情即解动，无情即不动。若修不动行，同无情不动。
若觅真不动，动上有不动[③]。不动是不动，无情无佛种。
能善分别相，第一义不动。但作如此见，即是真如用。
报诸学道人，努力须用意。莫于大乘门，却执生死智。
若言下相应[④]，即共论佛义。若实不相应，合掌令欢喜。
此宗本无诤，诤即失道意。执逆诤法门，自性入生死。"

时，徒众闻说偈已，普皆作礼，并体师意，各各摄心依法修行，更不敢诤。

【注释】

① 太极、延和：唐睿宗壬子岁(712年)改元太极，五月改元延和，此

年玄宗即位，又于八月改元先天。② 小师：因神会本人年龄尚小而且受具足戒时间不长，所以惠能以此称之。③ 动上有不动：真正的不动存在于动之中。④ 相应：言语志趣相投的状态。

【导 读】

本节主要是讲惠能以身作则教导弟子应当随时体悟践行自性无所得、自心不执著的教义宗旨。惠能以为，成佛在于心悟，修道成于点滴。弟子们执著于惠能的生死，此执不除，必将执著于自己的生死，最终受生死之苦，无解脱之日。所谓"生死事大"，即人从生死常情中解脱是大事也。惠能强调心体清净，法性无二，来去、生灭、动静乃至真假，统统都不离自心自性；若欲解脱，必须时刻脱离生死见识、分别见识，在虚假中成就真实，从变化中体悟不变。不执著于生、死是惠能"出没即离两边"之般若中道思想的一个应用。这种观点认为，一切都是假名二有，生无生性，死无死性，有生、死是因为众生妄生分别而有，因妄生生、死性，进而对虚妄的生、死产生依恋之情。认识到此情因妄而生，去妄即归真，假名虽有，不碍性空，自心既无执著假有，也不执著性空，就是离生、死二边之见，成就中道不二佛性。总体上看，这种超脱生、死的核心在于"理解"生、死，而理解的关键在于对般若智慧的把握，在境界上更突出精神自我的自由。比较而言，这与作为传统文化重要组成部分的儒、道两家对生死问题的看法是很不相同的。比如儒家以仁义释生死，孔子曾说："未知生，焉知死？"他们认为人生有命，但此命在于"尽心知性以知天"，甚至认为可以为了实现此命而舍生取义、杀身成仁。其对待生死问题常常表现出重生轻死的特点，即重视现世现生的自我道德与社会伦理的实现。道家则以自然之道释生死，认为"人法地，地法天，天法道，道法自然"，人有生死正如万物有生有灭一样是自然现象，有生就有死，有死就有生，而关键的问题在于顺应天道，只有顺应天道自然，自身才能与宇宙为一，与天地长存。因此，道家对生死问题进行诠释的重要理论特色体现在对宇宙之道的探索。《庄子》中一则故事非常形象地体现了这一特色。故事说，庄子的妻子死了，他的朋友惠施前去吊丧，却看到庄子蹲在地上，鼓盆而歌。惠施说，你不哭也就够了，反而鼓盆而歌，不是太过分了吗！庄子于是说了如下的一番道理，他说，我也像你一样感慨人的死亡，但是仔细观察就会发现死是生的延续，生是有形的延续，而有形又是宇宙要素“气”的聚散，在“气”之前本来什么也没有。所以，死亡实际上是向宇宙本源状态复归的过程，难道不应该为其摆脱有形的束缚而感到高兴吗？若我以有形为乐、无形为悲，岂不是有悖于天道自然吗？这种以天道生成之理来说明死亡，以化解人们对死亡的恐惧之情的做法，表现出了与儒、佛两家截然不同的理论路径。

另外，文中提到神会迥异于其他弟子，且有惠能的一番评议，似与前后文有违。但考虑到神会亦在精进的情形以及迷凡悟圣的宗义，这些矛盾实质上并不成为问题。当然，这些对神会的赞誉，也可能是神会的弟子追加的。

乃知大师不久住世，法海上座再拜问曰：“和尚入灭之后，衣法当付何人？”师曰：“吾于大梵寺说法，以至于今，抄录流行，目曰《法宝坛经》。汝等守护，递相传授，度诸群生，但依此说，是名正法。今为汝等说法，不付其衣。盖为汝等信根淳熟，决定无疑，堪任大事。然据先祖达磨大师付授偈意，衣不合传。”偈曰：

“吾本来兹土，传法救迷情。一华开五叶[1]，结果自然成。”

【注 释】

① 一华开五叶：华同“花”。此句喻指达摩大师所传的禅法将于中土兴盛。其中“五叶”一般认为是指达摩以下至弘忍之五代，或认为是喻指由惠能南宗禅分化出的沩仰、临济、曹洞、云门、法眼五宗。

【导 读】

敦煌本《坛经》中还记载了自慧可至惠能的其他五首付法偈，慧可付僧璨的是：“本来缘有地，从地种花生。当本元无地，花从何处生。”僧璨付道信的是：“花种须因地，地上种花生。花种无性生，于地亦无生。”道信付弘忍的是：“花种有生性，因地种花生。先缘不和合，一切尽无生。”弘忍付惠能的是：“有情来下种，无情花即生。无情又无种，心地亦无生。”惠能付与弟子的是："心地含情种，法雨即化生。自悟花情种，菩提果自成。"这些偈颂在思想上集中表明了一切都是因缘和合的结果，一切事物都是没有自性的，自己的自性即体现在因缘和合中。他们据此以心传心，相互付嘱。细心比较这几首偈颂，似也可以看到禅宗从重视缘起法来喻说心性到直接以心传心的过程。除此之外，惠能还进一步作了两首偈颂以强调万法在自性的道理，希望弟子们依此修行，它们分别是："心地邪花放，五叶逐根随。共造无明叶，见被叶风吹。""心地正花放，五叶逐根随。共修般若惠，当来佛菩提。"这两首偈颂所反映的思想内容与惠能所说"三科法门"中的"十八界"极其相似。关于后者，惠能指出"自性若邪，起十八邪；自性若正，起十八正"。因此，自己要成为"恶邪"的众生，还是要成为"善正"的众生(佛)，全在于当下自心了，所谓一念善顿至佛地，一念恶坠至地狱。

不过，无论如何，传法与传衣毕竟还是不同的，其最大的不同在于"法"既可在时间上依次传承，又可在空间中遍地传播，而传衣则很难有这样的功能。传衣与传法的这种差异致生的矛盾，在禅宗逐渐发展成宗派时便更加突出。据记载，道信时即出现了分流的倾向，牛头山法融即以旁出的身份与弘忍相区分。弘忍以后，宗派的性质初步形成，门徒众多，得法受印者更不在少数，被弘忍指为可作一方师者就不下于十人。这种从单传向并传发展的历史趋势使得"一件"法衣难以维系，为了解决资源的匮乏便要谋求新资源，强调"以心传心"是一个方法，强调通过可以承载道义的"文字"来实现"以心传心"也是一个方法。因此，我们便能理解为什么弘忍大师"常劝僧俗但持《金刚经》，即自见性，直了成佛"了。现在，惠能门下的得法者有过之而无不及，惠能吸取经验教训，虽劝僧众所读"文字"不同——以《法宝坛经》第相传授，在有的《坛经》中还要求弟子以"三科三十六对法"递相传授，无论那一种方法都是坚决支持不再传衣的。其实，传衣也罢，传文字也罢，按照惠能自性自悟的宗义，衣与文字都是权宜之计，其目的在于使得众生自性自悟。若认为仅凭衣或文字就能得到解脱，那是枉费禅宗教诲的。

师复曰："诸善知识，汝等各各净心，听吾说法。若欲成就种智[①]，须

达一相三昧、一行三昧。若于一切处而不住相，于彼相中不生憎爱，亦无取舍，不念利益、成坏等事，安闲恬静，虚融澹泊，此名一相三昧。若于一切处，行住坐卧，纯一直心，不动道场，真成净土，此名一行三昧。若人具二三昧[②]，如地有种，含藏长养，成熟其实。一相一行，亦复如是。我今说法，犹如时雨，普润大地；汝等佛性，譬诸种子，遇兹沾洽，悉得发生。承吾旨者，决获菩提。依吾行者，定证妙果。听吾偈曰：

心地含诸种，普雨悉皆萌。顿悟华情已，菩提果自成。"

师说偈已，曰："其法无二，其心亦然。其道清净，亦无诸相。汝等慎勿观静，及空其心，此心本净，无可取舍。各自努力，随缘好去。"

尔时，徒众作礼而退。

【注 释】

① 种智："种"取能生、能动之义，指最高智慧，对于一切事物的自性和共性都能了知。② 若人具二三昧：即人人都具有这两种三昧。

【导 读】

惠能将一相三昧和一行三昧结合在一起说，并将其视为获得成佛之智的表现，可见此两种三昧是很重要的。不过，惠能又说人人本来即具有此两种三昧，只要自己发现，就会慢慢长大，结出菩提之果。从他对一相三昧和一行三昧的说明来看，一相三昧侧重说明的是一切性空，所以一切一相无相，心无住于外相内相，无取无舍，即自心空的一面。而一行三昧侧重的主要是自心不空的一面，强调应于一切时中、一切处所，常行直心。自心空而不空，自心不空而空，任运自然，内外一如，来去自由。这就犹如种子在各种因缘下自然生长，该开花时即开花，该结果时则结果一样。人若好自为之，善护自心，心行一致，自当成佛。

大师七月八日忽谓门人曰："吾欲归新州，汝等速理舟楫。"人众哀留甚坚。师曰："诸佛出现，犹示涅槃，有来必去，理亦常然。吾此形骸，归必有所。"众曰："师从此去，早晚可回[①]？"师曰："叶落归根，来时无口[②]。"又问曰："正法眼藏传付何人？"师曰："有道者得，无心者通[③]。"又问："后莫有难否?”师曰:“吾灭后五六年[4],当有一人来取吾首。听吾记曰:‘头上养亲,口里须餐,遇满之难,杨柳为官[5]。’”又云:“吾去七十年,有二菩萨从东方来,一出家,一在家。同时兴化,建立吾宗,缔缉伽蓝,昌隆法嗣[6]。”

【注 释】

① 早晚可回:意思是说什么时候回来。② 无口:不再张口,引申为去世。③“有道者得”二句:有正道者得获,无邪心者通达。④ 五六年:五、六相加十一年,此是预言。⑤“头上养亲”四句:这是惠能关于灭度后将有祸的预言。其实是新罗僧人金大悲雇佣张净满假扮成孝子到曹溪,欲取惠能首级回海东供养,但未能得逞。头上养亲,即指孝子;口里须餐,即指设斋供养;遇满之难,即遭遇张净满取首级之祸;杨柳为官,为官者杨姓和柳姓,杨即县令杨侃,柳即刺史柳无忝。⑥“吾去七十年”八句:这当是南宗门人为抬高自系所加的内容。对其中“二菩萨”的看法,学界有人认为是马祖道一和惠泉,有人认为是马祖和石头,甚至有人认为是海东(今朝鲜半岛)的道义和慧昭。

【导 读】

本节中的两则预言,一祸一福,从中我们至少可以看到两点:第一,惠能南宗曾远闻于国外,这里主要指朝鲜半岛地区;第二,惠能禅宗在国内的传播虽有波折,但很快即得到振兴。敦煌本《坛经》中仅提到惠能灭度后二十年将有人出来振兴南宗,而不是七十年,是一人而不是两位。两相对照,其中所指显然不同。现在看来,这类差异很可能是惠能门下不同派系的弟子因追捧本派祖师而改动《坛经》的结果。

因为惠能临终前曾预言自己死后会有人来窃取他的头颅,所以他的门人在他死后乃以铁皮漆布“固护师颈入塔”。数年后的一天,果然有人来盗,由于铁皮的保护才幸免于难。那天夜里,众人听见塔中有如拽铁索的声音,惊起一看,只见一个扮作孝子模样的人从塔中走出来,而惠能的颈脖子上却有了伤痕,于是将此事奏报官府。随后此人被抓住,一审问,原来他被新罗(今朝鲜)僧人收买,来偷盗六祖大师的头颅回海东供养。据说刺史曾亲往曹溪,询问惠能的门人:“对此人该如何处置?”惠能的门人答说:"若以国法论之,理当诛夷,但以佛教的慈悲,冤亲平等,况且他的本意是求取供养,就免了他的罪吧!"后来,官府就将此人赦免了。就这一记载来看,惠能的头颅最后并未被窃走。不过,据韩国智异山麓双溪寺的《双溪寺记》记载,有新罗和尚名三法,心慕六祖,无缘师事,读《六祖坛经》中惠能预言"吾灭后五六年,当有一人来取吾首"时,发愿成就此事,以化新罗。因此,他赴唐窃回了惠能的头颅,在智异山建塔供奉,并精进习禅,后于公元739年在禅坐讽诵《六祖坛经》时圆寂。这一记载表明,惠能的头颅被窃走了。此后韩国流通的各种《坛经》中都有类似的记载。而且,双溪寺还耸立着一座供奉中国禅宗六祖惠能头颅的石塔,称"六祖顶相(项)塔"。

另外,关于《坛经》中惠能所说去世后七十年"有二菩萨从东方来,一出家,一在家,同时兴化,建立吾宗"的悬记,有人认为"从东方来"指的就是从新罗来,"二菩萨"指的就是先后来中国,后又回新罗极力弘扬禅法的道义和慧昭。换言之,所谓惠能有关"二菩萨"的预言,是围绕道义和慧昭二人编织出来的。这里提到的慧昭,即与道义大致同时代的真鉴慧昭(774—850)。他来到中国后,从沧州神鉴大师受禅法,并四处参学。由于神鉴是惠能南宗的弟子,因此,慧昭传承的禅法也就直接来自惠能,即惠能→南岳怀让→马祖道一→沧州神鉴→双溪慧昭。崔致远《真鉴国师碑铭》中称其为"曹溪之玄孙",视其为惠能南宗禅在韩国的传承者。公元830年,慧昭回到新罗,后在智异山花开谷三法和尚建寺旧址上,重建佛刹,并在寺中建造了"六祖影堂",扩大了惠能在韩国的影响。关于道义,据《祖堂集》卷十七和《禅门宝藏录》卷中等记载,唐德宗"建中五年岁次甲子"(《祖堂集》卷十七《东国元寂禅师》)道义禅师入唐求法。当时正值力倡"顿悟"的惠能禅法风行中土,道义就来到惠能禅的祖庭曹溪礼拜祖师之堂,后来师事惠能南宗的弟子西堂智藏和百丈怀海,学惠能南宗禅法。道义的禅法以倡导"无念无修"、"无为任运"为特色,与马祖、西堂一脉相承。道义于唐穆宗长庆元年(821)回国后,传惠能南宗"直指人心,见性成佛"的禅法,由于与此前神行所传的北宗禅不同,因而不为时人所理解,反被"嗤为魔语",只好"韬光庑下,敛迹壶中,罢思东海东,终遁北山北"。但由于后来海东所传的禅宗基本以南宗为主,因而最早将南宗传入的道义在海东禅宗史上的地位仍为人所重，其传承后形成迦智山一派，他也就成为海东迦智山第一祖。从道义所传的禅法在当时新罗的处境反观中国禅宗的发展，也可以看出首先兴盛起来的是神秀北宗禅。

总而言之，这些中外的传说虽有不少成分是编造的，但反映的确是惠能南宗禅对新罗人的影响，并逐渐在新罗生根发芽茁壮成长起来的事实。

问曰："未知从上佛祖应现已来，传授几代？愿垂开示。"师云："古佛应世，已无数量，不可计也。今以七佛[①]为始，过去庄严劫毗婆尸佛、尸弃佛、毗舍浮佛[②]，今贤劫拘留孙佛、拘那含牟尼佛、迦叶佛、释迦文佛，是为七佛。已上七佛，今以释迦文佛首传。

第一，摩诃迦叶尊者。第二，阿难尊者。第三，商那和修尊者。第四，优波毱多尊者。第五，提多迦尊者。第六，弥遮迦尊者。第七，婆须蜜多尊者。第八，佛驮难提尊者。第九，伏驮蜜多尊者。第十，胁尊者。十一，富那夜奢尊者。十二，马鸣大士。十三，迦毗摩罗尊者。十四，龙树大士。十五，迦那提婆尊者。十六，罗睺罗多尊者。十七，僧伽难提尊者。十八，伽耶舍多尊者。十九，鸠摩罗多尊者。二十，阇耶多尊者。二十一，婆修盘头尊者。二十二，摩拏罗尊者。二十三，鹤勒那尊者。二十四，师子尊者。二十五，婆舍斯多尊者。二十六，不如蜜多尊者。二十七，般若多罗尊者。二十八，菩提达磨尊者此土是为初祖。二十九，慧可[③]大师。三十，僧璨[④]大师。三十一，道信[⑤]大师。三十二，弘忍大师。惠能是为三十三祖。从上诸祖，各有禀承，汝等向后，递代流传，毋令乖误。"

【注 释】

① 七佛：这是佛教发展史中的一种说法。在原始佛教时期，释迦牟尼只是被视为"觉悟者"，是人而不是神。在他去世后，佛教进入部派时期，尤其是在大众部看来，佛具有无所不能的神通性格，而且认为佛不仅有一位，从而塑造了多佛说，七佛说即源于此。②"过去庄严劫"三句：佛教传说有三世劫，每劫有千佛，过去庄严劫千佛、现在贤劫千佛、未来星宿劫千佛，此为三千佛。毘婆尸佛、尸弃佛、毘舍浮佛是过去庄严劫中依次住世的最后三佛，毘婆尸佛住世时人寿八万岁，尸弃佛住世时人寿七万

岁，毘舍浮佛住世时人寿六万岁。拘留孙佛、拘那含牟尼佛、迦叶佛、释迦文佛是在贤劫中依次出现的佛，拘留孙佛住世时人寿四万岁，拘那含牟尼佛住世时人寿三万岁，迦叶佛住世时人寿二万岁。除此之外，关于七佛还有一些别的传说，此不赘举。③ 慧可(487—593)：又名僧可，俗姓姬，初名神光，洛阳虎牢人(今河南洛阳东)。据道宣的《续高僧传》记载，他是一位兼通外书内典的人，“外览坟素，内通藏典”，约四十岁于嵩洛遇菩提达摩，从学六年，精究一乘。达摩去世后，他开始弘法，一时“言满天下”，但很快受到当时其他禅师的排挤，甚至于几乎丧命。晚年长期隐居皖公山(今安徽潜山境内)，以达摩所授的四卷本《楞伽经》传授弟子。在付法与僧璨后，入司空山(今安徽岳西境内)，其后佯狂。慧可的禅法是承袭达摩而来的，但也有发展。他专附玄理而不执著于言相文句，提出了万法皆如、身佛不二的思想，被后世尊为禅宗二祖。④ 僧璨(？—606)：生平事迹不详，根据一些记载仅知道他是慧可的弟子，曾于皖公山、司空山长期静修禅业，后入罗浮山(今广东境内)隐居。现存托名僧璨所作的《信心铭》，在慧可思想的基础上进一步强调了不取不舍，绝言忘虑，提倡一种放之自然、任性逍遥的修行生活，把佛教的“万法一如”、“即心即佛”与老庄玄学的人生哲学巧妙地结合在一起，开了后代南宗禅的先声，遂被尊为禅宗三祖。⑤ 道信(580—651)：俗姓司马，河内人(今河南沁阳)。少年出家，隋开皇十一年(591)入皖公山从学僧璨。十年后，他前往吉州、江州(今江西境内)，曾在庐山大林寺留止多年。大林寺为三论宗兴皇法郎的门人智锴所建，智锴曾从天台智𫖮修习禅法。道信在大林寺的时候，受到了三论宗、天台宗等多方面的影响。后来，他应蕲州(治所在今湖北蕲州镇)僧俗所请，渡江北上，一直住在湖北蕲州黄梅破头山(又称双峰山，在今黄梅县西北)，而湖北一带，自南北朝以来就一直是三论宗流行的地区，这对于道信更多地接近空宗的思想，当有很大的影响。道信的禅法思想虽仍不离四卷本《楞伽经》，但由于他同时又依《文殊说般若经》进一步接近了三论空义，因而淡化了楞伽的真性之义，使真常之心更多地让位给了当下自然的现实人心，并因此而在解脱论和禅修方便等方面也相应地使传统禅学有了新的发展。他定居收徒，超过五百人，弘忍即为其一。弘忍三十年不离道信左右，曾得到道信的印可，在距离道信以东不远处的冯墓山大弘禅法，世称“东山法门”。道信被尊为禅宗四祖。

【导读】

隋唐时期，佛教在中土的发展进入了模仿世俗封建宗法制度而确立传法世系进行创宗活动的时期，而禅家一向又特重师承，认为“无师道终不成”，因此，南北朝时期来华传授“南天竺一乘宗”之禅法的菩提达摩便被追奉为中国禅宗的东土初祖，其传承则一直上溯至传佛心印的摩诃迦叶。这里列出的传承表即是禅宗重视师承的证明。若就实际的历史情况而言，难以确考，但其产生的历史影响却是不可抹煞的。这一谱系至少说明了禅宗自身是有所秉承的，其源头在印度，如今在中国已经扎下了根，而且可以追溯其在中国的成长历程。

另外，从这一列表的称呼看，印度的人名后都是“尊者”，而中国的人名后则注以“大师”，虽都可称“祖”，但表现了制作这一传承谱系的作者区分中国禅与印度禅的心理。这一心理的外化突出地表现为对“如来禅”与“祖师禅”的区别。

如来禅的本意为“如来所得之禅”或“如实入如来地之禅”，是证入如来之境、区别于外道和二乘菩萨所行的“最上乘禅”。早期禅宗祖师们奉为心印之作的《楞伽经》中即谈到了“如来禅”，其中说：“有四种禅。云何为四？谓愚夫所行禅，观察义禅，攀缘如禅，如来禅。”并将如来禅解说为：“谓入如来地，得自觉圣智相三种乐住，成办众生不思议事，是名如来禅。”但在中国禅史上，如来禅的含义并不是一成不变的。

起初，如来禅是与菩提达摩所传的禅联系在一起的。例如，唐代宗密(780—841)在《禅源诸诠集都序》中把禅分为外道禅、凡夫禅、小乘禅、大乘禅和如来清净禅五种，关于如来禅，他说：“若顿悟自心本来清净，元无烦恼，无漏智性本自具足，此心即佛，毕竟无异。依此而修者，是最上乘禅，亦名如来清净禅，亦名一行三昧，亦名真如三昧。此是一切三昧根本，若能念念修习，自然渐得百千三昧。达摩门下，展转相传者，是此禅也。”这里，宗密明确地把达摩门下所传的禅称之为最上乘的“如来禅”，并把惠能禅也包括在其中。

“祖师禅”之名的最早提出，似始于沩山灵佑门下。沩山灵佑是惠能的第四代法嗣，与仰山慧寂一起创立了沩仰宗。据《五灯会元》卷九载，有香严智闲，在百丈怀海时，性识聪敏，参禅不得。洎百丈迁化，又参沩山。沩山问道："我闻汝在百丈先师处，问一答十，问十答百。此是汝聪明灵利，意解识想，生死根本。父母未生时，试道一句看。"智闲被问得茫然不知所对。回住处后，他将自己平日里看过的文字从头找起，想从中寻找到一句答语，但始终没能找到。于是，他十分感叹文字的无用，认为"画饼不能充饥"，便把自己平昔所看的文字统统烧掉了，并挥泪离别沩山，独自开山种地去了。"一日，芟除草木，偶抛瓦砾，击竹作声，忽然省悟"。便作颂曰："一击忘所知，更不假修持。动容扬古路，不堕悄然机。处处无踪迹，声色外威仪。诸方达道者，咸言上上机。"沩山听说后认为智闲彻悟了，但沩山的另一个弟子仰山慧寂却说："此是心机意识，著述得成。待某甲亲自勘验过。"仰山去了以后，智闲先把上述偈颂又说了一遍，仰山曰："此是夙习记持而成，若有正悟，别更说看。"智闲又以"去年贫未是贫，今年贫始是贫；去年贫犹有卓锥之地，今年贫锥也无"之语来表达自己的了悟，仰山也只承认他会了"如来禅"："如来禅许师弟会，祖师禅未梦见在。"智闲又说："我有一机，瞬目视伊。若人不会，别唤沙弥。"这下子，慧寂才许他会了"祖师禅"。于是，在中国禅史上，便有了与"祖师禅"相对的"如来禅"。这时的"如来禅"，意义显然发生了变化，而"祖师禅"则是被作为高于"如来禅"而提出来的。

那么"如来禅"和"祖师禅"有什么不同呢？这里没有明说。但从以上记载来看，很重要的一点就是不假文字、不假渐修的自证自悟。智闲禅师把欲通过文字而求解视为"画饼充饥"，最后把平时所看的文字统统付之一炬。他在百丈门下依持聪明而参禅，但始终不悟，后来放弃了对文字教法的探究和理智的追求，却在平常的劳动生活中不经意地由偶然的外缘激发而"忽然省悟"。这种省悟是不假智虑、不假修持的，这就是所谓"一击忘所知，更不假修持"。这种自心的证悟又是不可思议、不可言说的，所以即使是"一击忘所知，更不假修持"这样的文字，仍被认为有可能是"心机意识，著述得成"或"夙习记持而成"。"去年贫犹有卓锥之地，今年贫锥也无"这样的见解，虽强调了"一无所有"、"一无所执"，但由于是文字的正面表述，还是不离"藉教悟宗"，所以只被说成是"如来禅"而非完全"不立文字”的“祖师禅”。“祖师禅”是当下即是的。“我有一机，瞬目视伊”，不假任何语言文字的当下自呈心地，这才被许了“祖师禅”。在“祖师禅”这里，语言文字最多只是用来表达一种譬喻或象征。在禅门中，很少对“如来禅”和“祖师禅”之间的差异作出具体的解释，抬高“祖师禅”而贬低“如来禅”，这是惠能南宗门下一些人自我标榜的做法。

如果从惠能把菩提达摩的“藉教悟宗”发展为“藉师自悟”、惠能以后“祖师”的地位在南宗中日趋重要、参禅提问者都问“祖师西来意”而将佛推至一边等事实来看，以“祖师禅”指称惠能以来的禅，似未尝不可。与出自经文的“如来禅”相比，“祖师禅”似更能突出惠能南宗不立文字、以心传心的“教外别传”之特色。“祖师禅”被用来形容不落阶渐、直了顿悟的宗门禅，特别是惠能以下的南宗禅，以强调达摩西来、祖祖相传的心法；“如来禅”则被用来描绘那种依教修证、未能直契心性之禅，亦即泛指传统的禅宗之外的“如来所说的各种禅法”，这些禅法被认为只是教内文字而不是禅的最高境界。这样，“最上乘”的“如来禅”一变而成了教内相传的“未了”之禅的代名词，只有惠能以下的“祖师禅”才能称得上是“教外别传”的至极的最上乘禅了。而神秀北宗的禅法更注重对达摩以来“藉教”的传承，带有更多的依教修禅的倾向，因此“祖师禅”的提出，即具有贬斥神秀北宗等其他禅系的意义。所以，将“如来禅”与“祖师禅”对立起来主要是惠能后学的事，其目的不是在割裂惠能所提倡的禅与达摩所传的禅之间的关系，而是另有所指，这些所指需要结合不同时期的禅宗历史背景去分析。

大师先天二年[①]癸丑岁八月初三日，是年十二月，改元开元。于国恩寺斋罢，谓诸徒众曰：“汝等各依位坐，吾与汝别。”法海白言：“和尚，留何教法，令后代迷人得见佛性。”师言：“汝等谛听。后代迷人，若识众生，即是佛性。若不识众生，万劫觅佛难逢。吾今教汝，识自心众生，见自心佛性。欲求见佛，但识众生。只为众生迷佛，非是佛迷众生。自性若悟，众生是佛；自性若迷，佛是众生。自性平等，众生是佛；自性邪险，佛是众生。汝等心若险曲，即佛在众生中；一念平直，即是众生成佛。我心自有佛，自佛是真佛。自若无佛心，何处求真佛？汝等自心是佛，更莫狐疑。外无一物而能建立，皆是本心生万种法。故经云：'心生种种法生，心灭种种法灭。'吾今留一偈，与汝等别，名自性真佛偈。后代之人，识此偈意，自见本心，自成佛道。偈曰：

真如自性是真佛，邪见三毒是魔王。
邪迷之时魔在舍，正见之时佛在堂。
性中邪见三毒生，即是魔王来住舍。
正见自除三毒心，魔变成佛真无假。
法身报身及化身，三身本来是一身。
若向性中能自见，即是成佛菩提因。
本从化身生净性，净性常在化身中。
性使化身行正道，当来圆满真无穷。
淫性本是净性因，除淫即是净性身。
性中各自离五欲，见性刹那即是真。
今生若遇顿教门，忽悟自性见世尊。
若欲修行觅作佛，不知何处拟求真。
若能心中自见真，有真即是成佛因。
不见自性外觅佛，起心总是大痴人。
顿教法门今已留，救度世人须自修。
报汝当来学道者，不作此见大悠悠。"

师说偈已，告曰："汝等好住，吾灭度后，莫作世情，悲泣雨泪，受人吊问，身着孝服。非吾弟子，亦非正法。但识自本心，见自本性，无动无静，无生无灭，无去无来，无是无非，无住无往。恐汝等心迷，不会吾意，今再嘱汝，令汝见性。吾灭度后，依此修行，如吾在日。若违吾教，纵吾在世，亦无有益。"复说偈曰："兀兀不修善②，腾腾不造恶。寂寂断见闻，荡荡心无著。"

【注 释】

① 先天二年：唐玄宗于712年即位，八月改元先天，先天二年即713年。② 兀兀不修善：修善而不动善想。此句与其他三句的叠词大大地增加了惠能对弟子们的悲悯之情和殷勤期待，也警醒弟子们应当时时刻

刻都要兢兢于修行。

【导 读】

本节总结性地阐述了心、佛、众生三者的关系。惠能指出佛与众生是当下人心呈现出的两个别名，心若邪恶、阴险、谄曲、淫乱……就是众生，心若真善、平直、公正、纯洁……就是佛，能认识到心中的众生而实现心中的佛，就是"识自本心、见自本性"，就是开悟成佛。念念如此，即是念念成佛，行行如是，即是行行成佛。识得心性还要行得真心，要做到心口一致，心行一致，善识分别，正念不断，恶念不得，终于任运自然的境界，才是即心即佛。

师说偈已，端坐至三更，忽谓门人曰："吾行矣。"奄然迁化，于时异香满室，白虹属地，林木变白，禽兽哀鸣。十一月，广、韶、新三郡官僚洎门人僧俗，争迎真身，莫决所之。乃焚香祷曰："香烟指处，师所归焉。"时香烟直贯曹溪。十一月十三日，迁神龛[①]并所传衣钵而回。次年七月出龛，弟子方辩以香泥上之。门人忆念取首之记[②]，仍以铁叶漆布，固护师颈入塔。忽于塔内白光出现，直上冲天，三日始散。韶州奏闻，奉敕立碑，纪师道行。师春秋七十有六，年二十四传衣，三十九祝发，说法利生三十七载，嗣法四十三人，悟道超凡者莫知其数。达磨所传信衣，西域屈眴[③]布也。中宗赐磨衲宝钵，及方辩塑师真相并道具，永镇宝林道场，留传《坛经》以显宗旨，此皆兴隆三宝，普利群生者。

师入塔后，至开元十年壬戌八月三日夜半，忽闻塔中如拽铁索声。众僧惊起，见一孝子从塔中走出。寻见师颈有伤，具以贼事闻于州县。县令杨侃、刺史柳无忝得牒，切加擒捉。五日，于石角村捕得贼人，送韶州鞠[④]问。云：姓张，名净满，汝州梁县人。于洪州开元寺，受新罗僧金大悲钱二十千，令取六祖大师首，归海东供养。柳守闻状，未及加刑。乃躬至曹溪，问师上足令韬，曰："如何处断？"韬曰："若以国法论，理须诛夷。但以佛教慈悲，冤亲平等。况彼求欲供养，罪可恕矣。"柳守加叹，曰："始知佛门广大。"遂赦之。

上元元年，肃宗遣使就请师衣钵，归内供养。至永泰元年五月五日，代宗梦六祖大师请衣钵。七日，敕刺史杨缄云："朕梦感能禅师请传衣袈裟却归曹溪，今遣镇国大将军刘崇景顶戴而送，朕谓之国宝。卿可于本寺如法安置，专令僧众亲承宗旨者严加守护，勿令遗坠。"后或为人偷窃，皆不远而获。如是者数四。宪宗谥大鉴禅师，塔曰元和灵照。其余事迹，系载唐上书王维、刺史柳宗元、刺史刘禹锡等碑，守塔沙门令韬录。

六祖大师法宝坛经终

【注 释】

① 龛：安置高僧遗体的棺椁。② 取首之记：即惠能所说的"吾灭后五六年，当有一人来取吾首"这一预言。③ 都：宜作眗。屈眗布，据《佛学大辞典》即为第一布，谓大细布也。④ 鞫：当作鞫，意思是审问。

【导 读】

本节主要讲述惠能入灭以后的情形，不少内容是对前文的呼应，其中的奇异之象为各种经典僧传中所固有，目的在于表明弟子们对惠能的依恋和尊敬。随着南宗禅在大江南北的影响日隆，惠能的地位也被后人越抬越高。惠能去世一百多年后，也就是唐宪宗元和十一年(816)，唐宪宗下诏追谥惠能为"大鉴禅师"。北宋太平兴国元年(976)，宋太宗加谥惠能为"大鉴真空禅师"。宋仁宗时，惠能又被追谥为"大鉴真空普觉禅师"。后来，宋神宗又追谥"大鉴真空普觉圆明禅师"。随着皇帝的不断追谥，惠能的谥号越来越长，这表明他的地位也越来越高。然而，仅就人们所熟悉的《坛经》的记载来看，惠能的一生是坎坷的，他少小亡父，勤苦营生，继而为法忘躯，得法之后又不能即说，常常遭到各种力量对他身体的伤害和心灵的攻谄。在这些困苦面前，惠能坚韧地表现出了一种对佛法真理的不懈追求和悉心操持的高尚品质，并且始终怀有一颗自觉觉他的慈悲之心。正是因此，他成就了自身，也成就了我们今人对他的崇敬。

附　录

录校说明

敦煌写本《坛经》现存六种，即斯坦因本、敦博本、旅博本、北本、北残本和西夏文本，前五种由汉文写成，后一种由西夏文写成①。在汉文诸本中，正文完整的有敦博本、旅博本和斯坦因本，其中又以敦博本的字迹最为工整。这里所录校的《坛经》，以敦博本为底本，以斯坦因本、北本等其他本子为参校本②。

本录校包括录字、标点和校注三个部分，以录字为重。《坛经》的制作，先有抄本，后有刻本，今日又有电子本。与后两种相比，抄本有两个方面值得注意：一是写本中有特殊符号（如重写符号、删除符号等）。二是写本文字形态丰富，其中混用繁简字、俗正字的现象比较多。因此，本录校的录字，有四点需要特别加以说明。

第一，特殊符号。敦博本有三种特殊符号，即删除符号（<）、倒写符号（√）、重写符号（々）。其中，重写符号的使用有两种。第一种是间隔式，如"弘々忍々和々尚々"。第二种是后缀式，如"吾々"。本录校均将带有删除符号的字删去，将带有倒写符号的字归正，将带有重写符号的字复原。

---

① 洪修平主编《儒佛道哲学名著选编》，南京大学出版社 2006 年版；方广锠主编《藏外佛教文献》（第二编，总第十辑），中国人民大学出版社 2008 年版。

② 敦煌写本《坛经》现已由多家出版社以照片的形式公诸于众，例如：柳田圣山主编《六祖坛经诸本集成》，日本中文出版社 1976 年版；周绍良编著《敦煌写本坛经原本》，北京文物出版社 1997 年版；李申合校，方广锠简注《敦煌坛经合校简注》，山西古籍出版社 1999 年版；段文杰主编《甘肃藏敦煌文献》（第六卷），甘肃人民出版社 1999 年版。其中，《甘肃藏敦煌文献》（第六卷）所收敦博本照片最清晰，《六祖坛经诸本集成》所收斯坦因本照片最清晰、完整，其他诸本的照片则可以在《敦煌写本坛经原本》和《敦煌坛经合校简注》中见到。另外，《六祖坛经诸本集成》、《敦煌写本坛经原本》、《敦煌坛经合校简注》等三书所收的斯坦因本照片，有几张照片的右下角模糊难辨。笔者曾因此向著名佛籍研究专家方广锠教授求教，得知这是当初拍摄技术不佳所致，而且意外获赠其近年从英国图书馆拍摄的斯坦因本彩色照片（全 54 张）。彩照比《六祖坛经诸本集成》中的照片更清晰、完整，惜乎尚未出版，笔者只能以《六祖坛经诸本集成》所收斯坦因本照片为据。不过，在那些"模糊难辨"之处，笔者依然参以彩色照片，特此说明。

第二，加入字。加入字有两种情况：第一种是直接加入的字，即写在上下两字之间的右边以表示加入正文；第二种是代替加入的字，即写在被代替字右边以表示代替此字。后一种只出现过一例，即第五十一节中"毗罗长老"的"老"字原为加入字，位于原本"者"字的右边，本录校即将"者"字删去，录为"老"字。对于直接加入的字，录字时均将其录作正文。

第三，俗写字。与正体字相对，其中一些字如不查对专门的工具书，则不易辨别。在敦博本中，比较难认的俗写字有七个，分别是（括号内数字表示此字在敦博本中出现的次数）：㝵(2)、崩(1)、顚(2)、罝(2)、僁(1)、迎(2)、𦬇(1)。这些字均可通过查对《敦煌俗字典》获其正体字，对应为：碍、崩、颠、置、愆、迎、菩萨。在这些俗写字中，迎字比较特殊。因为，在有关《坛经》传宗的章节中，敦博本的"递"字，斯坦因本均写作"迎"字。在录字时，已将俗写字录作其正体字。

第四，繁简字、异体字。今日我们所谓的简体字一般是指字形的繁简，与古代的繁简字含义有所不同。例如，"后"和"後"，在古代，前者主要用于区分人物的社会地位，后者则主要用于区分事物的时空位置。异体字也有相似的情形。因此，本录校的录字对写本中出现的繁简字、异体字基本未作变动。

标点是在录字基础上的句读和分段工作。分段方面，本录校首先依照学界通常的习惯，即沿用铃木贞太郎、公田连太郎校订斯坦因本时使用的五十七节分段法，将敦博本分为五十七节，然后根据现代人的阅读习惯再对每节作进一步的细分。标点方面，本录校以逗号、句号和冒号为主。《坛经》主要是记载惠能的言行语录，理应使用引号，但是存在两种常见的情形：一是古人在引用古典时，常常参入自己的议论；二是古人在转述时，常常是话中又有话。在这两种情形下，很难厘清引号的结束点，毋宁不使用引号。鉴于体例的一致性，本录校一律不用引号对正文进行标点。

校注包括校记和注疏。虽然敦博本、斯坦因本、北本等本子同属于敦煌写本《坛经》，但是它们也存在许多差异。校记是对这些差异进行标识；注疏则是对这些差异进行辨别，并疏通文意。因体例关系，本录校只就各家校勘的分歧之处略加注疏，仅代表一家之言，供读者参考。

限于水平，录校中不免有错讹之处，敬请方家不吝赐教，则不胜感激。

南宗頓教最上大乘摩訶波若波羅蜜經六祖惠能大師於韶州大梵寺施法壇經一卷兼受無相　戒弘法弟子法海集記①

（一）惠能大師於大梵寺講堂中昇高座，説摩訶般若波羅蜜法，受无②相戒。其時座下僧尼、道俗一万餘人，韶州刺史遣處③及諸官寮④三十餘人，儒士⑤餘人，同請大師説摩訶般若波羅蜜法。刺史遂令門人僧法海集記，流行後代，与學道者，承此宗旨，递⑥相傳授，有所依約，以為稟承，説此《壇經》。

（二）能大師言：善知識，浄心念摩訶般若波羅蜜法。

大師不語，自浄心神，良久乃言：

善知識，浄聽。惠能慈父，本官范楊⑦，左降，遷流⑧南新州百姓。惠

---

① 此"南宗頓教最上大乘摩訶波若波羅蜜經六祖惠能大師於韶州大梵寺施法壇經一卷兼受無相戒弘法弟子法海集記"四十七字，斯坦因本和旅博本（即旅順博物館藏本，簡稱旅博本。至今僅公布其首尾兩頁，首頁上有《壇經》經文）均作"南宗頓教最上大乘摩訶般若波羅蜜經六祖惠能大師於韶州大梵寺施法壇經一卷兼受無相戒弘法弟子法海集記"，區别在於敦博本中的"波若"之"波"在後兩本中作"般"。三者的共同點是，"無相"與"戒"之間有空格。在内容上作兩部分理解，一為集記的内容，一為集記者。集記的内容包括惠能所説之法和所受之戒，即"摩訶般若波羅蜜法"和"無相戒"，這是《壇經》的主要内容；集記者則為惠能的弟子法海。

② 此"无"字，斯坦因本、旅博本作"無"。

③ 此"遣處"二字，為刺史之姓名。《壇經》中，刺史的姓名出現兩次，第一節一次，第五十四節一次，敦博本分别寫作"遣處"和"韋據"，斯坦因本分别作"等據"和"韋處"，其中"等"與"韋"字形相似；刺史的姓單獨出現過一次，在第三十三節，敦博本、斯坦因本和北本（即國家圖書館藏岡字 48 號卷子，简称"北本"《壇經》。其經文不全，大體相當于第十八節到第三十五節的内容，與敦煌出土的《壇經》相近）均作"韋刺史"。另外，旅博本第一節中作"韋據"。綜合來看，敦煌本《壇經》中雖有不同之名，但非有不同之人，此人姓"韋"，其名很可能為"據"。

④ 此"寮"字，后多寫作"僚"，下同。

⑤ 此"儒士"二字，惠昕本作"儒宗學士三十"六字，但斯坦因本、敦博本、旅博本均无"三十"二字。

⑥ 此"递"字，在敦博本中共計出現六次，分别是第一節一次、第五節一次、第四十七節三次、第五十一節一次。其書寫的字形比較一致，都寫成"递"。有兩點值得注意：第一，此"递"字出現的地方，斯坦因本也出現一字，但書寫的字形有三種，經查對《敦煌俗字典》，其字形對應的正體字為"迎"，即不是"遞"、"递"或"遍"。第二，關於《壇經》傳授的問題，敦博本中五次談到，即第一節、第三十八節、第四十七節、第五十五節、第五十七節。在第三十八節中使用的是"遍"字（即"遍相付囑"，斯坦因本、敦博本相同），字迹清晰。

⑦ 此"楊"字，斯坦因本作"陽"。

⑧ 此"流"字后，敦博本有一"嶺"字，但旁邊有刪除符號（<），今徑去之。斯坦因本無"嶺"字。

能幻少①,父亦②早亡,老母孤遺,移来南③海。艱辛貧乏,於市賣柴。忽有一客賣④柴,遂領惠能至於官店。客⑤將柴去,惠能得錢。却向門前,忽見一客讀《金剛經》。惠能一聞,心明⑥便悟。乃問客曰:從何處来,持此經典?客荅曰:我於新⑦州黄梅縣⑧東馮墓山礼拜五祖弘⑨忍和尚,見今在彼,門人有千餘衆。我於彼聽見大師勸道俗:但持《金剛經》一卷,即得見性,直了成佛。

惠能聞説,宿葉⑩有緣,便即辤親,往黄梅馮墓山,礼拜五祖弘忍和尚。

(三)弘忍和尚⑪問惠能曰:汝何方人,来此山礼拜吾?汝今向吾邊,復求何物?

惠能荅曰:弟子是嶺⑫南人,新州百姓。今故遠来礼拜和尚,不求餘物,唯求佛法作。

大師遂責惠能曰:汝是嶺南人,又是獦獠,若未⑬為堪作佛法⑭!

惠能荅曰:人即有南北,佛性即無南北,獦獠身与和尚不同,佛姓有何差别?⑮

---

① 此"幻少"二字,斯坦因本作"幼小"。敦博本"幻"字宜為"幼"。

② 此"亦"字為加入字,在"父早"二字之間。斯坦因本此"亦"字為"小"字,即"父小早亡",意思亦可通,即"父親在我小的時候就逝世了"。

③ 此"南"字,斯坦因本無。

④ 此"賣"字,宜作"買",據後文"惠能得錢"可知。

⑤ 此"客"字,敦博本原字的形狀極似"容"字。

⑥ 此"明"字,同"明",下同。

⑦ 此"新"字,斯坦因本作"蘄",宜為"蘄"。

⑧ 此"縣"字,斯坦因本作"懸",宜為"縣"。

⑨ 此"祖弘"二字,原文作"弘祖"且在二字之間有倒寫符號(√),今徑改。

⑩ 此"葉"字,據文義,宜作"業"。另外,"葉"、"業"音同,寫法相似而異。

⑪ 此"弘忍和尚弘忍和尚"八字,在敦博本中為加入字,介于"祖問"二字之間,原作"弘々忍々和々尚々"("々"為重寫符號),今徑改。斯坦因本"弘忍和尚弘忍和尚"非是加入字,寫作"弘々忍々和々尚々"。

⑫ 此"嶺"字,斯坦因本作"領"。

⑬ 此"未"字,敦博本為加入字,在"為"字右邊。但值得注意的是,"未"字左邊似乎有上下兩點,不知是什麼意思。斯坦因本無"未"字。有無此字,從字面邏輯上看兩殊,但從對話的情景出發,可以對此句加以不同的句讀予以溝通。此處據敦博本,於句末采取"!"號。

⑭ 此"法"字,斯坦因本無。

⑮ 在此段惠能的對話中,最讓人關心的是關於佛性(或佛姓)的問題。斯坦因本都作"佛姓"。在這段對話中,敦博本前作"佛性",後作"佛姓"。就詞義而言,"姓"為姓氏,指凡出家者都以佛姓(釋迦牟尼,以中土習慣,"釋"字為姓)為姓,這從晉時道安即已提出;而"性"為心性,頗涉及義理問題,説法紛紜,此處不贅。敦博本似有意對此二字分别進行保留。

大師欲更共議，見左右在傍邊，大師更[1]便不言，遂發遣惠能，令隨衆作務。時[2]有一行者，遂著[3]惠能於碓坊踏碓。八箇[4]餘月。

（四）五祖忽於一日喚門人盡来。門人集。記[5]五祖曰：吾向汝[6]説，世人生死事大。汝等門人終日供養，只求福田，不求出離生死苦海。汝等自性迷，福門何可求汝[7]？汝惣[8]且歸房自看。有智事[9]者，自取本性般若之知[10]，各作一偈呈吾。吾[11]看汝偈，若悟[12]大意者，付汝衣法，稟為六代[13]，火急作[14]。

（五）門人得處分，却来各至自[15]房，递相謂言：我等不須呈心用意作偈，將呈和尚。神秀上座是故[16]教受[17]師，秀上座得法後，自可依[18]止，請不用作。諸人識[19]心，盡不敢呈偈。

大[20]師堂前有三間房廊，於此廊下供養，欲畫楞伽變，並畫五祖大師

---

① 此“更”字後，斯坦因本無“便”字。

② 此“時”字前，敦博本有一“發”字，不過“發”字旁有一删除符號（<），今徑去之。斯坦因本無“發”字。

③ 此“著”字，斯坦因本為“差”字，字形相似，意思亦可通。

④ 此“箇”字，斯坦因本作“个”。

⑤ 此“集記”二字，斯坦因本同。鈴木大拙改斯坦因本為“已集”，楊曾文以此為基礎參以敦博本改之為“集已”，李申則改為“集訖”。今不作改動。我們認為這是記録者在復述時的話。句讀為：“門人集。記五祖曰：……”意思是：“弟子門人紛紛集合過來。記得當時五祖對着大家説：……”

⑥ 此“汝”字，斯坦因本作“与”。

⑦ 此“福門何可求汝”六字，斯坦因本為“福門何可救汝”，僅一字之别，即敦博本“求”字，斯坦因本作“救”字。若以敦博本為是，“福門何可求”的“福”不可求，與五祖所説的“只求福田”的“福”可求相背。以此為據，敦博本“求”字宜為“救”字，意思為：“向外追逐福田，終究不是解脱之道。”實際上，向外求福不能自救，這只是《壇經》“自性成佛”的一個方面。“自性成佛”的另一個方面是自救必須向内修道。

⑧ 此“惣”字即“總”，下同。

⑨ 此“智事”二字，斯坦因本作“知惠”，前者似要兼顧對“生死事大”之事的智解，後者似乎更强調後文中的“般若之智慧”，皆可通。

⑩ 此“之知”二字，斯坦因本作“知之”。

⑪ 此“吾吾”二字，敦博本原作“吾々”，今徑改。

⑫ 此“悟”字，斯坦因本作“吾”，而在同一斯坦因本中亦有“悟大意”之處，可見此處確為“悟”字。

⑬ 此“代”字，斯坦因本作“伐”，宜為“代”字。

⑭ 此“作”字為加入字，在“急門”二字之間。斯坦因本此字寫作“急”字。

⑮ 此“自”字，斯坦因本作“白”，宜為“自”字。

⑯ 此“故”字，斯坦因本無。

⑰ 此“受”字，斯坦因本作“授”。

⑱ 此“依”字，斯坦因本寫作“於”，皆可通。

⑲ 此“識”字，斯坦因本作“息”，二字都表達了衆人“不呈心作偈”的心理狀態，意思上都有“了知”之義。據鄧文寬之考察，唐五代河西方音，“息”與“識”同音互通。

⑳ 此“大”字前，斯坦因本有一“時”字。

傳授於①法流行後代為記。畫人唐玲②看檗③了，明日下手。

（六）上座神秀思惟：諸人不呈心偈，緣我為教授師。我若不呈心偈，五祖如何得見我心中見解深淺？我將心偈上五祖，呈意即善，求法覓祖不善，却同凡心奪其聖位。若不呈心，修不得法。良久思惟，甚難甚難④。夜至三更，不令人見，遂向南廊下中間壁上，題作呈心偈，欲求衣⑤法。若五祖見偈，言此偈語，若訪覓我，我⑥見和尚，即云是秀作。五祖見偈，言不堪，自是我迷，宿葉鄣⑦重，不合得法。聖意難測，我心自息。

秀上座三更於南廊⑧中間壁上，事燭題作偈，人盡不知⑨。偈曰：

身是菩提樹，心如明鏡臺。

時時⑩勤拂拭，莫使有塵埃。

（七）神秀上座題此偈畢，却⑪歸房卧，並無人見。

五祖平旦，遂唤盧供奉来南廊下畫楞伽變。

五祖忽見此偈，請記⑫。乃謂供奉曰：弘忍与供奉錢三十千，深勞遠来，不畫變相也。《金剛經》云：凡所有相，皆是虚妄。不如留此偈，令迷人誦。依此修行，不墮三惡。依法修行，有⑬大利益。

大師遂唤門人盡来，焚香偈前。衆⑭人見已⑮，皆生敬心。汝等盡誦

① 此"於"字，斯坦因本作"衣"。二字雖形上稍相似，但意上大别，直接涉及五祖到底是只傳法，還是衣法並傳。斯坦因本、敦博本前文均有弘忍"付汝衣法"之説，敦博本下文又稱神秀"欲求衣法"，可以推知，敦博本和斯坦因本都主張五祖衣法並傳，到惠能才"傳法不傳衣"。敦博本此處之"於"為誤寫。

② 此"唐玲"二字，斯坦因本作"盧玲"。下文有"盧供奉"，所以敦博本的"唐"字可能是"盧"之誤寫。惠昕本作"盧珍"二字。

③ 此"檗"字，斯坦因本作"壁"，宜作"壁"。

④ 此"甚難甚難"四字，敦博本原文為"甚々難々"，今徑改。斯坦因本為"甚々甚々難々難々"，還原後為"甚甚難難甚甚難難"八字。均在表達神秀的躊躇心理。

⑤ 此"衣"字，斯坦因本作"於"。若作"衣"字似與神秀不願"却同凡心奪其聖位"的思想内容相差很大。不過，無論是"於"或"衣"字，其後都有一"法"字，如此則又都可。

⑥ 此"我我"二字，敦博本原作"我々"，今徑改。

⑦ 此"鄣"字，斯坦因本作"障"。古代二字相通，下同。

⑧ 此"廊"字後，斯坦因本有一"下"字。

⑨ 此"知"字，斯坦因本誤寫作"和"字。

⑩ 此"時時"二字，敦博本原作"時々"，今徑改。

⑪ 此"却"字，斯坦因本無。

⑫ 此"請記"二字，斯坦因本、敦博本均同。郭朋疑為"讀訖"之誤，可參考。

⑬ 此"有"字前，斯坦因本有一"人"字。

⑭ 此"衆"字前，斯坦因本有一"人"字。

⑮ 此"已"字，斯坦因本無。

此偈者，方得見性。依①此修行，即不墮落。門人盡誦，皆生敬心，唤言：善哉！

五祖遂唤秀上座於堂内門②：是汝作偈否？若是汝作，應得我法。

秀上③言：罪過！實是神秀作，不敢求。但④願和尚慈悲，看弟子有少智惠識大意否？

五祖曰：汝作此偈，見解⑤只到門前，尚未得入。凡夫依⑥此偈修行，即不墮落。作此見解，若覓无上菩提，即不可得。要⑦入得門，見自本性。汝且去，一兩日⑧思惟，更作一偈来呈吾。若入得門，自⑨本性，當付汝衣法。

秀上座去數日，作偈不得。

（八）有一童子，於碓坊邊過，此⑩誦此偈。惠能及⑪一聞，知未見性，即識大意。能問童子：適来誦者，是何言偈？

童子荅能曰：你不知大師言生死事⑫大，欲傳衣⑬法，令門人等各作一偈来呈吾⑭看，吾⑮大意即付衣法，稟為六代祖。有一上座名神秀，忽於南廊下書《无相偈》一首。五祖令諸門人盡誦，悟此偈者，即見自性，依此修行，即得出離。

惠能荅曰：我此踏碓八箇餘月，未至堂前，望上人引惠能至南廊下，見此偈礼拜，亦願誦取，結来生緣，願生仏⑯地。

---

① 此“依”字，斯坦因本作“於”。

② 此“門”字，敦博本、斯坦因本均作“門”。鈴木大拙、楊曾文將其改為“問”。這裏似是於“門”字後省一“問”字，若不動原文，亦可意會。

③ 此“上”字後，斯坦因本有一“座”字。

④ 此“但”字，斯坦因本作“祖”。若是“祖”，應點校為：“不敢求祖，願和尚慈悲。”

⑤ 此“見解”二字，斯坦因本作“見即来到”四字。

⑥ 此“依”字，斯坦因本作“於”。

⑦ 此“要”字，斯坦因本作“須”，二字文義同，即必須、必要。

⑧ 此“日”字後，斯坦因本有一“来”字。

⑨ 此“自”字前，疑脱一“見”字，據上文“要入得門，見自本性”。斯坦因本於此處亦有此“見”字。

⑩ 此“此”字，斯坦因本作“唱”。

⑪ 此“及”字，斯坦因本無。

⑫ 此“事”字，斯坦因本作“是”。

⑬ 此“衣”字，斯坦因本作“於”。

⑭ 此“吾”字，斯坦因本無。

⑮ 此“吾”字，據前文知為誤寫，當為“悟”。

⑯ 此“仏”字，為“佛”字的俗寫字，下同。

童子引能至南廊[①]，能即礼拜此偈。為不識字，請一人讀。惠能聞已[②]，即識大意。惠能亦作一偈，又請得一解書人，於西間壁上題[③]著，呈自本心。不識本心，斈[④]法無益，識心見性，即吾大意。惠能偈曰：

菩提本无樹，明鏡亦无臺。

仏性常清浄，何處有塵埃。

又偈曰：

心是菩提樹，身為明鏡臺。

明鏡本清浄，何處染塵埃。

院内徒衆見能作此偈，盡恠[⑤]。惠能却入碓坊。

五祖忽来廊下[⑥]，見惠能偈，即[⑦]知識大意。恐衆人知，五祖乃謂衆人曰：此亦未得了。

（九）五祖夜至[⑧]三更，唤惠能堂内説《金剛經》。惠能一聞，言下便吾[⑨]，其夜受法[⑩]，人盡不知，便傳頓教[⑪]及衣，以[⑫]為六代祖，將衣[⑬]為信稟，代代[⑭]相傳法，以心傳心，當令自悟。[⑮] 五祖言：惠能，自古傳去[⑯]，氣如懸兹[⑰]。若住此間，有人害汝，即[⑱]須速去。

① 此“廊”字後，斯坦因本有一“下”字。

② 此“惠能聞已”四字，斯坦因本為“惠問已”。斯坦因本“問”、“聞”二字不甚分明，音近形亦近，義不同。

③ 此“題”字，斯坦因本作“提”，宜為“題”。

④ 此“斈”字，為“學”的俗寫字，下同。

⑤ 此“恠”字，同“怪”，下同。

⑥ 此“来廊下”三字，斯坦因本無。

⑦ 此“即”字後，斯坦因本有一“善”字。

⑧ 此“至”字，斯坦因本作“知”，因音同致誤。

⑨ 此“吾”字，斯坦因本作“悟”，宜為“悟”。

⑩ 此“受法”二字，敦博本作“法受”，但原文中有倒寫符號(√)，今徑改。

⑪ 此“教”字，斯坦因本作“法”。

⑫ 此“以”字，斯坦因本作“汝”。

⑬ 此“將衣”二字，斯坦因本作“衣將”。

⑭ 此“代代”二字，敦博本原作“代々”，今徑改。

⑮ 此“將衣為信稟代代相傳法以心傳心當令自悟”十八字，斯坦因本為“衣將為信稟代代相傳法以心傳心當令自悟”。現今所見的句讀方式，以思想理路來劃分，主要有兩種：一種是：“將衣為信，稟[為六]代，代代相傳法，以心傳心，當令自悟。”另一種是：“將衣為信稟，代代相傳；法[即]以心傳心，當令自悟。”此兩種句讀的區別在於如何處理“代代相傳”四字。我們認為，據《壇經》前後文，“衣”並非“代代相傳”，所以我們采取前一種句讀。但前一種句讀有“加入”字，此種做法我們没有采用。今以敦博本為底本，句讀為：“將衣為信稟，代代相傳法，以心傳心，當令自悟。”

⑯ 此“去”字，斯坦因本作“法”，宜為“法”。

⑰ 此“兹”字，斯坦因本作“絲”，古代二字相通。

⑱ 此“即”字前，斯坦因本有一“汝”字。

（十）能得衣法，三更發去。五祖自送能生①九江驛，登時便别②。五③祖處分：汝去努力，將法向南。三年勿弘，此法難起④。在後弘化，善誘迷人。若得心開，与⑤悟无别。辤違已了，便發⑥南。

（十一）兩月中間，至大庚⑦嶺。不知向後有數百人来，欲擬捉⑧惠能，奪衣⑨法。来至半路，盡惣却迴。唯有一僧，姓陳名惠順，先是三品將軍，性行麁惡，直至嶺上，来趁把著惠能。即還法衣。又不肯取：我故遠来求法，不要其衣。能於嶺上便傳法買⑩惠順。惠順⑪得聞，言下心開。能使惠順即却向北化人⑫。

（十二）惠能来於此地，与諸官寮道俗，亦有累劫之因。教是先聖⑬所傳，不是惠能自知。願聞先聖⑭教者，各須淨心。聞了，願自除迷，如先代悟。[下是法]⑮

惠能大師喚言：善知識，菩提般若之智⑯，世人本自有之，即緣心迷，不能自悟，須求大善知識，示道見性。善知識⑰，愚人知人，仏性本亦无差

---

① 此“生”字，為“至”字之誤寫，斯坦因本作“於”。

② 此“别”字，斯坦因本無。

③ 此“五”字，斯坦因本作“悟”，音同。

④ 此“起”字，斯坦因本作“去”，似因音近所致。鄧文寬指出，唐五代河西口音，“去”與“起”通。

⑤ 此“与”字，斯坦因本作“汝”。

⑥ 此“發”字後，斯坦因本有一“向”字。

⑦ 此“庚”字，斯坦因本亦作“庚”。一般認為宜作“庾”。

⑧ 此“捉”字，斯坦因本作“頭”。

⑨ 此“衣”字，斯坦因本作“於”。

⑩ 此“買”字，斯坦因本無，疑為衍字。

⑪ 此“惠順惠順”四字，敦博本與斯坦因本的原文都作“惠々順々”，今徑改。

⑫ 此“人”字後，斯坦因本有一“来”字，此“来”字似是時俗用語，無意義。

⑬ 此“聖”字，斯坦因本作“性”。似因“性”、“聖”二字音近，宜采用敦博本“聖”字。在後文惠能講述“三十六對”法時，斯坦因本將“凡與聖對”寫作“凡與性對”也是此種情形。

⑭ 此“聖”字，斯坦因本作“性”，宜采用敦博本“聖”字。

⑮ 此“下是法”三字，在斯坦因本和敦博本中都為雙排小字。大意為，前面是引子，接下來將開始進入正式的説法階段。以後凡是並排小字者，即使用[ ]符號以示區別。若不同的版本在這些小字的處理上存在差異則作出説明。

⑯ 此“般若之智”四字，與前文弘忍讓弟子“自取本性般若之知”相通，因此此二處之“智”和“知”相通。斯坦因本依然寫為“知”。

⑰ 此“識”字後，“愚人知人，佛性本亦无差别，只緣迷悟。迷即為愚，悟即成智”二十三字，斯坦因本寫為“遇悟即成智”五字，其五字中“即”字似又有被刪的痕迹，故實為四字，即“遇悟成智”。比較“二十三字”文與“四字”文，其中最主要的差别是：前者包含知人和愚人兩個方面的説明，後者則僅對“知人”一面做了説明。若仔細推敲“四字”文之“遇”，似指“不能自悟之人”之須遇大善知識。如此，則與前文呼應。因此，四字之文似更强調知遇之自悟，而二十三字之文則更强調自知之自悟。另外，“遇”也表示偶然性，這樣，“遇悟成智”與“一悟成佛”和“悟即成佛”就完全一致了。

别，只緣迷悟。迷即為愚，悟即成智。

（十三）善知識，我此法門，以定惠為本。弟①一勿迷言惠定别，惠定②躰不③一不二。即定是惠躰，即惠是定用。即惠之時定在惠，即定之時惠在定。善知識，此義即是惠④等。孛道之人作意，莫言先定發惠，先惠發定，定⑤惠各别。作此見者，法有二相。口説善，心不善，惠定不等。心口俱⑥善，内外一⑦種，定惠即等。自悟修行，不在口諍。若諍先後，即是迷⑧人。不断勝負，却生法我，不離四相。

（十四）一行三昧者，於一切時中，行住坐⑨卧，常行⑩真心是。《浄名經》云：真心是道場，真心是浄土。莫行心⑪諂曲⑫，口説法直。口説一行三昧，不行真心，非仏弟子。但行真心，於一切法上无⑬有執著，名一行三昧。迷人著法相，執一行三昧，真心坐⑭不動，除妄不起心，即是一行三昧。若如是，此法同無情⑮，却是鄣道因緣。道須⑯通流，何以却滯？心在住⑰，即通流住，即彼⑱縛。若坐不動是，維摩詰不合呵舍利弗宴坐林中。

---

① 此“弟”字，敦博本、斯坦因本同，疑為“苐”或“第”字。

② 此“惠定”二字，斯坦因本為“定惠”。

③ 此“不”字，斯坦因本無。此處之“躰不一不二”與“躰一不二”雖一字之差，究理而論，“躰不一不二”更全面，但“躰一不二”更具針砭時弊性。這裏以定惠關係為例，是在説明，性體清淨，寂用無礙，定中有惠，惠中有定。不可妄取定相惠相之分别相以為隔礙，即不二。其體雖是一，但此體定惠之相既形，即不一。所以“躰不一不二”。

④ 此“惠”字前，敦博本、斯坦因本均無“定”字。結合上下文意似應有之。

⑤ 此“定定”二字，敦博本原作“定々”，今徑改。

⑥ 此“俱”字，斯坦因本無。

⑦ 此“一”字後，斯坦因本有一“衆”字。

⑧ 此“迷”字，斯坦因本無。

⑨ 此“坐”字，斯坦因本作“座”，義可通。

⑩ 此“行”字，斯坦因本作“真”。“真”疑為誤寫，但無礙文義。

⑪ 此“行心”二字，斯坦因本作“心行”。

⑫ 此“曲”字，斯坦因本作“典”，誤。

⑬ 此“上无”二字，斯坦因本作“无上”。

⑭ 此“坐”字，斯坦因本作“座”，義可通。

⑮ 此“情”字，斯坦因本似作“清”，宜為“情”字。

⑯ 此“須”字，斯坦因本作“順”。形似，宜為“須”字。

⑰ 此“在住”二字，斯坦因本作“住在”，二者皆通。

⑱ 此“彼”字，敦博本、斯坦因本皆同，當取被動用法。

善知識，又見有人教人坐看心浄①，不動不起，從此置②功。迷人不悟，便執成顛③倒④。即有數百般如此教道者，故知⑤大錯。

（十五）善知識，定惠猶如何等？如燈光。有燈即有光，无燈即无光，燈是光之⑥躰，光是燈之用。名⑦即有二，躰無兩般。此定惠法，亦復如是。

（十六）善知識，法无頓漸，人有利鈍。迷⑧即漸勸，悟人頓修。識自本心，是見本性⑨。悟即元无差別，不悟即長劫輪迴。

（十七）善知識，我自法門，從上已来，頓漸皆立无念為宗，无相為躰，无住為本⑩。何名為相？无相，於相而離相⑪。无念者，於念而不念。无

① 此“浄”字前，斯坦因本有一“看”字。一般學者將此字加入，點校為“又見有人教人坐，看心看浄，不動不起”，意謂將“坐”理解為一般的“禪坐”，而將“看心看浄，不動不起”作為它的內容；另外，後文中有闡述惠能禪坐“元不著心，亦不著浄”，也正與此“看心看浄”形成對照，且明確地説“看心看浄，却是障道因緣”。此處不加“看”字，句讀為：“又見有人教人坐看心浄，不動不起，從此置功。”整個句子形成對上文“心在住”（滯）的進一步説明，即用心浄來解釋心滯。

② 此“置”字，原俗寫為“量”。敦博本全文出現兩次，都是俗寫字。斯坦因本全文出現兩次，第一次寫為正字，第二次寫為俗寫字。北本出現一次，寫為俗寫字，與敦博本同。

③ 此“顛”字原俗寫為“顛”。此字在敦博本、斯坦因本中各出現兩次，在北本中出現一次，均作俗寫字，位置相同。

④ 此“倒”字，斯坦因本無。

⑤ 此“知”字，斯坦因本作“之”，皆通，“之”作“致使”、“導致”解。

⑥ 此“之”字，斯坦因本作“知”，因音同致誤。

⑦ 此“名”字，斯坦因本無。

⑧ 此“迷”字，斯坦因本作“明”，音近。鄧文寬指出，唐五代河西口音“迷”與“明（名）”通。

⑨ 此“識自本心，是見本性”八字，斯坦因本作“識自本是見本性”七字，查上文有“識心見性”為敦博本和斯坦因本所共有，此七字或八字當為“識心見性”的注脚。疑斯坦因本漏寫一“心”字。

⑩ 此“頓漸皆立无念為宗无相為躰无住為本”十六字，斯坦因本作“頓漸皆立无念无宗无相无躰无住无為本”十七字。結合下文“分別式”地解釋“无相”、“无念”和“无住”，斯坦因本當是把有些“為”字誤認成“無”字，進而寫成“无”字，並在最後一個未被誤認的“為”字前多加了一個“无”字。斯坦因本抄者似以自己的眼光看，（法門）“頓漸皆立无……无……无……无……无……无……本”這樣一個形式，其所要强調的是，在對念與宗、相與躰、住與為的雙重否定中顯現其“本”，而不是肯定地“立”某某為本。我們知道，這種表達法稱為“雙遣”，是般若類經典的典型表達方式。

⑪ 此“何名為相无相於相而離相”十一字，斯坦因本作“何明為相无相於相而離相”，僅一字之別，即“名”與“明”，二字相通。至於句讀，有兩種。第一種認為“何名无相？无相，於相而離相”，依據有二：一者認為抄者將“無”字誤抄為“為”字，二字字形相似而致誤；二為緊接着的後文是對其他兩個重要概念“无念”和“无住”分別進行了解釋，此處當為對“无相”的解釋。第二種認為“何名為相无相？於相而離相”，其理由主要是援引般若實相無相的理論給“相無相”作“實相而無分別相”或“幻相而無定相”的解釋，來作義理上的會通。二者相較，此處取第一種，且第一種不妨礙第二種的義理。

住者，為人本性。念念不住，前念念念，後念念念，相續無有断絶[①]。若一念断絶，法身即[②]離色身。念念時中，於一切法上无住，一念若住，念念[③]即住，名繫縛。於一切法上念念[④]不住，即无縛也，以无住為本。

善知識，外離一切相[⑤]，但能離相，性躰清浄[⑥]，是以无相為躰。於一切境[⑦]上不染，名為无念。於自念上離境[⑧]，不於法上念生。莫百物不思，念盡除却。一念断即无，別處受生。斈道者用心，莫不識[⑨]法意。自錯尚可，更勸他人迷，不自見迷，又謗經法，是以立无念為宗。即緣迷[⑩]人於境上有念，念上便起[⑪]取[⑫]見，一切塵勞妄念從此而生，然[⑬]此教門立无念為宗。世人離境[⑭]，不起於念，若无[⑮]有念，无念亦不立。无者无何事？念者何物？无者，離二相諸塵勞[⑯]。真如是念之躰，念是真如之用。性起念，雖即見聞覺知[⑰]，不染万境[⑱]，而常自在。《維摩經》云：外能善分別諸法相，内於苐[⑲]一義而不動。

---

① 此"念念不住，前念念念，後念念念，相續無有断絶"十八字，斯坦因本作"念念不住，前念念念，後念念念，相讀無有断絶"，其中"續"字，斯坦因本誤寫為"讀"。二者都是用前、後之念來描述"念念不住"的真如境界。但在曹溪原本和宗寶本的相應處（據普慧藏所藏本），均為："念念之中，不思前境。若前念、今念、後念，念念相續不斷，名為系縛。"此以"前境"為内容的"相續不斷"之念視為"系縛"，即生死苦海。

② 此"即"字後，斯坦因本有一"是"字。

③ 此"念念"二字，敦博本原作"念々"，今徑改。

④ 此"念念"二字，敦博本原作"念々"，今徑改。

⑤ 此"相"字後，斯坦因本有"是無相"三字。

⑥ 此"浄"字後，斯坦因本有一"是"字。

⑦ 此"境"字，斯坦因本作"鏡"，似因音同所致。

⑧ 此"境"字，斯坦因本作"鏡"，似因音同所致。另外，斯坦因本在此"鏡"字後有一"不"字，疑為衍字。

⑨ 此"識"字，斯坦因本作"息"，音近，義可通。上文中，敦博本"諸人識心"四字，斯坦因本作"諸人息心"，此同於彼。

⑩ 此"迷"字，斯坦因本作"名"。

⑪ 此"起"字，斯坦因本作"去"。

⑫ 此"取"字，斯坦因本似作"邪"。若是"邪"字，其針砭色彩更强。"取"字亦有"執取"之義，但"取"與"邪"還是有一段距離。

⑬ 此"然"字，起到承前啟後的作用，相當於"然後"。

⑭ 此"離境"二字，斯坦因本作"雜見"。

⑮ 此"无"字，斯坦因本作"無"。

⑯ 此"勞"下，惠昕本有"念者，念真如本性"七字，可以參考。

⑰ 此"知"字，斯坦因本作"之"。

⑱ 此"境"字，斯坦因本作"鏡"。

⑲ 此"苐"字即"第"，下同。斯坦因本作"弟"。

（十八）善知[1]識，此法門中，座禪元不著心，亦不著浄，亦不言動。若[2]看心，心[3]元是妄，妄[4]如幻故，无所看也。若言看浄，人性本躰[5]，為妄念[6]故，盖覆真如。離妄念，本性浄。不見自性本浄，起心[7]看浄，却生浄妄。无[8]處所，故知看者看却是妄也。浄无形相，却立浄相，言是功夫。作此見者，鄣[9]自本性，却彼[10]浄縛。若不動者，見一切人過患，是性不動。迷人自身不動，開口即説人是非，与道違背。看心看浄，却是障道因緣。

（十九）今記如[11]是。此法門中，何名座禪？此法門中，一切无碍[12]。外於一切境界上，念不起為座，見本性不乱為禪。何名為禪定？外離相曰禪，内不乱曰定。外若有相，内性不乱，本性自浄曰[13]定。只緣境解，解[14]即乱，離相不乱即定。外離相即禪，内外不乱即定，外禪内定，故名禪定。《維摩經》云：即時豁然，還得本心。《菩薩戒》云：本原自性清浄。善知識，見自性自浄，自修自作，自性法身，自行仏行，作[15]自成仏道。

（二十）善知識，惣須自聽[16]，与受无相戒。一時逐惠能口道，令善知識見自三身[17]：

自色身歸依清浄法身仏，於自色身歸依千百億化身仏，於自色身歸依

---

① 此“知”字，斯坦因本作“諸”，宜作“知”。

② 此“若”字後，斯坦因本有一“言”字。

③ 此“心心”二字，敦博本原作“心々”，今徑改。

④ 此“妄妄”二字，敦博本原作“妄々”，今徑改。

⑤ 此“躰”字，斯坦因本作“浄”。無論“躰”、“浄”，均以人之心性為中心，故無大别，唯“浄”更顯切題。

⑥ 國家圖書館藏岡字 48 號卷子（即“北本”）即從此“念”字開始。

⑦ 此“起心”二字，斯坦因本作“心起”。

⑧ 此“无”字前，斯坦因本有一“妄”字。

⑨ 此“鄣”字，斯坦因本作“章”，似簡寫之誤。

⑩ 此“彼”字，斯坦因本作“被”。

⑪ 此“如”字，斯坦因本作“汝”，宜為“如”字。

⑫ 此“碍”字原寫為“㝵”，據《敦煌俗字典》知為“礙”，簡寫即“碍”字。此字在敦博本、斯坦因本、北本中各出現兩次，均為俗寫字，位置相同。

⑬ 此“曰”字，斯坦因本作“自”。

⑭ 此“解解”二字，敦博本原為“解々”，今徑改。斯坦因本作“觸觸”，北本作“觸々”，宜為“觸觸”二字。

⑮ 此“作”字前，斯坦因本有一“自”字，北本與敦博本同，宜有“自”字。

⑯ 此“聽”，斯坦因本作“躰”。若為“躰”字，則此句句讀當為：“惣須自躰与受无相戒。”

⑰ 此“身”字後，北本有“仏於”二字。若有“仏於”二字，則句讀為：“令善知識見自三身仏，於自色身歸依清浄法身仏……”

當身圓滿報身仏。[以上三唱]①

色身是舍宅,不可言歸。向者三身,自在法性,世人盡有,為迷不見,外覓三世如来,不見自色身中三世仏。

善知識聽,与善知識説,令善知識於自色身見自法性有三世仏。此三身仏,從②自性上生。何名清浄身仏?善知識,世人性本自浄,万法自性在③。思惟一切惡事,即行於惡行。思量一切善事,便修於善行。知如是一切法盡在自性④常清浄。日月常明,只為雲覆盖,上明下暗⑤,不能了見日月星辰,忽遇惠風吹散,卷盡雲霧,万像參羅,一時皆現。世人性浄,猶如清天,惠如日,智如月,智惠常明。於外看境,妄念浮雲,盖覆自性,不能明故,遇善知識,開真正法,吹却迷妄,内外明⑥徹,於自性中,万法皆現。一切法在自性,名為清浄法身。自歸依者,除不善心及不善行,是名歸依。

何名為千百億化身仏?不思量,性即空寂,思量即是自化。思量惡法化為地獄,思量善法化為天堂,毒害化為畜生,慈悲化為菩薩,智惠化為上界,愚癡化為下方。自性變化甚多,迷人自不知見。一念善,智惠即生。一燈能除千年闇,一智能滅万年愚。莫思向前,常思於後。常後念善,名為報身。一念惡,報却千年善心,一念善,報却千年惡滅。无常已来,後念善,名為報身。從法身思量,即是化身。念念⑦善,即是報身。自悟自修,即名歸依也。皮肉是色身⑧舍宅,不在歸也。但悟三身,即識大意。

(二十一)今既自歸依三身仏已,与善知識發四弘大願。善知識,一時逐惠能道:

衆生无邊誓願度,煩惱无邊誓願断,

① 此"以上三唱"四字,字體大小與正文同,不分兩排。斯坦因本作為兩排小字,北本與敦博本同。據其他處的相似情況,應為兩排小字。

② 此"從"字後,敦博本原有一"此"字,但其旁標有刪除符號(<),今徑去之。

③ 此"自性在"三字,斯坦因本作"在自性",北本與斯坦因本同。

④ 此"自性"二字,斯坦因本作"自姓自姓"四字。斯坦因本多將"性"寫作"姓"。若是"自性自性"四字,則應句讀為:"知如是一切法盡在自性,自性常清浄,日月常明……"

⑤ 此"暗"字,《敦煌俗字典》未收。敦博本全文出現十次"暗"(斯坦因本出現十一次),有時用"日"字旁,有時用"目"字旁,下文中再出現此字不再説明。另外"暗"字的異體字還有"闇",敦博本全文出現兩次(斯坦因本全文出現一次)。北本出現一次,與敦博本、斯坦因本位置相同。

⑥ 此"明"字,斯坦因本作"名"。

⑦ 此"念念"二字,敦博本原作"念々",今徑改。斯坦因本作"念念",北本與敦博本同。

⑧ 此"身"字後,斯坦因本有一"是"字。

法門无邊誓願孝，无上仏道誓願成。［三唱］

善知識，衆生无邊誓願度，不是惠能度。善知識，心中衆生各於自身自性自①。何名自性自度？自色身中邪見煩惱、愚癡迷妄自有本覺性。只本覺性將正見度，既悟正見般若之智，除却愚癡迷妄衆生，各各②自度。迷来悟度，愚来智度，惡来善度，煩惱来菩提度，如是度者，是名真度。煩惱无邊誓願断，自心除虚妄。法門无邊誓願孝，孝③无上正法。无上仏道誓願成，常下心行，恭敬一切，遠離迷執，覺智生般若，除却迷妄，即自悟仏道成，行誓願力。

（二十二）今即④發四弘誓願説⑤，与善知識无相懺悔三世罪障。大師言：

善知識，前念、後念及今念，念⑥不被愚迷染。從何西⑦行一時⑧，自性若除即是懺悔。

前念、後念及念，念念不⑨被愚癡染，除却從何⑩矯雜心，永断名為自性懺。

前念、後念及今念，念念⑪不被疽疫染，除却從前疾垢心，自性若除即是懺。［以上三唱］

善知識，何名懺悔者？終身不作。悔者，知於前非。惡葉恒不離心，諸仏前口説无益。我此法門中，永断不作，名為懺悔。

（二十三）今既懺⑫已，与善知識受无相三歸依戒。大師言：

善智識，歸依覺，兩足尊。歸依正，離欲尊。歸依浄，衆中尊。從今已後，稱仏為師，更不歸依⑬邪迷外道。願自三寶慈悲證明。

---

① 此“自”一字，斯坦因本作“自度”二字，北本无“自”字。

② 此“各各”二字，敦博本原作“各々”，今徑改。斯坦因本、北本作“各々”。

③ 此“孝孝”二字，敦博本原作“孝々”，今徑改。斯坦因本作“孝孝”，北本與敦博本同。

④ 此“即”字，斯坦因本作“既”，北本與斯坦因本同。

⑤ 此“説”字，斯坦因本作“訖”，字迹清晰，北本與敦博本同。

⑥ 此“及今念念”四字，敦博本原為“及今念々”，今徑改。斯坦因本此四字作“及今念念”；北本作“及今念々々”，即“及今念念念”五字，宜為“及今念念念”五字。

⑦ 此“何西”二字，斯坦因本作“前惡”，北本與敦博本同。手寫之“惡”字在結構上由“西心”組成。敦博本之“西”字當為“惡”字少抄一“心”所致；“何”字當為因形似“前”而為誤寫。

⑧ “時”字後疑脱字，周紹良認為脱“除”字。

⑨ 此“及念念念不”五字，敦博本原為“及念々々不”，今徑改。斯坦因本此處五字作“及今念念念”，北本與敦博本同。綜合前後文，敦博本、北本漏一“念”字，斯坦因本則漏一“不”字。

⑩ 此“何”字，斯坦因本作“前”，北本與敦博本同，宜為“前”字。

⑪ 此“念念”二字，敦博本原作“念々”，今徑改。斯坦因本作“念念”，北本與敦博本同。

⑫ 此“懺”字後，斯坦因本有一“悔”字，北本與斯坦因本同，宜有“悔”字。

⑬ 此“依”字後，斯坦因本有一“餘”字。北本與敦博本同。

善知識，惠能勸善知識歸依身①三寶。仏者②，覺也。法者，正也。僧者，浄也。自心歸依覺，邪迷不生，少欲知足，離財離色，名兩足尊。自心歸依正，念念无邪故，即无愛著，以无愛著，名離欲尊。自心歸依浄，一切塵勞妄念雖在自性，自性③不染著，名衆中尊。凡夫解④，從日至日，受三歸依戒。若言歸仏，仏在何處？若不見仏，即无所歸。既无所歸，言却是妄。善知識，各自觀察，莫錯用意。經中只言自歸依仏，不言歸依⑤他仏。自性不歸，无所處。

（二十四）今既自歸依三寶，惣各各至心，与善知識説摩訶般若波羅蜜法。善知識，雖念不解，惠能与説，各各聽。

摩訶般若波羅蜜者，西國梵語，唐言大智惠彼岸到。此法須行，不在口念，口念不行，如如化修行者，法身与仏等也。⑥ 何名摩訶？摩訶⑦者，是大。心量廣大，由如虚空。莫定心禪⑧，即落无記⑨。空能含日月星辰，

---

① 此"身"字，斯坦因本、北本無。

② 此"仏者"二字，敦博本中為"者仏"，但原本中有倒寫符號(√)，今徑改。

③ 此"自性自性"四字，敦博本原作"自々性々"，今徑改。斯坦因本、北本與敦博本同。

④ 此"解"字後，北本有一"脱"字。

⑤ 此"依"字，斯坦因本無。北本与敦博本同。

⑥ 此"此法須行，不在口念，口念不行，如如化修行者，法身与仏等也"二十四字，敦博本原文為("此法須行不在口々念々不行如如化修行者法身与仏等也")。斯坦因本為"此法須行不在口口念不行如如化修行者法身与佛等也"二十三字。北本寫為"此法須行不在口々念々不行如如化修行者法身与仏等也"二十四字。三者比較，旅博本與敦博本完全一樣，二者與斯坦因本存在的差異除了將"佛"寫作"仏"之外，還多了一個"念"字，使得"口口念"變成了"口念口念"。這些不同是否可以説明敦博本與北本二本有一定關係，而與斯坦因本的關係則相對疏遠些？在録校中，我們發現一些録校者據惠昕本等本子，將其改為"此法須行不在口念口念不行如幻如化修行者法身與佛等也"，即加一"幻"字，成二十五字。我們認為，無論"二十三字"、"二十四字"還是"二十五字"，都應當將其視為一個獨立的整體來看，其要點在反對只求"口念"的基礎上，注重"心行"而在現實中完成"佛行"，即"如"(真如，心之如如化)，這是一個有破有立的整體。這種統一的狀態即"如如化修行"，内涵是自心自性的如如變化，這一狀態既可稱為"真如"，也可聯繫下文而稱之為"三身一躰"(法身與化身、報身的統一)，實現這樣的狀態也就是"佛"。依此為據，二十三字可句讀為"此法須行，不在口口念不行，如如化修行者，法身与佛等也"；二十四字可句讀為"此法須行，不在口念，口念不行，如如化修行者，法身与仏等也"；二十五字可句讀為"此法須行，不在口念，口念不行，如幻如化，修行者，法身與佛等也"。比較而言，斯坦因本的句式更加一貫，其形式為"……須行，不在……不行，……行者，……"，即强調行，反對某種行，樹立某種行，總結這種行的結果是什麼。而其他的句式則多出了對所反對的某種行的重複(口念不行)和解釋(如幻如化)。我們認為，這是口語化的《壇經》向書面化的《壇經》轉化的一個表現形式，即通過傳抄來實現。其過程是首先多抄了一個"念"字，然後在此基礎上又多校出了一個"幻"字，使得本來具有演講(口語)化色彩的文本記録更多地帶有了書面解説的成分。

⑦ 此"摩訶摩訶"四字，敦博本原作"摩訶々々"，今徑改。斯坦因本作"摩々訶々"，北本作"摩訶々々"。

⑧ 此"禪"字，斯坦因本作"座"，都表示"空心不動"的一種禪法。

⑨ 此"記"字，斯坦因本作"既"。北本與敦博本同，但"記"字之前原有一"既"字，只是其字有涂寫標志。

大地山河，一切草木，惡人善人，惡法善法，天堂地獄，盡在空中。世人性空，亦復如是。

（二十五）性含万法是大，万法盡是自性見，一切人及非人，惡之与善，惡法善法，盡皆不捨，不可染著，由如虛空，名之為大，此是摩訶行。迷人口念，智者心①。又有迷人，空心不思，名之為大，此亦不是。心量②大，不行是小。莫口空説，不修此行，非我弟子。

（二十六）何名般若？般若③是智惠。一時中，念念④不思，常行智惠，即名般若行。一念思，即般若絶。一念智，即般若生。心中⑤常愚，我修般若⑥无形相，智惠性即是。

何名般若⑦波羅蜜？此是西國梵音，唐言彼岸到。解義離生滅，著境生滅起。如水有波浪，即是於此岸，離境無生滅，如水永長流，故即名到彼岸。故名波羅蜜。

迷人口念，智者心行。當念時有妄，有妄即非真有。念念若不行，是名真有。⑧

---

① 此“迷人口念智者心”七字，斯坦因本、北本亦與此同。疑為“迷人口念智者心行”八字，下文亦有此八字。

② 此“量”後，原本中有一“國”字，但旁邊有刪除符號（<），今徑去之。據上文，疑抄者想寫“廣”字，結果寫成“國”字，後來發現底本没有“廣”字，即刪之。

③ 此“般若般若”四字，敦博本原作“般若々々”，今徑改。斯坦因本作“般若般若”，北本作“般若々々”。

④ 此“念念”二字，敦博本原作“念々”，今徑改。

⑤ 此“中”字，斯坦因本同，北本無。

⑥ 此“般若”二字後，敦博本、斯坦因本、北本均無“般若”二字。後人多據惠昕本，加入“般若”二字，句讀為：“心中常愚，我修般若。般若无形相，智惠性即是。”

⑦ 此“般若”二字，斯坦因本、北本均無。據下文，此“般若”二字為衍。

⑧ 此“迷人口念，智者心行。當念時有妄，有妄即非真有。念念若不行，是名真有”二十八字，原文為“迷人口念智者心行當念時有々妄々即非真有念々若不行是名真有”，北本與敦博本同。斯坦因本為“迷人口念智者心行當念時有々妄々即非真有念々若行是名真有”二十七字。其中所少的“不”字直接導致意思有相反的後果。要解決這一問題首先要明白這裏的“口念”和“心行”在前後文中作如何解。據上文，口念是口念般若波羅蜜，心行是心行般若波羅蜜，其中“浄心”念般若波羅蜜則是强調“口念心行”的統一的，這樣的（口）“念”才能算得上是“真有”念。若心中有諂曲，空口而念，那僅能説是物理上的聲音振動，不能視為真有念。斯坦因本的“念念若行，是名真有”是對“口念心又行”的總結，所以一般都將敦博本的“不”字刪除。但敦博本和北本的“念念若不行，是名真有”，不是完全没有道理。“念念若不行”即前文“莫口空説”所反對的“行”，這種“行”非真有，所以只是“名”真有，而非“實”真有。也許敦博本和北本的抄者即是這樣認為的吧。不過，若如是，“名”字作為與“實”相對來理解，僅此一例，不合乎其他處的用法。綜合來看，宜以斯坦因本為是。值得一提的是惠昕等其他本子改“真有”為“真性”，使“見性”的意旨更明確，可參考。

悟此法者，悟般若法，修般若行。不修即凡，一念修行，法身等仏。

善知識，即煩惱是菩提。前念迷即凡，後念悟即仏。善知識，摩訶般若波羅蜜，最尊、最上、第一，无住、无去、无来。三世諸仏從口[①]出，將大智惠到彼岸，打破五陰煩惱塵勞。最尊、最上、第一，讚最上[②]乘法，修行定成仏。无去、无住、无来往，是定惠等，不染一切法。三世諸仏從中變三毒為戒、定、惠。

（二十七）善知識，我此法門從八万四千智惠。何以故？為[③]世人有八万四千塵勞，若无塵勞，般若常在，不離自性。悟此法者，即是无念、无億、无著。莫起雜妄，即自是真如性。用智惠觀照，於一切法不取不捨，即見性成仏道。

（二十八）善知識，若欲入甚深[④]法界，入般若三昧者，直須[⑤]修般若波羅蜜行。但持《金剛般若波羅蜜經》一卷，即得見性，入般若三昧，當知此人功德无量，經中分明[⑥]讚嘆，不能具說。此是最上乘法，為大智上根人說。少根智人若聞法，心不生信。何以故？譬如大龍若下大雨，雨提[⑦]閻浮提，如漂草葉。若下大雨，雨[⑧]放大海，不曾[⑨]不減。若大乘者，聞說《金剛經》，心開悟解，故知本性自有本性之智。自用智惠觀照，不假文字。辟[⑩]如其雨水不從天[⑪]有，元是龍王於江海中將身引此水，令一切衆生，一切草木，一切有情无情，悉皆蒙潤。諸水衆流，却入大海，海[⑫]納衆水，合為一躰。衆生本性般若之智，亦復如是。

（二十九）少根之人，聞說此[⑬]頓教，猶如大地草木根性自少者，若被

---

① 此“口”字，斯坦因本作“中”，北本作“口”字。

② 此“最上”二字，斯坦因本作“最々上々”，即“最上最上”四字。北本作“最上大”三字。

③ 此“為”字，北本無，斯坦因本與敦博本同。

④ 此“深”字後，北本有一“心”字，斯坦因本與敦博本同。

⑤ 此“直須”二字，北本作“真須”二字，斯坦因本作“直”一字。

⑥ 此“明”字，斯坦因本作“名”，北本與敦博本同。

⑦ 此“雨雨提”三字，敦博本原作“雨々提”，今徑改。斯坦因本作“雨雨衣”。北本作“雨々”。綜合來看，此處或者是“雨雨於”三字或者是“雨雨”二字。

⑧ 此“雨雨”二字，敦博本原作“雨々”，今徑改。斯坦因本作“雨雨”，北本作“雨々”。

⑨ 此“曾”字，斯坦因本、北本作“增”。宜為“增”。

⑩ 此“辟”字，斯坦因本作“譬”，北本作“譬”字。手寫體的“辟”與“譬”都是左右結構，差別只在其中的“口”和“言”。據此，敦博本之“辟”字有可能即“譬”字。

⑪ 此“天”字，斯坦因本作“無”，字迹清晰；北本作“天”字。“無”的簡寫即“无”。宜為“无”。

⑫ 此“海海”，敦博本原作“海々”，今徑改。斯坦因本作“海海”。北本作“海々”。

⑬ 此“此”字，北本無，斯坦因本與敦博本同。

大雨一沃，迷皆自到①，不能增長。少根之人，亦復如是，有般若之智，与大智之人，亦无差别。因何聞法即不悟？緣邪見鄣②重，煩惱根深，猶如大雲盖覆於日，不得風吹，日無能現。般若之智，亦无大小，為一切衆生自有迷心，外脩③覓仏，未④悟自性，即是小⑤根人。聞其頓教，不信外脩，但於自心令自本性常起正見，一切邪見⑥煩惱塵勞衆生當時盡悟，猶如大海納於衆⑦流，小水大水合為一躰，即是見性。内外不住，来去自由，能除執心，通達无碍，心脩此行，即与《般若波羅蜜經》本无差别。

（三十）一切經書及文字，小大二乘，十二部經，皆因人⑧置。因智惠性故，故⑨然能建立我。若无智人，一切万法本亦不有，故知万法本從人興，一切經書，因人説有。緣在人中，有愚有智，愚為小⑩故，智為大人。問迷人於智者，智人与愚人説法，令使愚者悟解心開。迷人若悟心開，与大智人无别。故知不悟即仏是衆生，一念若悟，即衆生是仏。故知一切万法，盡在自身心中，何不從於自心頓見真如本性。《菩薩戒經》云⑪：我本源自性清浄。識心見性，自成仏道。即時豁然，還得本心。

（三十一）善知識，我於忍和尚處，一聞言下大悟，頓見真如本性，是頓以教法流行後代⑫，今⑬孝道者頓悟菩提，各自觀心，令自本性頓悟。若

---

① 此"迷皆自到"四字，斯坦因本作"悉皆自到"，北本作"速皆自倒"。聯繫"若被大雨一沃"之勢，斯坦因本的"悉皆自到"和北本的"速皆自倒"更顯流暢。敦博本的"迷皆自到"則需要進一步的引申方能會通。疑"迷"字為誤抄"悉"字或"速"字所致。

② 此"鄣"字，斯坦因本、北本作"障"字。

③ 此"脩"字，在敦博本中出現過四次，三次在第二十九節，一次在第五十一節。值得注意的是，在第二十九節中出現的這三次"脩"，斯坦因本均寫作"修"（斯坦因本全文都如此寫），而北本與敦博本相同。

④ 此"外循覓仏未"五字，斯坦因本作"外修覓仏來"。北本與敦博本同。若是"外修覓仏來"，則句讀應該為："外修覓仏來悟自性，即是小根人。"

⑤ 此"小"字，北本作"少"字，斯坦因本與敦博本同。

⑥ 此"一切邪見"四字，北本同，斯坦因本無。

⑦ 此"衆"字後，敦博本原本有一"生"，其旁有刪除符號（<），今徑去之。

⑧ 此"人"字，斯坦因本無。北本與敦博本同。

⑨ 此"故故"二字，敦博本原作"故々"，今徑改。斯坦因本作"故々"。北本作"故々"。

⑩ 此"小"字，北本同，斯坦因本作"少"字。

⑪ 此"菩薩戒經云"五字，斯坦因本、北本作"菩薩戒云經"，但斯坦因本、北本"云經"二字之間有倒寫符號，故三本均為"菩薩戒經云"五字。稍須注意的是，北本"菩薩"二字為合並俗寫字。

⑫ 此"是頓以教法流行後代"九字，北本同。斯坦因本為"是故汝教法流行後代"九字。

⑬ 此"今"字，敦博本、斯坦因本、北本均同。楊曾文等主張將其改作"令"，可參考。

能自悟者[①]，須覓大善知識示道見性。

何名大善知識？解最上[②]乘法，直示正路是。大善知識，是大因緣，所為化道，令[③]得見仏。一切善法，皆因大善知識能發起故，三世諸仏，十二部經，在[④]人性中本自具有，不能自悟，須得善知識示道見性。若自悟者，不假外求善知識。若取外求善知識，望得解脱，无有是處。識自心内善知識，即得解脱。若自心邪迷，妄念顛倒，外善知識即有教授。汝若不得自悟，當起般若觀照，刹那間妄念俱滅，即是自真正善知識，一悟即至[⑤]仏地[⑥]。自性心地，以智惠觀照，内外明[⑦]徹，識自本心。若識本心，即是解脱。既得解脱，即是般若三昧。悟般若三昧，即是无念。

何名无念？无念法者，見一切法[⑧]，遍一切處，不著一切處，常浄自性，使六賊從六門走出，於六塵中不離不染，来去自由，即是般若三昧，自在解脱，名无念行。莫百物不思，當令念絶，即是法縛，即名邊見。悟无念法者，万法盡通，悟无念法者，見諸仏境界[⑨]，悟无念頓法者，至仏位地。

（三十二）善知識，後代得吾[⑩]者，常見吾法身不離汝左右。善知識，將此頓教法門，同見同行，發願受持，如是仏教[⑪]，終身受持而不退者，欲入聖位。然須傳受，從上已来，嘿然而付衣[⑫]法。發大誓願，不退菩提，即須分付。若不同見解，无有志願，在在處處[⑬]，勿妄宣傳。損彼前人，究竟无益。若愚[⑭]人不解，謗此法門，百劫[⑮]千生，断仏種性。

---

① 此“若能自悟者”五字，敦博本、斯坦因本、北本均同。郭朋、楊曾文等人主張將其改為“若不能自悟者”六字，可參考。思之，“若能自悟者”和“已自悟者”是兩個不同的概念，前者是説可能性或能力，後者是説結果，所以此處不改。

② 此“上”字後，北本有一“大”字，斯坦因本與敦博本同。

③ 此“令”字，北本作“今”字，斯坦因本與敦博本同。

④ 此“在”字前，斯坦因本有一字，字形難辨，似為“亦”或“云”字。北本與敦博本同。

⑤ 此“至”字，斯坦因本作“知”，北本與敦博本同。

⑥ 此“地”字，斯坦因本作“也”，北本與敦博本同。

⑦ 此“明”字，斯坦因本作“名”，北本作“明”字。

⑧ 此“法”字後，斯坦因本有“不著一切法”五字。北本與敦博本同。

⑨ 此“界”字，北本無。斯坦因本與敦博本同。

⑩ 此“吾”字，斯坦因本作“悟法”二字，北本作“吾”字。

⑪ 此“教”字，斯坦因本作“故”，北本與敦博本同。

⑫ 此“衣”字，斯坦因本作“於”，北本作“衣”字。

⑬ 此“在在處處”，敦博本原文為“在々處々”，今徑改。斯坦因本作“在々處々”。北本作“在々處々”。

⑭ 此“愚”字，北本同，斯坦因本作“遇”字。

⑮ 此“劫”字後，斯坦因本有“万劫”二字。北本與敦博本同。

（三十三）大師言：善知識聽，吾説《无相頌①》，令汝迷者罪滅，亦名《滅罪頌》。頌②曰：

愚人修福不修道，謂言修福如是道。

布施供養福无邊，心中三葉元来在。

若將修福欲滅罪，後世得福罪元造③。

若解向心除罪緣，各自性中真懺悔。

若悟六④乘真懺悔，除邪行正即⑤无罪。

孝道之人能自觀，即与悟人同一例。

大師今⑥傳此頓教，願孝之人同一躰。

若欲當来覔本身，三毒惡緣心裏⑦洗。

努力修道莫悠悠⑧，忽然虛度一世休。

若遇大乘頓教法，虔誠合掌志心求。

大師説法了，韋使君、官寮、僧衆、道俗，讚言无盡，昔所未聞。

（三十四）使君礼拜，白言：和尚説法，實不思議。弟子當有少疑，欲問和尚。望意和尚大慈大悲，為弟子説。大師言：有疑即問，須再三⑨？使君：聞法可不如⑩是

---

① 此“頌”字，北本同，斯坦因本作“訟”字。

② 此“頌頌”，敦博本原文為“頌々”，今徑改。斯坦因本作“頌々”，北本作“頌”。

③ 此“元造”二字，斯坦因本作“无造”，敦博本作“元造”。宜為“元在”或“元造”。

④ 此“六”字，北本同，斯坦因本為“大”字，宜為“大”。

⑤ 此“即”字，北本同，斯坦因本則為“造”字。但斯坦因本上是最終改為“造”字的，其所改之字為“即”字（“即”字上有塗寫痕迹）。實際上，“除邪行正即无罪”與“除邪行正造无罪”在意思上並無根本區別。“造”字在佛教中多取“造作”、“造業”，帶有發動意識、執取外相之意，被視為“造罪”（輪回生死苦海）的根源。不過念念之“造”在《壇經》中並非都以“罪”為報，“造”的性質取決於自念的狀態。無論“即”或“造”，其無罪都立足於“除邪行正”。

⑥ 此“今”字，北本同，斯坦因本則為“令”字。

⑦ 此“裏”字，北本同，斯坦因本則為“中”字。

⑧ 此“悠悠”，敦博本原文為“悠々”，今徑改。斯坦因本作“悠々”。北本作“悠々”。

⑨ 此“欲問和尚望意和尚大慈大悲為弟子説大師言有疑即問須再三”二十六字，斯坦因本為“欲聞和尚望意和尚大慈大悲為弟子説大師言有議即聞何須再三”二十七字（與敦博本的區别為“問”為“聞”（兩個），“疑”為“議”，多一“何”字），北本相應處為“欲三”二字。因為古書行文為豎行，在敦博本和斯坦因本中，此二十六字和二十七字正好错行相接，即居尾的“三”字正好在居首的“欲”字的（左）下方，一不注意即可將“三”認作“欲”的下一個字，成為“欲三”。這可以作為北本“欲三”由來的原因分析。

⑩ 此“可不如”三字，北本同，斯坦因本則為“可不々”，即“可不不”。文義上均通，斯坦因本更口語化。從字形上看，斯坦因本原本上之似重寫符號的“々”與“如”字結構中的“女”字很像，似乎是敦博本抄者將一個重寫符號抄成了“如”字。

西國第一師[1]達摩祖師宗旨？大师言：是。

弟[2]子見説，達摩大师代，梁武帝[3]問達摩：朕一生已[4]来造寺、布施、供養，有功德否？達摩荅言：並無功德。武帝惆悵，遂遣達摩出境。未審此言，請和尚說。

六祖言：實无功德。使君勿疑達摩大師言。武帝著邪道，不識正法。

使君問：何以无功德？

和尚言：造寺、布施、供養，只是修福，不可將福以為功德。功德[5]在法身，非在於福[6]。自法性有功德。平直是[7]仏性，外行恭敬。若輕一切人，吾我不断，即自无功德，自性无功德[8]，法身无功德。念念行[9]平等真心，德即不輕、常行於敬，自修身即功，自修心[10]即德。功德自心作，福与功德别。武帝不識正理，非祖大師有過。

（三十五）使君礼拜，又問：弟子見僧俗常念阿弥陁仏[11]，願生西方，請和尚説，得[12]生彼否？望為破疑。

大師言：使君聽，惠能与説。世尊在舍衛城，説西方引化，經文分明，去此不遠。只為下根説近，説遠只緣上智。人自兩種，法无般[13]，迷悟有

① 此“師”字，北本同，斯坦因本則為“祖”字。另外，在此節（第三十四節）“達摩”二字，敦博本出現六次；北本“達摩”二字出現“五次”，“達磨”两次（其中一次是抄錯並有刪除標記，且是在“達磨”二字第一次出現時即被改為“達摩”）；斯坦因本則六次全是“達磨”。這說明，北本所抄的底本處於斯坦因本的底本和敦博本的底本之間，並與敦博本的底本更近。

② 此“弟”字前，敦博本原有一“弟”字，但其旁有刪除符號（<），今徑去。

③ 此“帝”字，斯坦因本作“諦”。北本與敦博本同。

④ 此“已”字，斯坦因本作“未”。北本與敦博本同。

⑤ 此“功德功德”，敦博本原文為“功德々々”，今徑改。斯坦因本作“功德”二字。北本作“功德々々”。若為“功德”二字，句讀為：“不可將福以為功德在，法身非在於福……”

⑥ 此“福”字，北本同，斯坦因本作“福田”。

⑦ 此“是”字後，斯坦因本有一“德”字。北本與敦博本同。

⑧ 此“无功德”三字，北本同，斯坦因本作“虚妄”二字。意思相同。

⑨ 此“念念行”三字，敦博本原文為“念々行”，今徑改。斯坦因本作“念念德行”四字。北本作“念念行”。

⑩ 此“自修心”三字，斯坦因本作“自修身心”四字，北本作“修心”二字。

⑪ 此“阿弥陁仏”四字，斯坦因本作“阿弥大佛”。北本與敦博本同。

⑫ 此“得”字，斯坦因本、北本作“德”。

⑬ 此“法无般”三字，北本同，斯坦因本作“法无不”。“不”與“般若”之“般”音近。鈴木大拙、郭朋將其改作“法無不一”，楊曾文據惠昕本將其改為“法無兩般”。這是底本不同的結果，意思一樣，但都加字。應該注意的是，同一本《壇經》還有“法有四乘”的提法（在宗寶本《壇經》中改為“法無四乘”）。這就涉及對“法”應當如何理解。一般而言，在《壇經》中有三類“法”与佛教义理相关：一為“万法”，多指人們認識的現象；二為佛教以僧衆為对象而設施的“教法”，如各種經籍、各種“乘”、各種名相概念體系（三科三十六對法）；三為佛教所追求的最高真諦，一般稱為“真如”或“法性”，在《壇經》中多稱“自性”或“本心”。此處之“法”，當取第三種解釋。因為自性清淨，無淨無染，無去無來，縱横自由，所以“法無兩般”。

殊，見有遲疾，迷人念仏生彼，悟者自浄其心。所以仏言：隨其心浄，則仏土浄。使君，東方但浄心，无罪，西方心不浄，有愆①。迷人願生東方西者，所在處並皆一種。心地②但无不浄，西方去此不遠。心起不浄之心，念仏往生難到。除惡即行十万，无八邪即過八千。但行真心，到如禅③指。使君，但行十善，何須更願往生？不断十惡之心，何仏即来迎④請？若悟无生頓法，見西方只在刹那。不悟頓教大乘，念仏往生路遠⑤，如何得但⑥？

六祖言：惠能与⑦使君移西方刹那間，目前便見。使君願見否？

使君礼拜：若此得見，何須往生？願和尚慈悲，為現西方大善。

大師言：一時見西方，无疑即散。

大衆愕然，莫知何事⑧。

大師曰：大衆，大衆⑨，作意聽，世人自色身是城，眼、耳、鼻、舌、身即是城⑩門。外有六門，内有意門，⑪心即是地，性即是王。性在王在，性⑫去王無。

---

① 此"愆"字原俗寫為"僽"，意思為過錯。此字在敦博本、斯坦因本、北本中各出現一次，出現位置相同。

② 此"地"字，北本同，斯坦因本無。

③ 此"禅"字，敦博本、斯坦因本、北本均同，惠昕本作"彈"。宜為"彈"。

④ 此"迎"字原俗寫為"迎"，敦博本、斯坦因本出現兩次，位置相同，均如此寫；北本僅見此處一次。

⑤ 此"遠"字，北本與此同，斯坦因本作"遙"。

⑥ 此"但"字，北本作"但"，但是此字字形潦草難辨。斯坦因本作"達"字。

⑦ 此"与"字，在敦博本中為加入字，在"能使"二字之間。

⑧ 此"事"字，北本同，斯坦因本作"是"。

⑨ 此"大衆大衆"，敦博本原文為"大々衆々"，今徑改。斯坦因本、北本與敦博本同。

⑩ 此"城"字，在敦博本中為加入字，在"是門"二字之間。

⑪ 此"外有六門，内有意門"八字，敦博本、北本、斯坦因本均同。但前文説"眼、耳、鼻、舌、身即是城門"，顯然只説了"五"門。這樣一來，難免出現混亂。宋代以後的各抄本《壇經》大都改"六"為"五"。這樣一改，清晰了"外五内一"的並列思想。不過，存在一種通過保持原文來對這種混亂進行解釋的情況。周紹良認為，敦煌本《壇經》是惠能説法實録，雖然存在臨時疏忽，但惠能自己認識到"眼、耳、鼻、舌、身"只有"五門"的説法是不對的，所以緊接着説了一句"内有意門"进行纠错，意思是説六門中"還有"意門。這種做法是可取的。我們認為，還應當聯繫前文(第二十節)述及"三身仏"的内容和後文(第四十五節)述及"三科三十六對"的部分内容來對此處進行解釋。在四十五節中，將"眼、耳、鼻、舌、身、意"統稱"中六門"，有"内六識"、"外六塵"與之對應。但是，並没有將"中六門"進一步作區别為内外兩類門，即没有將"意門"與其他"五門"分作兩類。值得注意的是，在那里還出現了"含藏識"和"轉識"，總體上是用"八識"來解釋佛教的現象世界。回觀此處，也存在相似的情形，即惠能在向聽衆展現"西方世界"。雖然采取的是譬喻的方式，但"眼、耳、鼻、舌、身、意、心、性"這八個概念都提到了。在具體的解釋方面，即可聯繫二十節中提到的"一切法在自性"和"自性變化甚多"來理解，歸根結底是强調"内識"或"自心自性"。這樣，"内有意門"就不僅僅是一個補救，而且具有引發人們注意自心本有之自性的意圖。用今天的話來説，就是使人們注重自己的主觀能動性。

⑫ 此"性"字，北本作"法"。斯坦因本與敦博本同，宜為"性"。

性在身心存，性去身壞。仏是自性作，莫向身求。自性迷，仏即是[1]衆生。自性悟，衆[2]生即是仏。慈悲即是觀音，喜捨名為勢至，能浄是釋迦，平直即是弥勒[3]，人我即[4]是須弥，邪心即[5]是海水[6]，煩惱即是[7]波浪，毒心即[8]是惡龍，塵勞即[9]是魚鱉[10]，虚妄即是鬼神[11]，三毒即是地獄，愚癡即是畜生，十善即[12]是天堂。无我[13]人，須弥自到[14]。除邪心，海水竭。煩惱无，波浪滅。毒害除，魚龍絶。自心地上覺性如来，施大智惠光明，照曜六門清浄，照破六欲[15]天，下照三毒若除，地獄一時消滅。内外明徹，不異西方。不作此修，如何到彼？

座下聞説，讚聲徹天，應是迷人，了[16]然便見。使君礼拜，讚言：善哉！善哉！普願法界衆生，聞者一時悟解。

（三十六）大師言：善知識，若欲修行，在家亦得，不由在寺。在寺[17]不修，如西方心惡之人。在家若修行，如東方人修善。但願自家修清浄，即是西方。

使君問：和尚，在家如何修？願為指授。

---

① 此"是"字，斯坦因本無。北本與敦博本同。

② 此"衆"字前，原本上多一"衆"字，其旁邊有刪除符號（<），今徑去之。

③ 此"平直即是弥勒"六字，斯坦因本作"平真是弥勒"五字。北本與敦博本同。值得一提的是，惠昕本、契嵩本及宗寳本三刻本《壇經》，此處是"平直即彌陀"五字。

④ 此"即"字，斯坦因本無。北本與敦博本同。

⑤ 此"即"字，斯坦因本無。北本與敦博本同。

⑥ 此"海水"二字，北本同，斯坦因本作"大海"二字。

⑦ 此"即是"二字，斯坦因本作"是"一字。北本無"即是"二字。

⑧ 此"即"字，斯坦因本無。北本與敦博本同。

⑨ 此"即"字，斯坦因本無。北本與敦博本同。

⑩ 北本以前文中"念故，盖覆真如"為始，到"塵勞是魚鱉"為其止，並緊接着寫道"南宗頓教最上大乘壇經一卷"十二字（這是佛經結束的標志）。若如此，則早期《壇經》即到此為止。否則，此抄寫者一定是没有將《壇經》抄完，或其所抄的《壇經》本來就不完整。值得注意的是，此十二字的尾題與敦博本的尾題"南宗頓教最上大乘壇經一卷"完全一樣（斯坦因本作"南宗頓教最上大乘壇經法一卷"十三字，多一"法"字），而且在尾題之後還有六十四字，此六十四字與敦博本也完全一致。斯坦因本尾題后則有七十二字，内容與前兩本基本相同。

⑪ 此"鬼神"二字，斯坦因本作"神鬼"。

⑫ 此"即"字，斯坦因本無。

⑬ 此"无我"二字，斯坦因本作"我无"。

⑭ 此"到"字，斯坦因本作"倒"，宜為"倒"。

⑮ 此"欲"字後，斯坦因本有一"諸"字。

⑯ 此"了"字，斯坦因本作"人"。

⑰ 此"在寺在寺"，敦博本原文為"在寺々々"，今徑改。斯坦因本作"在々寺々"。

大師言：善知[1]識，惠能与道俗作《无相頌》，取[2]，依[3]此修行，常与惠能説一處无别。

頌曰：

説通及心通，如日處虚空。

惟傳頓教法，出世破邪宗。

教即无頓漸，迷悟有遲疾。

若李頓法門[4]，遇[5]人不可迷。

説即雖[6]万般，合理[7]還歸一。

煩惱闇[8]宅中，常須生惠日。

邪来因煩惱，正来煩惱除。

邪正悉[9]不用，清浄至无餘。

菩提本清浄，起心即是妄。

浄性於妄中，但正除三障。

世間若修道，一切盡不妨。

常現在已過，与道即相當。

色類自有道，離道别覓道。

覓道不見道，到頭還自懊。

若欲覓真道，行正即是道。

自若无正心，暗行不見道。

若真修道人，不見世間遇[10]。

若見世間非，自非却是左。

① 此"知"字，斯坦因本作"智"字，習慣上為"知"。
② 此"取"字，斯坦因本作"盡頌取"三字。
③ 此"依"字，斯坦因本作"衣"，宜為"依"。
④ 此"法門"二字，斯坦因本作"教法"。
⑤ 此"遇"字，斯坦因本作"愚"。
⑥ 此"雖"字，斯坦因本作"須"。
⑦ 此"理"字，斯坦因本作"離"。
⑧ 此"闇"字，斯坦因本作"暗"，與"明"相對。
⑨ 此"悉"字，斯坦因本作"疾"。
⑩ 此"遇"字，斯坦因本作"愚"，宜為"愚"；或作"過"。

他非我不罪，我非自有罪。[1]
但自去非心，打破煩惱碎[2]。
若欲化愚人，事[3]須有方便。
勿令破彼疑，即是菩提見。
法元在世間，於世出世間。
勿離世間上，外求出世間。
邪見在[4]世間，正見出世間。
邪正迷[5]打却，此但是頓教，
亦名為大乘，迷来經累劫，
悟即[6]剎那間。

（三十七）大師言：善知識，汝等盡誦取，依此偈修行，去惠能千里，常在能邊，依此不修，對面底千里遠。各各[7]自修，法不相待。衆人且散，惠能歸漕溪山。衆生若有大疑，来彼山間，為汝破疑，同見仏性。

合座官寮、道俗礼拜和尚，无不差嘆：善哉！大悟！昔所未聞。嶺南有福，生仏在此。誰能得知？一時盡散[8]。

---

① 此"若真修道人，不見世間遇。若見世間非，自非却是左。他非我不罪，我非自有罪"三十字，斯坦因本為"若真修道人，不見世間愚，若見世間非，自非却是左。他非我有罪，我非自有罪"三十字，兩相對照僅二字不同，"遇"與"愚"、"他非我不罪"的"不"與"他非我有罪"的"有"。前者可以視為抄寫疏忽，後者則涉及對上下文的理解。此三十字，在整體上說的是"真修道人"修道的問題，此處是具體説明"(是)非因"與"(福)罪果"的關係，其原則是自作自受、自悟自救。我們認為，應該首先確定此句如何讀，然後進行詮釋。確定句讀的方式應該聯繫上一句和下一句來進行判斷。"自非却是左"和"我非自有罪"均將頭兩字連讀("自非"、"我非")，故此句宜以"他非"連讀，"我有(不)罪"連讀。整個句子在談論"他非"和"我罪"之間的關係。顯然，"我有罪"和"我不罪"是兩種截然不同的可能。若取"我有罪"，則應當考慮到後文中的"若欲化愚人，事須有方便"等句意，即佛教的慈悲普渡的菩薩精神。這種精神認為世人的痛苦是自己的不幸，寧願自己受苦受罪也要救渡世人，所以，"他非我有罪"(將"他非"連讀)的意思可以為"世人一日不道，我則一日不休，我若只自利而捨弃世人，我則有罪"。若取"我不罪"，可聯繫後文中惠能與神會一段對話來理解，即"吾不自知，代汝迷不得。汝若自見，代得吾迷?"此即"他非我不罪"的一個注脚，其强調的是自性的迷悟和善惡修行決定自己的凡聖位地和福罪報果。

② 此"碎"字即"碎"。

③ 此"事"字，斯坦因本作"是"。

④ 此"在"字，斯坦因本作"出"。

⑤ 此"迷"字，斯坦因本作"悉"，宜為"悉"。

⑥ 此"即"字，斯坦因本作"則"。

⑦ 此"各各"，敦博本原文為"各々"，今徑改。斯坦因本作"各々"。

⑧ 此"盡散"二字，敦博本原本作"散盡"，但"盡"字邊似有一倒寫符號(√)，今徑改。斯坦因本作"盡散"。

（三十八）大師往漕溪山、韶廣二州行化四十餘年。若論門人，僧之与俗，約有三十[①]五千，説不可盡。若論宗旨，傳授《壇經》，以此為紉[②]。若不得《壇經》，即无稟受。須知法處、年月日、姓名，遍相付囑。无《壇經》稟承，非[③]南宗弟子也。未得稟承者，雖説頓教法，未知根本，修不免諍。但得法者，只勸修行。諍是勝負之心，与仏道違背。

（三十九）世人盡傳南宗能北秀，未知根本事由。且秀禪師於南荆府堂楊懸[④]玉泉寺住持修行，惠能大師於韶州城東三十五里漕溪山住。法即一宗，人有南北，因此便立南北。何以漸頓？法即一種，見有遲疾，見遲即漸，見疾即頓，法无漸頓，人有利鈍，故名漸頓。

（四十）神秀師常見人説，惠能法疾，直旨見路。秀師遂喚門人僧志誠曰：汝聰明多智，汝与吾至漕溪山，到惠能所礼拜，但聽，莫言吾使汝来。所聽得意旨，記取却来与吾説。看惠能見解与吾誰疾遲？汝第一早来，勿令吾恠。

志誠奉使，歡喜遂行。半月中間，即至漕溪山。見惠能和尚礼拜，即聽，不言来處。志誠[⑤]聞法，言下便吾[⑥]，即啟[⑦]本心，起立即礼拜，白言：和尚，弟子從玉泉寺来，秀師處不得啟[⑧]悟。聞和尚説，便啟[⑨]本心。和尚慈悲，願當教示。

惠能大师曰：汝從彼来，應是細作。

志誠曰：不是。

六祖曰：何以不是[⑩]？

志誠曰：未説時即是，説了即不是。

六祖言：煩惱即是菩提，亦復如是。

---

① 此“十”字，斯坦因本無。

② 此“紉”字，敦博本字迹稍不清晰，聯繫上下文，疑為“約”字之誤寫。斯坦因本此處作“衣約”二字。

③ 此“非”字後，敦博本有一“向”字，但其旁有刪除符號（<），今徑去。

④ 此“堂楊懸”三字，斯坦因本作“堂陽縣”，後人多改為“當陽縣”。

⑤ 此“誠”字，斯坦因本作“城”，宜作“誠”。

⑥ 此“吾”字，斯坦因本作“悟”，宜為“悟”。

⑦ 此“啟”字，斯坦因本作“契”，音雖相同，意則有别。“啟”强調外緣對自心的啟發和過程，而“契”則有强調契合無間，突出了自心顯現之“頓”的特點。

⑧ 此“得啟”二字，斯坦因本作“德契”。

⑨ 此“啟”字，斯坦因本作“契”。

⑩ 此“志誠曰不是六祖曰何以不是”十二字，斯坦因本無。

（四十一）大师謂志誠曰：吾聞汝禪师教人，唯傳戒、定、惠。汝和尚教人戒、定、惠如何？當為吾説。

志誠曰：秀和尚言戒、定、惠，諸惡不作名為戒，諸善奉行名為惠，自净其意名為定。此即名為戒、定、惠。彼作如是説，不知和尚所見如何？

惠能和尚荅曰：此説不可思議，惠能所見又别。

志誠問：何以别？

惠能荅曰：見有遲疾。

志誠：請和尚説所見戒、定、惠。

大師言：如汝聽吾説，看吾所見處。心地无疑、非，自性戒。心地无乱，是自性定。心地无癡，是自性惠。

大师言：汝师戒、定、惠，勸小根智人。吾戒、定、惠勸上智人。得悟，自亦不立戒、定、惠。

志誠言：请大师説，不立如何？

大师言：自性无非、无乱、无癡，念念[①]般若觀照，當離法照[②]相，有何可立？自性頓修，立有漸次[③]，所[④]以不立。

志誠礼拜，便不離漕溪山，即為[⑤]人不離大师左右。

（四十二）又[⑥]一僧，名法達，當[⑦]誦《妙法蓮[⑧]華經》七年，心迷不知正法之處。来至漕溪山礼拜，問大师言：弟子常誦《妙法華經》七年，心迷不知正法之處[⑨]，經上有癡[⑩]。大师智惠廣大，願為除[⑪]疑。

---

① 此“念念”，敦博本原文為“念々”，今徑改。斯坦因本作“念々”。

② 此“照”字，斯坦因本無。没有“照”字，則突出了萬法性空“無相”，無所得，無可立；有“照”字，則構成般若的智慧“觀照”，於相而離相，“離相”是“不立”。“於相”是“立”，若悟都“不立”，若不悟須“立”。此與上文的立“戒定惠”、下文的“立有漸次”，意思相通。

③ 此“次”字，斯坦因本作“此”。“此”与“次”，音近且手寫字形相近，易混淆。

④ 此“所”字，斯坦因本作“契”。“契以不立”的“契”相當於“頓（悟）”，意思是：“頓悟頓修，一切如如，所以不立。”此“契”字乃接續斯坦因本上文中的“言下便契”等而來。

⑤ 此“為”字後，斯坦因本有一“門”字。若有“門”字，此句應句讀為：“即為門人，不離大师左右。”

⑥ 此“又”字後，斯坦因本有一“有”字。

⑦ 此“當”字，斯坦因本作“常”字。

⑧ 此“妙法蓮”三字，斯坦因本作“法”一字。

⑨ 此“来至漕溪山礼拜問大师言弟子常誦妙法華經七年心迷不知正法之處”二十九字，斯坦因本無。

⑩ 此“癡”字，斯坦因本作“疑”。

⑪ 此“除”字，斯坦因本作“時”。若為“時”字，疑斯坦因的底本為“釋”字。

大师言：法達，法即甚達，汝心不達。經上无癡，汝心自邪，而求正法。吾心正定，即是持經。吾一生已来，不識文字。汝將《法華經》来，對吾讀一遍，吾聞即知①。

法達取經②，對大师讀一遍。六祖聞③已，即識仏意，便已④法達，説《法華經》。六祖言：法達，《法華經》无多語，七卷盡是譬如⑤因⑥緣。如来廣説三乘，只為世人根鈍。經文分明，无有餘乘，唯有一仏乘。

大師：法達，汝聽一仏乘，莫求二仏乘，迷即却汝性。經中何處是一仏乘？吾与汝説。經云：諸仏世尊唯以一大事因緣故，出現於世。[以上十六字是正法]法如何解？此法如何修？汝聽吾説。人心不思，本源空寂，離却邪見，即一大事因緣。内外不迷，即離兩邊。外迷著⑦相，内迷著空，於相離相，於空離空，即是不⑧迷。若⑨吾⑩此法，一念心開，出現於世。心開何物？開仏知見。仏猶覔⑪也，分為四門：開覺知見⑫、悟耷⑬知見、入竟⑭知見。開、示、悟、入，上一處入，即覺知見。見自本性，即得出世。

大师言：法達，吾常願一切世人心地常自開仏知見，莫開衆生知見。世人心愚迷造惡，自開衆生知見。世人心正起智惠觀照，自開仏知見。莫開衆生知見，開仏知見，即出世。

大师言：法達，此事⑮法達。經一乘法向下分三，為迷人故。汝但依

① 此"吾聞即知"，斯坦因本作"吾問即之"。二者音同。

② 此"經"字後，斯坦因本有一"到"字。

③ 此"聞"字，斯坦因本作"問"。

④ 此"已"字，斯坦因本作"汝"。鈴木大拙、楊曾文等將其改為"與"，即"与"字與"已"字字形相近。若不改動"已"字，取"停止、阻止"義，句讀為："便已法達，説《法華經》。"意思為："於是讓法達停下來，並向他開示《法華經》的大義。"

⑤ 此"如"字，斯坦因本作"喻"。

⑥ 此"因"字，斯坦因本作"内"。

⑦ 此"著"字，斯坦因本作"看"。

⑧ 此"不"字後，斯坦因本有一"空"字。

⑨ 此"若"字，斯坦因本無。

⑩ 此"吾"字，鈴木大拙、郭朋、楊曾文等改為"悟"。若據斯坦因本，此"吾"字的前後文為"於空離空即是不空迷吾此法一念心開出現於世"，若認為"空迷"為倒寫，則可點校為："於空離空，即是不迷空，吾此法，一念心開，出現於世。"

⑪ 此"覔"字即"覺"，斯坦因本作"如覺"二字。

⑫ 此"見"字後，斯坦因本有"示覺知見"四字，宜有此四字。

⑬ 此"耷"字，原為"斉"字之誤，"斉"同"齐"。斯坦因本作"覺"。聯繫敦博本上文，此"耷"字當是"覔"字之誤寫。

⑭ 此"竟"字，斯坦因本作"覺"。聯繫敦博本上文，此"竟"字當是"覔"字之誤寫。

⑮ 此"事"字，斯坦因本作"是"。

一仏乘。

大師言：法達，心行轉《法華》，不行《法華》轉，心正轉《法華》，心邪《法華》轉。開仏知見轉《法華》，開衆生知見被《法華》轉。

大师言：努力依法修行，即是轉經。

法達聞，言下大悟，涕淚悲泣，白言：和尚，實未曾轉《法華》，七年彼[①]《法華》轉。已後轉《法華》，念念[②]修行仏行。

大師言：即仏行是仏。

其時聽人，无不悟者。

（四十三）時有一僧，名智常，来漕溪山，礼拜和尚，問四乘法義。

智常問和尚曰：仏説三乘，又言最上乘。弟子不解，望為教示。

惠能大師曰：汝自身心見，莫著外法相。元无四乘法，人心量四等，法有四乘：見聞讀誦是小乘，悟解義是中乘，依法修行是大乘。万法盡通，万行俱偹[③]，一切不離染，但離法相，作无所得，是最上乘乘[④]，是最上行義，不在口諍，汝須自修，莫問吾也。

（四十四）又有一僧名神會，南楊人也。至漕溪山礼拜，問言：和尚坐禪，見不見？

大師起，犯[⑤]打神會三下。却問神會：吾打汝，痛不痛？

神會荅言：亦痛亦不痛。

六祖言曰：吾亦見亦不見。

神會又問：大師，何以亦見亦不見？

大師言：吾亦見，常見自過患，故云亦見。亦不見者，不見天地人過罪。所以亦見亦不見[⑥]也。汝亦痛亦不痛，如何？

神會荅曰：若不痛，即同无情木石。若痛，即同凡，即起於恨。

大师言：神會，向前見、不見是兩邊，痛、不痛是生滅，汝自性且不見，

---

① 此"彼"字，斯坦因本作"被"。

② 此"念念"二字，敦博本原文為"念々"，今徑改。斯坦因本作"念々"。

③ 此"偹"字即"備"。

④ 此"乘乘"二字，敦博本原文為"乘々"，今徑改。斯坦因本作"乘々"。

⑤ 此"犯"字，斯坦因本作"把"。聯繫上文（第十一節），惠順在大庾嶺上"把著"惠能，此處"把打"應該也是"把"字的一種用法，所以疑"犯"為"把"字之誤寫。

⑥ 此"見"字，斯坦因本無。

敢来弄人？

神會礼拜，礼拜[1]，更不言。

大師言：汝心迷不見，問善知識覔路。汝心悟自見，依法修行。汝自迷，不見自心，却来問惠能見否？吾不自知，代汝迷不得。汝若自見，代得吾迷？何不自修，見否吾不自知[2]，問吾見否？

神會作礼，便為門人，不離漕溪山中，常在左右。

（四十五）大師遂喚門人法海、志誠、法達、智常、智[3]通、志徹、志道、法珎[4]、法如、神會。

大師言：汝等十弟子近前。汝等不同餘人，吾滅度後，汝各為一方師，吾教汝説，不失本宗。舉三科法門，動卅六對，出没即離兩邊，説一切法莫離於性相。若有人問法，出語盡雙，皆取法對，来去相因，究竟二法盡除，更無去處。

三科法門者，蔭、界、入。蔭是五蔭，界十八界，入十二入。何名五蔭？色蔭、受蔭、想蔭、行蔭、識蔭是。何名十八界？六塵、六門、六識。何名十二入？外六塵中六門。何名六塵？色、聲、香、味、觸、法是。何名六門？眼、耳、鼻、舌、身、意是。法性起六識，眼識、耳識、鼻識、舌識、身識、意識，六門，六塵。自性含万法，名為合[5]藏識，思量即轉識，生六識，出六門、六塵，三六十八。由自性邪，起十八邪，含自性十八正。合[6]惡用即衆生，善用即仏。用由何等？由自性。

（四十六）對。外竟[7]无情對有五：天与地對，日与月對，暗与明對，陰与陽對，水与火對。

---

① 此“礼拜礼拜”四字，敦博本原文為“礼拜々々”，今徑改。斯坦因本作“礼拜礼拜”。

② 此“見否吾不自知”六字，斯坦因本無。仔細對照敦博本，此六字為新一列的開頭六字，與上一列的開頭六字完全相同。但此六字下空了一個空格，接着寫道“問吾見否”四個字，此四字與斯坦因本完全相同。所以，可以推測，此六字下所空的空格所表示的是此上六字為抄錯（重抄）的內容。另外，“見否吾不自知代汝迷不得汝若自見代得吾迷何不自修問吾見否”二十七字，去掉首尾兩個“見否”後的文字數目恰是敦博本一列的平均字數，這可能是導致敦博本抄寫者錯列往回而抄的重要原因。

③ 此“智”字，斯坦因本作“志”。

④ 此“珎”字即“珍”，“珎”為正體字，“珍”為俗體字。

⑤ 此“合”字，斯坦因本作“含”，習慣上為“含”。

⑥ 此“合”字，斯坦因本作“含”，宜為“含”。

⑦ 此“竟”字，斯坦因本作“境”，宜為“境”。

語与言對、法与相對有十二對：有為、无為對，有色、无色對，有相、无相對，有漏、无漏對，色与空對，動与浄對，清与濁對，乱与聖①對，僧与俗對，老与小②對，長与矩③對，高与下對。

自性居起用對有十九對：邪与正對，癡与惠對，愚与智對，乱与空④對，戒与非對，直与曲對，實与虛對，嶮与平對，煩惱与菩提對，慈与害對，喜与順⑤對，捨与慳對，進与退對，生与滅對，常与无常對，法身与色身對，化身与報身對，躰与用對，性与相對，有情与无親對。

言語与法相對⑥有十二對，内外境有无五對，三身有三對，都合成三十六對法也。

此三十六對法，能⑦用通一切經，出入即離兩邊。如何自性起用三十六對？共人言語，出外於離相，入内於⑧離空。著空，則惟長无明。著相，惟邪見。謗法直言不用文字，既云不用文字，人不合言語，言語⑨即是文字。自性上説空，正語言本性不空。迷自惑，語言除故。暗不自暗，以明故暗。暗⑩不自暗，以明變暗。以暗現⑪明，来去相因。三十六對，亦復如是。

（四十七）大師言：十弟子，已後傳法，遞相教授一卷《壇經》，不失本宗。不稟受《壇經》，非我宗旨。如今得了，遞代流行，得遇《壇經》者，如見吾親授。

十僧得教授已，寫為《壇經》，遞代流行，得者必當見性。

（四十八）大⑫先天二年八月三日⑬，七月八日唤門人告别。

---

① 此“乱与聖”三字，在斯坦因本中作“凡与性”。斯坦因本的“凡”字為俗寫字，外形似“乱”字。“聖”與“性”，在斯坦因本中通用。據下文有已有“乱与定对”，此處宜為“凡与聖”三字。

② 此“小”字，斯坦因本作“少對大大與少少”。

③ 此“矩”字，斯坦因本作“短”字，習慣上為“短”。

④ 此“空”字，斯坦因本作“定”，雖字形不清楚，但可以辨認，另據前文（第十九節）“内不乱曰定”等，此處宜為“定”。

⑤ 此“順”字，斯坦因本同。疑為“嗔”或“瞋”，意為憤怒、怨恨。斯坦因本此處的手寫體“順”字字形相當緊湊，看上去也與“嗔”字的字形相似。

⑥ 此“對”字，斯坦因本無。

⑦ 此“能”字，斯坦因本作“解”。

⑧ 此“於”字後，斯坦因本有一“空”字。

⑨ 此“言語言語”四字，敦博本原作“言語々々”，今徑改。斯坦因本作“言々語々”。

⑩ 此“暗暗”二字，敦博本原文為“暗々”，今徑改。斯坦因本作“暗々”。

⑪ 此“現”字後，敦博本有一“現”字，但其旁有删除符號（<），今徑去之。

⑫ 此“大”字後，斯坦因本有一“師”字，宜有“師”字。

⑬ 此“日”字後，斯坦因本有“滅度”二字。據後文，宜有此二字。

大師先天元年於蘄州國因[①]寺造塔，至先天二年七月告别。

大師言：汝衆近前，吾[②]至八月欲離世間，汝苓有疑早問，為汝[③]破疑，當今[④]迷者盡，使汝安樂。吾若去後，无人教汝。

法海苓衆僧聞已，涕淚悲泣。唯有神會，不動亦不悲泣。

六祖言：神會小僧，却得善苓，毁譽不動，餘者不得。數年山中，更修何道？汝今悲泣，更有阿誰，憂吾不知去處在？若不知去處，終不别汝。汝[⑤]苓悲泣，即不知吾去[⑥]處。若知去處，即不悲泣。性无生[⑦]滅，无去无来。汝苓盡坐，吾与汝一偈：《真假動浄偈》，汝苓盡誦取，見此偈意，与[⑧]吾同。依[⑨]此修行，不失宗旨。

僧衆礼拜：請大師留偈，敬心受持。

偈曰：一切无有真，不以見於真。

若見於真者，是見盡非真。

若能自有真，離假即心真。

自心不離假，无真何處真？

有性即解動，无情[⑩]即无[⑪]動。

若修不動行，同无情不動。

若見真不動，動上有不動。

不動是不動，无情无仏種。

能善分别相，第一義不動。

若悟作此見，則是真如用。

報諸孳道者，努力須用意。

---

① 此“蘄州國因”四字，斯坦因本作“檀州國恩”。一般認為是“新州國恩”四字。

② 此“吾”字，斯坦因本作“五”字，宜為“吾”。

③ 此“汝”字，斯坦因本作“外”。

④ 此“今”字，斯坦因本作“令”。

⑤ 此“汝汝”二字，敦博本原文為“汝々”，今徑改。斯坦因本作“汝々”。

⑥ 此“去”字，斯坦因本無。

⑦ 此“生”字後，斯坦因本有一“无”字。

⑧ 此“与”字，斯坦因本作“汝”。

⑨ 此“依”字，斯坦因本作“於”。

⑩ 此“情”字，斯坦因本作“性”。在《壇經》中，性指有情衆生之性，情指有性衆生之情，性是情之體，情是性之用，不可完全分離來看。

⑪ 此“无”字，斯坦因本作“不”。

莫於大乘門，却執生死智。

前頭人相應，即共論仏義[①]。

若實不相應，合掌礼[②]勸善。

此教本无淨，若道失道意。

執迷淨法門，自性入生死。[③]

（四十九）衆僧既聞，識大師意，更不敢諍，依法修行。一時礼拜，即知大師不久[④]住世。上座法海向前言：大師，大師去後，衣法當付何人？

大師言：法即付了，汝不須問。吾滅後二十餘年，邪法遼[⑤]乱，惑我宗旨。有人出来，不惜身命，定[⑥]仏教是非，竪立宗旨，即是吾正法。衣不合傳[⑦]。汝不信，吾与誦先代五祖《傳衣付法誦[⑧]》。若據第一祖達磨[⑨]頌意，即不合傳衣。聽吾与汝[⑩]頌曰：

第一祖達磨[⑪]和尚頌曰：

吾大来唐國，傳教救迷情。

一花開五葉，結菓[⑫]自然成。

第二祖惠可和尚頌曰：

本来緣有地，從地種花生。

---

① 此"義"字，斯坦因本作"語"，皆通。

② 此"礼"字，斯坦因本作"令"。

③ 此"此教本无淨，若道失道意。執迷淨法門，自性入生死"二十字（"若道"二字，敦博本原文作"道若"二字，但二字間有倒寫符號（√），今徑改），斯坦因本作"此教本无諍，无諍失道意。執迷諍法門，自性入生死"。二者的差別除了第二句句首的"若道"与"无諍"不同之外，主要是前者的"淨"，後者作"諍"。二本各成體系。敦博本的出發點在自性本體，"无淨"注重强調"本性本淨"、"淨无形相"，"妄立淨相"即是障道因緣。斯坦因本的出發點在自性起用，"无諍"注重强調"自悟修行，不在口諍，若諍先後，即是迷人。"

④ 此"久"字，斯坦因本作"求"。"久"為時間概念，"求"為境界概念，即超脱生死。從前文對"大師滅度"時間的交代看，以"久"可以呼應之；但以前文偈頌表達的思想看，以"求"而呼應之。

⑤ 此"遼"字，斯坦因本同，惠昕本作"撩"。

⑥ 此"定"字，斯坦因本作"弟"。

⑦ 此"傳"字，斯坦因本作"轉"。

⑧ 此"誦"字，斯坦因本同。據下文，宜為"頌"。

⑨ 此"磨"字，斯坦因本作"摩"。

⑩ 此"与汝"二字，敦博本原本中為"汝与"，但有倒寫符號（√），今徑改。斯坦因本作"与汝"。

⑪ 此"磨"字，斯坦因本作"摩"。

⑫ 此"菓"字即"果"。

當来元[1]无地，花從何處生。

第三祖僧璨和尚頌曰：

花種須因地，地上種花[2]生。

花種无生性[3]，於地亦无生。

第四祖道信和尚頌曰：

花種有生性，因地種花生。

先缘不和合，一切盡无生。

第五祖弘忍和尚頌曰：

有情来下種，无情花即生。

无情又无種，心地亦无生。

第六祖惠能和尚頌曰：

心地舍[4]情[5]種，法雨即化[6]生。

自悟[7]花情種，菩提果[8]自成。

（五十）能大師言：汝等聽，吾作二頌，取達磨[9]和尚頌意。汝迷人依法[10]頌修行，必當見性。

第一頌：

心地邪花放，五葉逐根隨。

共造无明葉，見被葉風吹。

第二頌：

心地正花放，五葉逐根[11]隨。

共修般若惠，當来仏菩提。

---

① 此“来元”二字，斯坦因本作“本願”。
② 此“花”字，斯坦因本作“化”。
③ 此“生性”二字，斯坦因本同。斯坦因本原文為“性生”，但“性生”二字間有倒寫符號（√），故知其為“生性”。
④ 此“舍”字，斯坦因本作“含”，宜為“含”。
⑤ 此“情”字，敦博本的寫法為行草。這種寫法在敦博本中出現三次，其他兩次分別出現在“自悟花情種”和“莫作世情悲泣”中。
⑥ 此“化”字，斯坦因本作“花”。
⑦ 此“悟”字，斯坦因本作“吾”。
⑧ 此“果”字，斯坦因本作“菓”。
⑨ 此“磨”字，斯坦因本作“摩”。
⑩ 此“法”字，斯坦因本作“此”。
⑪ 此“根”字，斯坦因本作“恨”，宜為“根”。

六祖説偈已了，放衆生散。門人出外思惟，即知大師不久住世。

（五十一）六祖後至八月三日食後，大師言：汝萼若①位坐②，吾今共汝③等别。

法海問言：此頓教法傳受④，從上已来，至今幾代？

六祖言：初傳受七仏，釋迦牟尼仏苐七，大迦葉苐八，阿難苐九，末因⑤地苐十，商那和修苐十一，優婆鞠多苐十二，提多迦苐十三，仏陁難提苐十四，仏陁密⑥多苐十五，脇比丘苐十六，富那奢苐十七，馬鳴苐十八，毗羅長老⑦苐十九⑧，龍樹苐二十，迦那提婆苐二十一，羅睺羅苐廿二，僧迦那提苐廿三，僧迦那舍苐廿四，鳩摩羅駄苐廿五，闍耶多苐廿六，婆脩盤多苐廿七，摩拏羅苐廿八，鶴勒那苐廿九，師子比丘苐卅，舍那婆斯苐卅一，優婆堀苐卅二，僧迦羅苐卅三，須婆蜜多苐卅四，南天竺⑨國王子苐三太⑩子菩提達摩苐卅五，唐國僧惠可苐卅六，僧璨苐卅七，道信苐卅八，弘忍苐卅九，惠能自今⑪當今受法苐四十。

大師言：今日已後，递相傳受，須有依約，莫失宗旨。

（五十二）法海又：自⑫大師今去，留付何法？令⑬後代人，如何見仏？

六祖言：汝聽，後代迷人，但識衆生，即能見仏。若不識衆生，覓仏万劫不可得⑭也。吾今教汝識衆生見仏，更留《見真仏解脱頌》，迷即不見

---

① 此"若"字，斯坦因本作"善"。比照斯坦因本多處"般若"之"若"字的寫法與"善知識"的"善"字的寫法，二者在手寫體上僅一筆之差，容易混淆。

② 此"坐"字，斯坦因本作"座"字。

③ 此"汝"字，斯坦因本作"与"。

④ 此"法傳受"三字，敦博本原本作"法從受傳"四字，其中"從"旁有刪除符號（<），"受傳"二字之間有倒寫符號（√），今徑改。斯坦因本作"法傳受"三字。

⑤ 此"因"字，敦博本字迹清楚。斯坦因本作"田"字或"因"，斯坦因本多處"因"字似"田"字。此處宜為"田"。

⑥ 此"密"字，敦博本字迹清楚。斯坦因本作"蜜"或"密"，其手寫"蜜"字下部的"虫"與"山"極相似。

⑦ 此"老"字，敦博本中為加入字，原文"老"字位於"者"字右邊，表示用"老"字代替"者"字。斯坦因本作"者"字，字迹清楚。"者"、"老"二字形似，一般作"者"字。

⑧ 此"十九"二字，原本作"九十"二字，但有倒寫符號（√），今徑改。

⑨ 此"竺"字，斯坦因本作"竹"字，宜為"竺"。

⑩ 此"太"字，斯坦因本無。

⑪ 此"今"字，斯坦因本作"身"。

⑫ 此"自"字，斯坦因本作"白"。若是"白"字，句讀應為："法海又白：大師……"

⑬ 此"令"字，斯坦因本作"今"。

⑭ 此"可得"二字，斯坦因本作"得見"。

仏，悟者即見。

法海願聞，代代①流傳，世世②不絕。

六祖言：汝聽，吾与汝③説。後代世人，若欲覔仏，但識④衆生，即能識仏，即緣有衆生⑤，離衆生无仏心。

迷即仏衆生，悟即衆生仏。

愚癡仏衆生，智惠衆生仏。

心嶮仏衆生，平等衆生仏。

一生心若嶮，仏在衆生心⑥。

一念悟⑦若平，即衆生自仏。

我心自有仏，自仏是真仏。

自若无仏心，向何處求仏。

（五十三）大師言：汝等門人好住，吾留一頌，名《自性見⑧真仏解脱頌》，後代迷，問⑨此頌意，意⑩即見自心自性真仏。与汝此頌，吾共汝別。

頌曰：

真如浄性是真仏，邪見三毒是真魔⑪。

邪見之人魔在舍，正見之人仏即過⑫。

性中⑬邪見三毒生，即是魔王来住舍。

正見忽除⑭三毒心⑮，魔變成仏真无假。

---

① 此“代代”二字，敦博本原文為“代々”，今徑改。斯坦因本作“代々”。

② 此“世世”二字，敦博本原文為“世々”，今徑改。斯坦因本作“世々”。

③ 此“与汝”二字，斯坦因本作“汝与”二字。

④ 此“識”字後，斯坦因本有“佛心”二字。

⑤ 此“生”字，斯坦因本無。

⑥ 此“心”字，斯坦因本作“中”。

⑦ 此“悟”字，斯坦因本作“吾”，宜為“悟”。

⑧ 此“見”字，斯坦因本無。

⑨ 此“問”字，斯坦因本作“門”。敦博本原本中此字大蓋為行書，同一敦博本的同一節中的還有此“字形”，即“受人吊問”之“問”。楊曾文依據惠昕本將此處之“問”校改為“人識”二字，今不取。

⑩ 此“意意”二字，敦博本原文為“意々”，今徑改。斯坦因本作“意々”。

⑪ 此“魔”字，斯坦因本作“摩”。後文中接着的三個“魔”字，斯坦因本均作“摩”。音同，宜為“魔”。

⑫ 此“正見之人仏即過”七字，斯坦因本作“正見知人仏則過”，無礙文意。

⑬ 此“中”字，斯坦因本作“衆”字。

⑭ 此“除”字，斯坦因本作“則”字。

⑮ 此“心”字，斯坦因本作“生”字。

化身報身及浄身，三身元本是一身。

若向身中覓自見，即是成①仏菩提因。

本從化②身生浄性，浄性常在化③身中。

性使化④身行正道，當来圓⑤滿真无窮⑥。

婬性本身浄性因，除婬即无浄性身。

性中但自欲五欲⑦，見性刹那即是真。

今生若悟⑧頓教門，悟即眼前見世⑨尊。

若欲修行求⑩覓仏，不知何處欲覓⑪真。

若能身中自有真，有真即是成仏因。

自不求真外覓仏，去覓惣是大癡人。

頓教法者是西流，救⑫度世人須自修。

今保世間孝道者，不於此是大悠悠⑬。

大师説偈已了，道⑭告門人曰：汝等好住，今共汝别。吾去已後，莫作世情悲泣，而受人吊問⑮錢帛，著孝衣，即非聖法，非我弟子。如吾在日一種，一時端坐，但无動无静⑯，无生无滅，无去无来，无是无非，无住，坦⑰然

---

① 此“成”字，斯坦因本無。

② 此“化”字，斯坦因本作“花”，宜為“化”。

③ 此“化”字，斯坦因本作“花”。

④ 此“化”字，斯坦因本作“花”。

⑤ 此“圓”字，斯坦因本作“員”，宜為“圓”。

⑥ 此“窮”字，斯坦因本將此字寫在“无”字旁邊，不易辨認。

⑦ 此“性中但自欲五欲”七字，斯坦因本作“性中但自離吾欲”。此兩句的差别在於“欲”與“離”的不同，而不在於“五”與“吾”的不同。從整卷《壇經》看，若取“欲五欲”，此“欲”是超脱妄欲、邪欲、貪欲之正欲，其特點在不離自性般若智慧；若取“離吾欲”，則此“離”當取“於中而不染”解，如蓮花出淤泥而不染。

⑧ 此“悟”字，斯坦因本作“吾”。

⑨ 此“世”字，斯坦因本作“性”。

⑩ 此“求”字，斯坦因本作“云”。

⑪ 此“覓”字，斯坦因本作“求”。

⑫ 此“救”字，斯坦因本作“求”。在這裏，二者的區别在於隱含的解脱主體不同，“救”指救别人的人(度他)，整句意思在於若欲救度别人，首先要自己救度自己；“求”指尋求或希望度世的人(自度)，根本上要自悟自性。

⑬ 此“悠悠”二字，敦博本原文為“悠々”，今徑改。斯坦因本作“悠々”。

⑭ 此“道”字，斯坦因本作“遂”。形近，“道”作“説話”解，似與“告”(告訴)重複，宜為“遂”。

⑮ 此“問”字，斯坦因本作“門”。

⑯ 此“静”字，斯坦因本作“浄”。

⑰ 此“坦”字，斯坦因本作“但”，宜為“坦”。

寂净，即是大道。吾去[1]後，坦[2]依[3]法修行，共吾在日一種。吾若在世，汝違教法，吾住无益。

大師云此語已，夜至三更，奄然遷化。

大師春秋七十省[4]六。

（五十四）大师滅度之[5]日，寺内異年日[6]氛氛[7]，數[8]日不散，山崩[9]地動，林木變白，日月无光，風雲失色。八月三日滅度，至十一月，迎和尚神坐[10]於漕溪山，葬在龍龕之内。白光出現，直上衝天，三[11]日始散。

韶州刺史韋據[12]立碑，至今供養。

（五十五）此《壇經》，法海上座集。上座无常，付同孝道際，道際[13]无常，付門人悟真[14]。在嶺南漕溪山法興寺，見[15]今傳受此法。

（五十六）如付此[16]法，須得[17]上根[18]智[19]。深[20]信仏法，立於[21]大悲。持此經，以為稟[22]承，於今不絶。

（五十七）和尚本是韶州曲江懸[23]人也。

---

① 此“去”字後，斯坦因本有一“已”字。
② 此“坦”字，斯坦因本作“但”，宜為“但”。
③ 此“依”字，斯坦因本作“衣”。
④ 此“省”字，斯坦因本作“有”。形近，宜為“有”。
⑤ 此“之日”二字，斯坦因本作“諸日”或“諸田”。
⑥ 此“年日”二字，斯坦因本作“香”一字。“年日”二字正與“香”字的結構“禾日”相近，宜為“香”字。
⑦ 此“氛氛”二字，斯坦因本作“氲氲”。
⑧ 此“數”字前，斯坦因本有一“經”字。
⑨ 此“崩”字原俗寫為“肓”。此字在敦博本、斯坦因本中各出現一次，位置相同。
⑩ 此“坐”字，斯坦因本作“座”。
⑪ 此“三”字，斯坦因本作“二”。
⑫ 此“據”字，斯坦因本作“處”。
⑬ 此“道際道際”四字，敦博本原文為“道々際々”，今徑改。斯坦因本作“道々漈々”。
⑭ 此“悟真”二字，斯坦因本作“悟々真々”，即“悟真悟真”四字。
⑮ 此“見”字，斯坦因本作“現”。
⑯ 此“此”字，斯坦因本作“山”。原文可能是“此”，斯坦因本因書成行書，致成“山”字。
⑰ 此“得”字，斯坦因本作“德座”二字，但其“座”字旁有删除符號（<）。
⑱ 此“根”字，斯坦因本作“根”。形近，宜為“根”。
⑲ 此“智”字，斯坦因本作“知”。
⑳ 此“心”字，斯坦因本作“深”。
㉑ 此“於”字，斯坦因本無。
㉒ 此“稟”字，斯坦因本作“衣”。
㉓ 此“懸”字，斯坦因本同，宜為“縣”。

如来入涅槃[1]，法教流東土。

共傳无住，即我心无住。

此真菩薩説，真實示行喻[2]。

唯教大智人，示旨於[3]凡度。

誓修行[4]，遭難不退，遇苦能忍，福德深厚，方授此法。如眼[5]不堪，林[6]量不得，雖[7]求此法，違立不得[8]者，不得妄付《壇經》。告諸同道者，令智[9]蜜意。

南宗頓教最上大乘壇經[10]一卷

大[11]乘志卅　大聖志卅　大通志五十　大寶志六十　大法志七十　大德志八十　清之藏四十　清持藏四十　清寶藏五十　清蓮藏六十　清海藏七十　大法藏八十　此是菩薩法号

① 此"槃"字，斯坦因本作"盤"。

② 此"真實示行喻"五字，斯坦因本作"真示行實喻"。

③ 此"示旨於"三字，斯坦因本作"是旨衣"。

④ 此"修行"二字，斯坦因本作"修修行々"四字。據此可推測，斯坦因本的底本上是"修々行々"（表示"修行修行"），其在抄寫時，將第一個"々"轉換成了"修"，而第二個"々"則選擇照抄，以提示前面的"修"字也應該是"々"。因為，如果抄成"修修行行"，上下文就不好連接了。敦博本則有可能是漏抄了兩個縮寫符號"々"，或忘記添上了。

⑤ 此"眼"字，斯坦因本作"根性"二字。

⑥ 此"林"字，斯坦因本同，宜為"材"。

⑦ 此"雖"字，斯坦因本作"須"。若是"須"字，句讀應該為："如根性不堪，林量不得，須求此法。"

⑧ 此"得"字，斯坦因本作"德"。

⑨ 此"令智"二字，斯坦因本作"今諸"。"今諸蜜意"，即"上面所説的那些蜜意"的意思。

⑩ 此"經"字後，斯坦因本有一"法"字。北本與敦博本同。

⑪ 自"大"字後六十四字（其中"菩薩"二字在寫本中為合並俗寫字），北本與敦博本全同。斯坦因本為"大乘志三十大聖志四十大通志五十大寶志六十大法志七十大德志八十清之藏志四十清持藏志四十清寶藏志五十清蓮藏志六十清海藏志七十大法藏志八十此是菩薩法号"七十二字。未知這些字代表什麼意思，待考。

《历代名著精选集》书目

黄帝内经	周易
诗经	周礼
左传	国语
论语	孟子
老子	庄子
管子	晏子春秋
商君书	墨子
荀子	韩非子
六韬·三略·阴符经	鬼谷子·本经阴符七术
孙子兵法	孙膑兵法
山海经	列子
吕氏春秋	战国策
楚辞	吴越春秋
新语	新书
礼记	孝经
淮南子	史记
汉书	东观汉记
后汉书	三国志
博物志	西京杂记
搜神记	华阳国志

水经注	洛阳伽蓝记
世说新语	颜氏家训
抱朴子	高僧传
文心雕龙	诗品·二十四诗品
金刚经	坛经
贞观政要	史通
大唐西域记	茶经
唐宋传奇	唐语林
唐诗三百首	宋词三百首
资治通鉴	梦溪笔谈
朱子语类	近思录
东京梦华录	武林旧事
容斋随笔	元朝秘史
元曲三百首	本草纲目
阳明传习录	日知录
徐霞客游记	五杂组
陶庵梦忆	闲情偶寄
东华录	阅微草堂笔记
扬州画舫录	曾国藩家书
人间词话	